万葉集歌人大伴家持の表現

森斌

溪水社

風流の孤愁歌人

（富山県高岡市二上山　大伴家持像）

雪の上に
照れる月夜に
梅の花
折りて贈らむ
愛しき児もがも（十八・四一三四）

秋風の
吹き扱き敷ける
花の庭
清き月夜に
見れど飽かぬかも（二十・四四五三）

沖つ島（石川県輪島市）

舳倉島

七つ島

沖つ島
い行き渡りて
潜くちふ
鰒玉もが
包みて遣らむ（十八・四一〇三）

目次

参考資料

万葉集歌人大伴家持の表現

第一章　風流――花鳥風星――

序　節

「風流」（みやび）とは、石川女郎と大伴田主の贈答歌（二・一二六、一二七）に「遊士、風流士」とある。もちろん万葉集の用例では、男女の機微がここでは主な「風流・遊」の対象である。大伴坂上郎女の歌にも「風流」（四・七二二）が用いられているが、山にいることで風流でない、という。一般的に都にいて粋人であることが「風流」の基本であった。「風流」という漢語が万葉で用いられている。また「雪月（梅）花」（四一三四）は、用いられていても、万葉には用いられていないのが「花鳥風月」である。この花鳥風月も風流を代表する言葉である。月の代わりに、月も星も同天という立場からここでは星を対象にして、「風流」を「花鳥風星」にも使用した次第である。

巻六に興味深い箇所がある。もちろん「風流」とは、「雅」の意味である。とすれば、その古歌にある鶯と梅の咲く庭も風流をもたらす美意識である。

冬十二月十二日に、歌舞所の諸の王・臣子等、葛井連広成の家に集ひて宴する歌二首

比来、古舞盛りに興り、古歳漸に晩れぬ。理に、共に古情を尽くし、同じく古歌を唱ふべし。故に、こ

の趣に擬へて、輙ち古曲二節を献る。風流意気の士、儻にこの集へるが中にあらば、争ひて念ひを発し、心々に古体に和せよ。

我がやどの梅咲きたりと告げ遣らば来と言ふに似たり散りぬともよし（一〇一一）

春さればをりにをりうぐひすの鳴く我が山斎そ止まず通はせ（一〇一二）

ここで言う「風流意気の士」であれば、宴で古歌を風流の心でうたってほしいというのである。鶯が鳴き、梅が咲く庭をうたっている古歌二首が「風流」の対象である。

大伴家持は、春愁の歌人と評価されている。その歌言葉である「ひとり」「いぶせし」「くれなゐ」には家持歌の本質を貫くものがあり、二月と三月にそれらの歌が多く詠まれているところから春愁歌人の評価も高い。その一方で心のかげりを含みつつ風流に対するあこがれも、孤愁歌人大伴家持はとりわけ強く示している。

天平二年正月十三日に大宰府帥大伴旅人の邸宅に大宰府の官人と九州の国司等があつまり、梅花の宴が開かれた。父旅人が六十六歳であり、家持は十三歳になっていた。万葉集巻五には、短歌三十二首（八一五から八四六）が纏まって収録された。しかし、雪とうめ、鶯とうめ、月とうめが組み合わせの美としてありながら、そこでは一首も梅香の魅力をうたう歌がない。一方、古今集巻一春には、三二番から四八番まで連続してうめの歌十七首がある。それらには、花の色の魅力を認めているが、ほとんどが梅香に注目している。むしろ花の香りに触れないのは、例外的な四首だけである。

万葉のうめの歌は、百十九首を数える。はぎの歌の百四十二首についで数が多い。(1)しかし、香りは一首（八・一六四四、二十・四五〇〇）に詠まれただけである。香りを表す万葉の歌語は、「か」「かをる」「かぐはし」がある。また、『時代別国語大辞典上代編』には、「にほふ」について考で「本来色彩に関する語であったろうが、さらに

『香』『薫』のような香りに関する文字も使われており（万三二八、万四四三、万九七一）、これらは名義抄もニホフ・カホルなどと訓ませていて、芳香についてニホフもあったと考えねばならないのでないか」としているが、佐竹昭広氏は、和語にほふが「薫」という表意文字で書かれていることで、『にほふ』が、嗅覚に関する印象をも合わせもちうる」としている。(2)

大伴家持は、万葉の歌人では珍しい花の香りを複数の歌でうたっている。ところが、案外これまでの研究では、その香りに冷淡である。花の香りを踏まえているのではないかとしては、まず次の三首「たちばな」（巻十八・四一一二）、「ふぢ」（十九・四一九二　別案四一九三）、そして「あしび」（二十・四五一二）がある。ふじをうたう歌は、島村良江氏が香りに触れているが、それらの歌には、共通して袖に「扱き（い）れ」という表現がある。(3)そこでこの花の風流では、花香の歌に注目した。

次に鳥を取り上げた。鳥の仲間では、万葉集は春の鶯よりも夏のホトトギスが一番多くうたわれた。そこでホトトギスを対象に家持の歌を考察する。現在も夏になればやってきて鳴いているが、夏が終われば、鳴き声もまれにしか聞かれなくなる。まさしく夏の鳥であり、初夏に多くうたわれた。そして、越中守時代の家持を中心にした人々に多く詠まれている。中西悟堂氏は、ホトトギスが百五十六件、雁が六十三件とするが、中川幸廣氏はホトトギスが百五十三首であり、また二番目に多い雁が六十七首であるとする。(4)時代が十世紀の古今集になれば、鶯が多いが、万葉集では五十首ほどで登場している。

歌の数から言えばホトトギスが万葉集で圧倒的である。さらに万葉集のホトトギスがカッコウなどを含むらしいことは、その鳥の表記の一つである「霍公鳥」からそれとなく指摘できても、中々その証明になると難しい。ただ、万葉集のホトトギスには、さまざまな習性のなかで比較的目立つのが鳴きながら飛ぶことであり、歌も鳴く声に集中している。また、高橋虫麻呂歌（九・一七五五）や大伴家持（十九・四一六六）によって、ウグイスの巣に托卵する習性もうたわれている。

さて、大伴家持の歌人としての人生は、大きく三つにわけて考えることが出来る。習作時代の天平十八年までと、越中時代の天平十八年から天平勝宝三年までの間、さらに都に戻ってきてから因幡の国守であった天平宝字三年までである。とりわけ越中で爆発的にホトトギス歌がうたわれているのであるから、当然越中という風土も影響している。そこでホトトギス歌に死者の影響があることを配慮してみたい。

一方家持は、風にも独自の歌語を作って関心を示している。そこで「風の歌」二十七首を対象にして、歌に独自の世界が築かれていたことを考察する。まず家持が風を歌語として用いた歌を年代順に整理して示す。但し、家持の「風の歌」とは、「秋風」（十四首）「風」（五首）「あゆ（のかぜ）」（四首）初秋風（一首）「春風」（一首）「みなみ（南風）」（一首）「港風」（一首）の語を含む歌を言う。

Ⅰ　習作時代　秋風（六首）　春風（一首）
Ⅱ　越中時代　秋風（四首）　あゆ（の風）（四首）　風（三首）　港風（一首）　みなみ（一首）
Ⅲ　少納言時代　秋風（四首）　風（三首）

下田忠氏は、記紀と万葉集から、悪霊の息吹、神風、郷愁、恐怖、寂寥、無常という六つの言葉に代表させて風をとらえている。(5) さらに島田修三氏は、万葉から「秋風」を取り上げ、万葉から古今という史的展開を配慮されている。(6)

風は、人の心に刺激を与えて、孤独を強めさせたり、人を慕わせたりもする。大伴家持は、今はやりの死者を意味する「千の風になって」ではないが、死者を意識させるという秋風を挽歌で唯一利用していてその意味でも注目する歌人である。ここまでは花、鳥、風と展開していて、次に月がくれば「花鳥風月」の四字熟語が完成する。月については、同天ということで、星の説話である七夕歌という風流を考えた(7)。

家持は天体の「月」をうたう歌が万葉集で百九十六首あるそのなかで二十三首の歌を残した。また、家持は、十三首の七夕歌を万葉集に残しているが、家持の全歌数が四百七十三首であるから、月も星も特別な意味を持つ数と言うことではない。加えてこれまで歌人として月の歌も、星の歌も注目されなければならないような代表作が多々あるわけでもない。

月では「雪月花」(四一三四)と「三日月」(九九四)が注目されているのに対して、家持七夕歌の研究ということからは、天平十年の作品(三九〇〇)に集中している。しかし、独りうたう、或いは孤独ということからは、七夕歌にも見直すべきことがありそうである。

七夕歌を創作した場が憶良の影響が強いのにも関わらず、基本的に宮中や宴席という創作の場を望まず、ただ一人居て心静かにして詠んだ歌であることに注目したい。この考察では、万葉の七夕歌、或いは懐風藻の七夕詩を参考にして、家持の七夕歌全十三首の特質を探ってみたい。家持の七夕歌は、題詞を示すと四群からなる。

Ⅰ　十年の七月七日の夜に、独り天漢を仰ぎて聊かに懐を述べたる一首(十七・三九〇〇)

Ⅱ　七夕の歌一首并せて短歌(十八・四一二五〜四一二七)

Ⅲ　かねて作れる七夕の歌一首(十九・四一六三)

Ⅳ　七夕の歌八首(二十・四三〇六〜四三一三)

一節から四節までを、風流――花・鳥・風・星――という造語で表しているが、基本的には日本的な伝統美意識花鳥風月を意識している。ところで日本では星の文化が乏しいといわれる。湿度の高い日本では高山に登って夜空を眺めたときに、初めて天の川やアンドロメダ大星雲を発見することもあるのではないか。現代と同様に平城京などでは奈良時代でも気候的に夜空で星の輝きも乏しかったからかも知れない。しかし、わずかであるが夕星、ひこほし、等の星に関わる言葉もあり、また七夕伝説も歌にうたわれた。

多面的に家持論を展開した小野寛氏は、「孤愁の人」（『孤愁の人大伴家持』新典社版）と副題でいう。また橋本達雄氏も「天平の孤愁を詠ず」（『大伴家持』集英社）と副題で述べる。私は「風流の歌人」という性格を孤愁にさらに加えて指摘したい、と考えている。風流の孤愁歌人大伴家持という評価である。その代表が次の二首である。

雪の上に照れる月夜に梅の花折りて贈らむ愛しき児もがも（十八・四一三四）
秋風の吹き抜き敷ける花の庭清き月夜に見れど飽かぬかも（二十・四四五三）

但し、針原孝之氏は、ひとりの意味として「宮廷に存在しない自分を独り悲しみ、官人たちの場から離れた所にいる」のが「独」と考えている。(8) 家持は、他者を、或いは宮廷を常に意識していたことになる。

ちなみに家持の作品年代については、中西進氏著『大伴家持万葉の歌人と生涯（一）から（六）』（角川書店）に負うものである。また、万葉歌の引用は、基本的にCD版万葉集（塙書房）によったが、改めた箇所もある。

注

（1）『万葉植物事典』（クレオ）大貫茂著を参照した。うめもはぎも研究者によって歌数については、それぞれ若干のずれはある。この数は、その植物名を詠み込んでいる歌であることを尊重した数である。実際梅と萩は若干増える歌数が考えられる。

（2）『古語雑談』（岩波新書）「33　咲く花のにほふがごとく」五二頁
但し、『時代別国語辞典上代編』にも同様の指摘があり、佐竹氏は、時代別上代編の「にほふ」の執筆をした、と想像される。

（3）「袖に扱入れつ染まば染むとも——『万葉集』巻十九「霍公鳥并藤花一首歌」を中心に——」（「文学・語学」一七九号）

（4）中西氏「万葉集の動物二　鳥　特に集中難解の鳥について」（『万葉集大成　民俗篇』）
中川氏「鳥の古代（三）」（「日本大学桜文論叢」四十七号）

（5）「万葉の風」（Ⅰ）「万葉の風」（Ⅱ）（「福山市立女子短大紀要」二十・二十三号）

（6）「万葉の〈秋風〉——季題意識の展開——」（「淑徳国文」三十三号）

（7）『大伴家持歌の風流——雪月花——』（広島女学院大学総合研究所叢書五号）で月を論じた。

（8）『大伴家持研究序説』第二章表現の特色　一三七頁

なお、参考資料（二七一～二七九頁）として、大伴家持の略伝・万葉の雪歌・万葉の月歌・万葉の鶯歌・家持の植物分類歌番号・大伴家持「山の歌」と「川の歌」の表を載せた。

第一節　花香の歌

一　香・薫・芳・馥

家持歌で花香をうたうのは、九首（三九一六、三九五七、三九六五、四一一一、四一二〇、四一六九、四一九二、四四五三、四五一二）と考える。その判断の根拠を述べる前に、その前提として歌と題詞等で表記に使用された漢字を配慮したい。

「香・薫・芳・馥」は、万葉の題詞・左注、そして本文で使用された漢字で、かつ基本的に香り、匂いに関わる漢字である。「薫」と「香」は、万葉集でも題詞や本文で用いられた漢字である。漢字の意味については、白川静氏の『字統』と『大漢和』を参照した。薫は、白川静氏の字統（二二四頁）によれば、もともと「香草なり」とある。大漢和（巻九　九六六頁）では、くすぶる等の意味を紹介しているが、嗅覚の良い香りを意味するのが基本的である。香は、同様に『字統』（三〇〇頁）によれば、説文を引用して「芳なり」といい、大漢和（巻十二　四四五頁）によれば、顔、声、様子、味などの良いことも意味するが、基本は嗅覚にある。香りの意味を持つ漢字で万葉集の題詞・左注で用いられた使用漢字は、さらに「芳・馥」等もある。大漢和（巻十二　四五七頁）では「馥」は、かんばしいさま、かおりを意味している。また「芳」は、大漢和（巻九　五五二頁）に基本的に匂いの良い草、或いは香りの良いこと、そして褒め詞になる漢字である、とする。ちなみに字統は、「芳」（七八四頁）を香りのよい草とし、「馥」（七五二頁）を「香気の外に流れるをいう」とする。

まず、題詞に用いられた「芳」、そして歌の本文でも「香」のある例を示す。

　　芳を詠む

高松のこの峰も狭に笠立てて満ち盛りたる秋の香の良さ（秋香乃吉者）（十・二二三三）

題詞の「芳」をどう訓を与えるのか、「かほり」「かをり」「か」「はう」等が考えられる。また、二二三三番の「香」は、「か」と訓む。香りのいいキノコの松茸をうたうのかどうか、植物名は不明にしても、芳香という熟語があるが、芳と香をうたう歌である。その表記には、明らかに意図的な「芳香」を用いていたのである。

「かをる」は、匂いについて言う。「天皇の崩りましし後の八年の九月九日、奉為の御斎会の夜、夢の裏に習ひ賜ふ御歌一首［古歌集の中に出づ］」（二・一六二）と題する歌に出てくる歌詞である。作者については、御歌とあり、持統天皇としているが、実作者がいたのであろう。

明日香の　清御原の宮に　天の下　知らしめしし　やすみしし　我が大君　高照らす　日の皇子　いかさまに　思ほしめせか　神風の　伊勢の国は　沖つ藻も　なみたる波に　塩気のみ　かをれる国に（香乎礼流國尓）うまこり　あやにともしき　高照らす　日の皇子（二・一六二）

ここにあるのは、伊勢の国が「塩気のみ　かをれる国に」とあるのであるから、海の臭いをいうのである。そもそも天武天皇にとっては、伊勢の国に大伯皇女を伊勢斎宮として使わせている。伊勢は、壬申の乱での勝利を祈願した神の居る聖地である。その伊勢と大和を比較しているのであるから、伊勢は大和ほどではないから持統天皇にとっては「うまこり　あやにともしき」と慕わせるのである。けっして不釣り合いな場所ではないが、亡くなった夫のいる場所としては、大和がとにかく最適な処ということである。

「塩気のみ」に、それほど強い反発の意味があるはずもなかった。むしろ、海の香りは、魅力的な時だってあったはずである。山国の大和の貴族には難波にたいする憧れもある。

原文に有る「香乎礼流國尓」とある「香」を万葉仮名とみるよりも、意味を持つ「香（か）」とするべき表現である。これとほぼ同じなのは、家持の橘の歌である。天平勝宝二年三月に詠まれた坂上郎女に妻大嬢から依頼されて創作した長歌で、香りにふれる。

ほととぎす　来鳴く五月に　咲きにほふ　花橘の　かぐはしき（香吉）　親の命　朝夕に　聞かぬ日まねく
天ざかる　鄙にし居れば　あしひきの　山のたをりに　立つ雲を　よそのみ見つつ　嘆くそら　安けなくに
思ふそら　苦しきものを　奈呉の海人の　潜き取るといふ　白玉の　見が欲し御面　直向かひ　見む時まで
は　松栢の　栄えいまさね　貴き我が君［御面これを「美於毛和」と云ふ］（十九・四一六九）

たちばなは、香りに触れて「咲きにほふ」とある。「かぐはしき　親の命」とは、薫りにこと寄せて母親の言葉をいうのである。たちばなは、その花もその実も香りが話題になる。例えば、作者不明であるが、次の歌も芳しい香りに触れた一首である。(1)

かぐはしき（香細寸）花橘を玉に貫き送らむ妹はみつれてもあるか（十・一九六七）

たちばなを「香細寸」とするのであるから、芳香を意味しているのである。次の歌も同様に、「かぐはし」が用いられている。家持は天平感宝元年閏五月に、越中から上京することを予定して、「貴人」「美人」と逢い、宴のために予め作った歌である。この「かぐはし君」とは、蘰飾りの如く香る君の意味である。

見まく欲り思ひしなへに縵蘿かぐはし君を（香具波之君乎）相見つるかも（十八・四一二〇）

四三七一番は、防人の歌である。常陸の国の防人でも、たちばなが香りを発する樹木であるという。

橘の下吹く風のかぐはしき（可具波志伎）筑波の山を恋ひずあらめかも（二十・四三七一）

この歌に見られるように、この「かぐはしき」にしても、薫風がたちばなの木下を吹くのである。万葉仮名の表記にある「かぐはし」は、香りのことを意味した言葉であった。家持は、たちばなのみならず積極的に春の花を香るものとして描いたのである。

万葉集に対して懐風藻は、花の香り、或いは春の薫る風などを取り入れている度合いが高い。懐風藻の百二十首ほどでは、釈智蔵が最初に植物の香りに触れた。彼は、初唐時代の留学僧である。持統朝に日本に戻ってきて活躍した。その五言詩には、花が香りを出して咲いていることと物候である季節の風物が薫っていると述べる。

此の芳春の節を以ちて、忽ち竹林の風に値ふ。友を求めて鶯樹に嫣（わら）ひ、香を含みて花叢に笑まふ」（懐風藻　八）

気爽けくして山川麗しく、風高くして物候芳ふ（懐風藻　九）

植物だけが季節のものではないが、即ち四季に変化するものを香りで表現している。「春の花」である梅と桃は香りに触れた表現が懐風藻にある。

田辺百枝には、「梅花の薫身に帯ぶ」（三八）、箭集虫麻呂には、「梅蕊已に裾に芳し」（八二）、安倍広庭には、「花舒きて桃苑香しく、草秀でて蘭筵新し」（七〇）等の例がある。とりわけ梅の香が袖ではないが、裾に薫っているという箭集の作品は、長屋王宅での宴席で披露されている詩であり、当然万葉集の第三期に属する歌人等も知り得る時期に創られていた。

二　にほふ

香りの解釈で問題になるのが「にほふ」である。「にほふ」の原義は、赤色が映えることである。そして、色彩に用いた例は圧倒的におおい。しかし、「にほふ」の訓を与えながら、「薫」と「香」を原文の表記で用いた例は、懐風藻にも、香、芳、薫などの使用もあるので、家持などの薫りに対する積極的な和歌への利用を配慮した時に、香りを無視できない。まず梅花の宴で披露された歌の序（五・八一五）を引用する。

天平二年正月十三日に、帥老の宅に萃まりて、宴会を申ぶ。時に、初春の令月にして、気淑く風和ぐ。梅は鏡前の粉を披き、蘭は珮後の香を薫らす。加以、曙の嶺に雲移り、松は羅を掛けて蓋を傾く、夕の岫に霧結び、鳥は縠に封ぢられて林に迷ふ。庭に新蝶舞ひ、空には故雁帰る。ここに天を蓋にし地を坐にし、膝を促け觴を飛ばす。言を一室の裏に忘れ、衿を煙霞の外に開く。淡然に自ら放し、快然に自ら足りぬ。もし翰苑にあらずは、何を以てか情を攄べむ。請はくは落梅の篇を紀せ、古と今と夫れ何か異ならむ。園梅を賦して、聊かに短詠を成すべし。

「梅は鏡前の粉を披き、蘭は珮後の香を薫らす」とは、美人の用いる鏡の前のおしろいを白うめに、また麗人の身につけた帯の匂い袋を蘭にたとえている。ここには、うめの香りに触れないが、春蘭に触れて花の香りを持ち出している。この天平二年の時点では、春の花の香りに春蘭で大伴旅人は触れているのである。たまたま梅なども芳香を放つ花でありながら、ここでは蘭にその役割を譲っていた。うめの薫りをうたったのは、次の歌である。

引き攀ぢて折らば散るべみ梅の花袖に扱入れつ染まば染むとも（八・一六四四）

梅の花香をかぐはしみ遠けども心もしのに君をしそ思ふ（二十・四五〇〇）

一六四四番は、三野石守の歌であるが、彼は大宰府から大伴旅人が天平二年上京するおりの伴の一人である。とすれば天平初年の創作であろう。

治部省の次官であった市原王の歌（四五〇〇）は、天平宝字二年であるから、天平二年から二十八年後と言うことになる。このうめの香りがうたわれた当時家持は、太政官の右中弁であった。

天平二年が旅人の梅花の序文を書いた年月であるが、その大宰府の梅花の宴にも参加していた少弐小野老の歌がある。はっきりした創作年代は知られないが、後に彼は大宰大弐に昇格しているので三二八番の題詞にある大宰少弐とある肩書きから天平の初年の頃であろう。

あをによし奈良の都は咲く花のにほふがごとく（薫如）今盛りなり（三・三二八）

「にほふ」が赤色の秀でているという原義を踏まえた言葉であっても、「薫」は香りを意味した漢字である。さらに、色彩だけが都の繁栄にふさわしい表白の表現とも思えない。とすれば、香りの意味をも含めた「にほふ」を配慮すべきである。花が咲き薫るがごとくに奈良が繁栄していると大宰府からうたったものと解釈してもいい、ということである。「にほふ」とは、色も薫りも意味しているということである。或いは、色も薫りにも用いるということでもある。

注釈書は、「にほふ」であるから、色彩であると解釈しているものもあるが、現代注釈のほとんどが原文の「薫」を配慮して匂う意味に考えている。新編古典文学全集万葉集（一九九四年）、伊藤博氏の万葉集釈注（一九九六年）、和歌文学大系万葉集（一九九七年）、新古典文学大系万葉集（一九九九年）は、「薫」に配慮して、香りにも「にほふ」という、とする。但し、阿蘇瑞恵氏は、香りに触れないで、「咲いている花が美しく照り映えるように」と奈良の繁栄を色の美しく照り輝きを基とする口語訳をしているのが特徴的である。(2)

近代では時代別辞典上代編で古くから指摘する、「香」と「薫」が原文で使用された「にほふ」は、香りをいうのではないか、という指摘を尊重する立場が最近の流れである。むしろ、「香」「薫」を「にほふ」と訓を与えるのであれば、色彩で解釈する根拠が必要ではないか、と思われる。

うめの歌には、香りを触れることがほとんどない。しかし、例外として二首あったが、一首は旅人の従者三野石守の歌である。彼は大伴旅人が天平二年に上京するおりの伴の一人である。とすれば天平初年の創作と万葉で一番新しい年の前年天平宝字二年に創られた作品とが梅香の歌である。三十年ほど昔の天平二年、梅花の序には、蘭であっても香りに触れていたし、或いは懐風藻の梅の香り、或いは風物の香りに触れた例などを参考にして、小野老が聖武天皇の時代である天平年間で平城京を賛美したのであれば、花の香りを意味する「にほふ」(薫)は、歌の世界に登場していてよい。

天平元年に丈部龍麻呂が自経した時に、大伴三中が詠んだ挽歌でも、「つつじ花　にほへる君が」とある。長歌を引用する。

天雲の　向伏す国の　もののふと　言はるる人は　天皇の　神の御門に　外の重に　立ちさもらひ　内の重に　仕へ奉りて　玉かづら　いや遠長く　祖の名も　継ぎ行くものと　母父に　妻に子どもに　語らひて　立ちにし日より　たらちねの　母の命は　斎瓮を　前に据ゑ置きて　片手には　木綿取り持ち　片手には　和たへ奉り　平けく　ま幸くませと　天地の　神を乞ひ祷み　いかにあらむ　年月日にか　つつじ花　にほへる君が(香君之)　にほ鳥の　なづさひ来むと　立ちて居て　待ちけむ人は　大君の　命恐み　おし照る　難波の国に　あらたまの　年経るまでに　白たへの　衣も干さず　朝夕に　ありつる君は　いかさまに　思ひいませか　うつせみの　惜しきこの世を　露霜の　置きて去にけむ　時にあらずして(三・四四三)

この「にほへる君」を、龍麻呂を讃える意味であるから、躑躅色に輝く君ということで解釈されているが、「香」の原義からすれば、まさしく馥郁たる香ると将来が嘱望されて「香君」と表現したと考えて良い。

即ち、「にほふ」は第一義的に色彩を意味し、その用例も圧倒的である。しかし、原文に「薫」「香」を用いていることを配慮した解釈は、「匂う」というよりも、「映える香(薫)る」の意味とする表現の誕生を天平という時代では認めていいのではないか。言語のもつ多義として、或いは共感覚に基づく両義性とも言うのが「にほふ」(香・薫)にもあるということである。主に色に使用しても、場合によっては色も香りにも用いるのが「にほふ」(香・薫)

である。その「にほふ」の典型が次の家持の歌である。

長逝せる弟を哀傷する歌一首〈并せて短歌〉

天ざかる　鄙治めにと　大君の　任けのまにまに　出でて来し　我を送ると　あをによし　奈良山過ぎて　泉川　清き川原に　馬留め　別れし時に　ま幸くて　我帰り来む　平けく　斎ひて待てと　語らひて　来し日の極み　玉桙の　道をた遠み　山川の　隔りてあれば　恋しけく　日長きものを　見まく欲り　思ふ間に　玉梓の　使ひの来れば　嬉しみと　我が待ち問ふに　逆言の　狂言とかも　はしきよし　汝弟の命　なにしかも　時しはあらむを　はだすすき　穂に出づる秋の　萩の花　にほへるやどを（尓保敝流屋戸乎）［言ふこころは、この人、人となり花草花樹を好愛して多く寝院の庭に植ゑたり。故に花薫へる庭と謂ふ］　朝庭に　出で立ち平し　夕庭に　踏み平げず　佐保の内の　里を行き過ぎ　あしひきの　山の木末に　白雲に　立ちたなびくと　我に告げつる［佐保山に火葬す。故に「佐保の内の　里を行き過ぎ」といふ。］（十七・三九五七）

家持は二十九歳になっていた天平十八年の七月末には越中に居たのであろう。同年九月二十五日に弟書持の死を知らされてうたった挽歌である。家持も花の好きな人間であるが、弟について「はだすすき　穂に出づる秋の　萩の花　にほへるやどを（尓保敝流屋戸乎）」という歌の言葉に関わる箇所を「言ふこころは、この人、人となり花草花樹を好愛して多く寝院の庭に植ゑたり。故に花薫へる庭と謂ふ」という。従って、和歌でいう「にほへるやど」とは、「花薫へる庭と謂ふ」であり、色を香とする共感覚ではなく、薫りそのものを歌で「にほへる」と言ったのである。

これまで縷々陳べたのは、「にほふ」とあることは、色彩だけで意味を判断することは天平万葉にとって一面的ではないか、ということである。輝き匂う、艶やかに匂うである、といった解釈も必要なのである。「香」「薫」を歌の原文の表記に持つ「にほふ」は、ことさら香りに主眼がある。要は意味の両義性である。例は少ないが薫りにも「にほふ」が用いられていたし、家持はその例があった。

次に、家持は、天平十八年に越中守になっている。年齢も三十歳になった赴任の翌年の二月二十九日に、病の回復後に歌友大伴池主に贈った歌序で「馥」が用いられている。

忽ちに枉疾に沈み、旬を累ねて痛み苦しむ。百神を禱み恃みて、且消損を得たり。しかも由身體疼み羸れ、筋力怯軟にしていまだ展謝に堪えず。係戀弥深し。方今、春朝には春花、馥（にほひ）を春苑に流へ、春暮には春鶯、聲を春林囀る。この節候に対ひて琴罇を翫ぶべし。興に乗る感あれども、杖を策く勞に耐へず。獨り帷幄の裏に臥して、聊かに寸分之の歌を作り、軽しく机下に奉り、玉頤を解かむことを犯す。その詞に曰はく、

春の花今は盛りににほふらむ（仁保布良牟）折てかざさむ手力もがも（十七・三九六五）

歌序には、春の花が馥郁としているのであり、そのことを「馥」とあり、『字統』で説明する「香気の外に流れるをいう」意義に用いている。春の花の匂いが庭園に流れ満ちているのである。実際の歌はそれを「にほふらむ」としている。もし三九六五番の原文表記で「薫」「馥」「香」を用いていたらどう口語訳をするのであろうか。仮にこの花序を尊重するのであれば、春の花は、朝に芳香を庭園に流すのであるから、歌の「にほふ」も香りが盛んである意味に解釈すべきである。花によって春のよき香りが庭園に流れているのである。橋本達雄氏は、簡潔に説明している。「春の花」が小島憲之氏の「春花」という漢語から「春の花」になっていること、さらにやはり

小島憲之氏のいう三九六五番の「にほふらむ」が序文の「方今、春朝には春花、馥（にほひ）を春苑に流へ」とあるのを受けたという説に賛同している。(3)

漢語には「芳春」がある。さまざまな花が咲き匂うことを意味している。続日本紀養老二年二月の「芳春仲月、草木滋栄」を『日本国語大辞典第二版巻十二』（一四一六頁）は、初出の例にしている。もちろん懐風藻でも用いられた。薫風は、夏に用いる言葉であっても懐風藻では春の風にも用いている。春にせよ、夏にせよ、風が薫るのである。さすがに池主の返事にも、「蘭蕙蕠を隔て、琴罇用いる無く」とあり、香りのいい蘭の草むらを、雑草が隔て、琴や酒を用いない、という。そこには、庭園でひろがる春の薫りをいう家持の「方今、春朝には春花、馥（にほひ）を春苑に流へ」と対応させている。

薫り、香りと関わる家持の歌は、これまで六首（三九一六、三九五七、三九六五、四一一一、四一二〇、四一六九）を引用して指摘している。そこで知られるのは、家持の植物をうたう歌は、香りにも触れるということである。

三　たちばな

天平感宝元年は、三十一歳になった家持には晴れがましい気分で過ごしている。東大寺大仏の塗金に用いる黄金が陸奥の国で発見されている。橘諸兄の意向である大仏のための資金的な理由もあって、大伴家持は越中守として赴任していたであろう。また、国守としては、実際新田開墾等でも活躍したであろう。その年の五月十二日に「陸奥国より金を出せる詔書を賀ける歌」（四〇九四から四〇九七）を創っていた。その四十日程後の閏五月二十三日に、「橘の歌」と題する長歌・反歌（四一一一、四一一二）を創る。「かぐはしみ（香具播之美）」の句は、既に引用したが、全文を示す。

かけまくも　あやに恐し　天皇の　神の大御代に　田道間守　常世に渡り　八桙持ち　参ゐ出来し時　時じくの　香の菓実を　恐くも　残したまへれ　国も狭に　生ひ立ち栄え　春されば　孫枝萌いつつ　ほととぎす　鳴く五月には　初花を　枝に手折りて　娘子らに　つとにも遣りみ　白たへの　袖にも扱入れ　かぐはしみ（香具播之美）　置きて枯らしみ　落ゆる実は　玉に貫きつつ　手に巻きて　見れども飽かず　秋付けばしぐれの雨降り　あしひきの　山の木末は　紅に　にほひ散れども　橘の　成れるその実は　ひた照りにいや見が欲しく　み雪降る　冬に至れば　霜置けども　その葉も枯れず　常磐なす　いやさかばえに　然れこそ　神の御代より　宜しなへ　この橘を　時じくの　香の菓実と　名付けけらしも（十八・四一一一）

この長歌にある「白たへの　袖にも扱入れ　かぐはしみ　置きて枯らしみ」の連続する意味が花と考えられる。花の香りがいいので、そのまま袖の中でしごき取った花を枯らし、残った実は玉に貫いて、手に巻くということである。この点の解釈について、諸注釈書を参照してみたい。

沢瀉久孝氏は、「袖にも扱入れ」と訓を与え、「しごいて入れる意（八・一六四四）」とし、「香ぐはしみ　置きで枯らしみ」を「香がよいので、そのまゝ枝においたまゝ枯らしたり」としている。[4] この理解は継承されていて、『新編古典文学大系万葉集』では、「（白たへの）袖にもしごき入れて香りのよさに置いて枯らしたりして」とあるが、「置きて」を枝にある花をそのまま置いてと解しているのであろう。[5]『新編全集万葉集』にある頭注で、「置きて――このオクは手折った枝をそのままにする意」として、「（白たへの）袖にもしごき入れ　良い匂いなのでしぼむまで置いたりし」とする。[6] この考えの基本には、「香ぐはしみ」を香りの良い意としている。しかし、その一方で、「香ぐはしみ」を香りで理解しない解釈もある。

伊藤博氏は、「かぐはし」は、「霊妙し」で霊妙で神秘な状態をさすことを、松本剛氏の「カグハシ考」（「万葉」

九十九号）を根拠として、「入れかぐはしみ　置きて枯らしみ」を、「あまりの気高さに枝に置いたままからしてしまったりもし」と訳している。(7) そもそも橘は、花も実も併存させて歌うことが多いのであるから、「時じくの　かくの木の実と　名付けけらしも」というのであれば、ここでわざわざ香りを意味しないと考える必要がない。「かぐはし」は、香りをいう詞である。しかも、たちばなは、次のような例もある。

いざ子供　野蒜摘みに　蒜摘みに　我が行くみちに　かぐはし花橘は（略）（古事記歌謡　四四番）

かぐはしき花橘を玉に貫き送らむ妹はみつれてもあるか（十・一九六七）

或いは、家持にも「薆懸けかぐはし君を」（二十・四三七一）などもあり、かぐわしい花の香りをあえて避けて解釈する必要があるのであろうか。橘は、花も実も香りのいい物なのである。従って「白たへの　袖にも扱入れかぐはしみ　置きて枯らしみ」とは、「花を扱いて白い袖にいれ　匂いがいいので　そのまま袖の中で枯らし」と解釈すべきであると考える。この長歌は、「初花を　枝に手折りて　娘子らに　つとにも遣りみ」に続き「白たへの　袖にも扱入れかぐはしみ（香具播之美）　置きて枯らしみ」が続き「あゆる実は　玉に貫きつつ　手に巻きて見れども飽かず」と更に続いて、四句が一連に組み合わされ、「秋づけば　しぐれの雨降り」という秋の描写に展開しているのである。

香りは、色彩から見れば形容が難しい。「にほふ」は、万葉の一般は色彩についていう。しかし、「薫如」（三二八　小野老）を「にほへるがごと」、「香君之」（四四三　大伴三中）を「にほへるきみが」、「将薫時能」（九七一　高橋虫麻呂）を「にほはむときの」と訓があたえられていて、色彩と薫りともども、「にほふ」といったのが既に万葉でいう天平時代である。薫りにも「にほふ」が用いられていると言うことも十分配慮していい。

また、古舘綾子氏は、「攀」或いは、仮名「よぢ」の家持が用いた歌詞を精査して、「対象に価値を認めて引き寄せる意味が含まれていること、また、『折る』とは対照的ともいえる植物のそのままの姿をとどめたいという心が認められる例が多い」とする。(8) 万葉集には、「攀づ」は、八例があり、そのうち四例が家持の歌である。題詞・左注等を含めれば、十四例になるが、そのうち九例が家持である。植物名は、橘（八・一五〇七）、山吹（十九・四一八五）、藤（十九・四一九二）、青柳（十九・四二八九）である。これらの歌に共通するのは、攀ぢとあれば、「折り」「とり」「袖に扱入れ」という詞があることである。従って、古舘氏の言うことは、家持の歌では折る意味までも「攀ぢ」に認められないという。さらに三野石守の歌（八・一六四四）にある「攀づ」と「扱入れ」とが連動していないとして、それが家持歌との相違であると指摘している。

家持には、橘が特別な植物であった。花と実がうたわれているが、この長歌の主な対象は、実についてであり、「この橘を　時じくの　香の菓実と　名付けけらしも」（十八・四一一一）とうたう。ここには、明確な香りがうたわれている。花についても香りがいいとあるのであるから、袖に入れるのは香りを楽しむと考える。そう考えれば、枯れるまで枝に置いてなどという補って理解する方法を採らなくて良い。

ただし、袖の香りを考えるか、或いは考えないか、そこにこそこの歌の問題点があるのである。この「袖にも扱きれ」とは、しごき採ることでさらに花香が強まる、と思える。大事な物であれば、丁重に扱う。稲の脱穀が乱暴だと言うことではないが、扱くとはかなり激しい行為である。美しい物、愛しい物、それをしごき採り、袖に入れる。それは、当然そこには、古今集の先蹤としての橘の香りをさせた袖があった、と。その立場からはその行為も理解できる。

四　ふぢ

大伴家持は、越中に着任して五年目となる天平勝宝二年四月九日の作で、不如帰とふぢをうたう。鳥類と植物を題詞で並列させることは、珍しい。他には、四一六六番がある。

（略）藤波の　花なつかしみ　引き攀ぢて　袖に扱入れつ　染まば染むとも（十九・四一九二）

家持は、花を袖に入れるということは、「散りにけり　盛り過ぐらし　藤波の花〈一に云ふ「散りぬべみ　袖に扱き入れつ　藤波の花」〉（十九・四一九三）」と反歌の別案でも試みていた。

藤の花を衣にすりつけて染色するということもあったはずである。ここでは、「花なつかしみ」とあり、花に心惹かれたから袖にいれたという。しかし、反歌には、「散りにけり　盛り過ぐらし」とある。とすれば、散った花に心惹かれたというのであるから、紅や桃色に「にほひたる」ということではない。即ち色彩的な魅力から袖にいれたということではない。

この歌の結末部の数句が巻八・一六四四番に影響されていることは、古く『万葉集全註釈』あたりから、諸注釈書が受け入れてきた説である。しかし、わざわざ色が染みついてもホトトギスの羽根で散る藤を袖にいれたとすれば、それだけではそれほど新鮮な内容にない。島村良江氏は、一六四四番歌が梅の香りを「染む」と用いられているのであるから、家持の歌も藤の香りが染むと見なすべきだと言う。(9)また、ホトトギスとは、家持にとって亡父、亡弟、亡妻に結びつく鳥である。その鳥が触れた藤の花であり、そのために散ったのであるから、「花なつかしみ」とは、故人と結びつく万感の思いをもつ花である。そこに「引き攀ぢ」た強い動機もある。「引き攀ぢ」て袖に扱き入れたのは、ここは島村氏の言う匂いを袖につけるためであろう。わざわざ盛りが過ぎていて「盛り過ぐらし藤波の花」（四一九三）とあるのであるから、袖に入れるのは、愛しい物だけに、そでに香りを移し、その匂いを偲び楽しむためと考えて良い。

万葉集の歌人は、花を手折るのが好きであり、引き手折って枝に咲く梅や黄葉を少女に見せたりしている。或いは花の簪にもしていて、「たをる」と歌詞にある歌が三十首もあり、家持歌はそのうちで八首である。手折っているのは、八首であるが、花をさらにひき寄せて手折って袖に入れているのは、その中で二首の長歌（たちばな・四一一一、ふぢ・四一九二）である。

家持は、なでしこの花を見ることから、なでしこの花を妹として万葉集中で名前が知られる限り最初に擬人化していた。家持は、女性になでしこを、橘諸兄にたちばなで擬人化して用いた。それらは、家持にとって代表的な花であり、植物である。

さて、うめは、万葉集ではぎについで多くうたわれた。とりわけ巻五に収められた「梅花の歌三十二首」（八一五から八四六）の序を引用したが、その中に

初春の令月にして、気淑く和ぎ、梅は鏡前の粉を披き、蘭は珮後の香を薫す。

という一文があった。

家持は、三野石守の歌にある梅を思い出していたはずであるから、藤の香りにも蘭と同様に思い至ったのではないか。

即ち、ここを注目するのは、蘭であれば薫というのである。中国シュンランは、香りが強い。そのことを触れたのであろうが、大伴旅人は明確にここで花の香りに触れたのである。当然うめは香りがある。ところが万葉歌人は、百十九首ものうめをうたいながら、香りに触れたのは二首だけである。三野石守の一六四四番と市原王の四五〇〇番だけである。旅人はうめにたいして、蘭を提示して、梅は美女が鏡に前で装うごとき白粉であるとし、蘭は帯の飾り玉のごとく薫とある。珮後は、匂を香らせる玉のごときものなのであろうが、植物の香りに触れている。

引用した長歌は、前半は青木生子氏が巻十九冒頭の美女詠出に通い合うとして、さらに「ほととぎすが羽触れで散らすところに家持ならではの感性をきわだたせている」としている。[10] この感性は、ホトトギスが触れたふぢであるから、袖に入れたのである。それが「攀ぢ」ることになり、さらに袖に入れて香りを懐かしみ、楽しむのであるとすれば、家持にのみ具現した花の観賞方法であったことになる。

ここで古今集のうめの歌を参考にしたい。巻一春歌の上には、三十二番から連続してうめの歌が十七首並べられている。その歌の前にもうめの花がうたわれているが、連続したうめの歌十七首で、香と色をうたう歌が四首、香りをうたう歌が十首、色をのみうたう歌はない。むしろ、色の美しさよりも梅の花が散ることに興味を示している。

折りつれば袖こそにほへ梅の花ありとやここに鶯の鳴く（古今一・三二）

この歌では、うめの花を折ったので袖に匂いが移ったという。うめを手折っても匂いは、袖に着くのであるから、それを扱き入れたらどうなるのであろうか。古今の歌は、読人しらずの作品である。

「抜き（い）れ」とは、万葉集で四首の歌に使われた。この歌には、前例というべき作品があった。一首が三野石守の梅の歌であった。この人物は、大伴旅人の従者であり、天平二年十一月旅人が大宰府から大納言として上京の折に海路でうたった歌が巻十七・三八九〇番にもある。

巻八の一六四四番は、既に引用したが、第五句が「染まば染むとも」とあり、衣に花をこすりつけて染色する方途を踏まえた香りに注目される歌であった。しかも、表面に擦りつけるのではなくて、染みだしてしまうのであるから、その染色方法にふれた訳ではなくて、そもそもうめは、花香をも楽しむ物であった。色が付いてもかまわないのであるから、花を袖に入れているのは、薫りの楽しみを持っていたからである。あるいは、手折って花だけを自分のものとしたかったのかもしれないにせよ、香りを袖でたのしむ、或いはそでに薫りを付着させたはずである。

家持は明らかに扱いているのは、染色を楽しむためではないし、記念の証にしたかったからでもない。それは、落下の時に強まる藤の花の咲きにおう香りを袖にいれて楽しむのである、と考えられる。藤の薫りがする匂い袋を袖で代用させたのである。

五　あしび

あしびは、万葉集では十首にうたわれた。有名なのは、大伯皇女の磯に生えたあしびを詠んだ歌（二・一六六）である。家持の一首は、四十一歳天平宝字二年二月の作である。中臣清麻呂の邸宅で行われた宴で披露された。このときの家持は、磯松に託して、主の繁栄を祈念する歌（四四九八）をよんでいた。その場では「八千草の花は移ろふ」（四五〇一）として、花を用いずに「常磐なる松のさ枝」に永久の願いをこめていたし、「はふ葛の絶えず」

（四五〇九）と聖武天皇が御覧になった高円の野辺をお慕いしましょう、ともうたう。家持は、植物として松と葛を利用することはあっても、花は移ろうとして用いていない。ところが、話題が「山斎を属目て作れる」（四五一一・題詞）となっている歌では、花が登場した。

池水に影さへ見えて咲きにほふあしびの花を袖に扱入れな（二十・四五一二）

そもそも万葉集の歌人は、花を手折るのが好きであり、引きちぎって枝に咲く梅や黄葉を少女に見せたりしている。或いは花の簪にもしていて、「たをる」と歌詞にある歌が三十首もあり、家持歌はそのうちで八首である。花をさらにひきちぎって袖に入れているのは、その中で二首の長歌（四一一一、四一九二）である。ひきちぎった花を袖に入れて、香りを詠むのは、四一一一番と四五一二番の二首にあてはまりそうである。

ちなみに「咲きにほふ」は、色を指している言葉であっても、ここで袖に入れるのは、あしびの花の香りを楽しむためである。これは中西進氏が夙に指摘しているが、古今集のよみ人知らずの、

さつきまつ花橘の香をかげばむかしの人の袖の香ぞする（三・一三九）

が思い浮かばせていい一首である。(11)

それに対して木下正俊氏は、古今集の素性法師の、

もみち葉は袖にこきいれてもていでなむ秋は限りと見む人のため（五・三〇九）

を引用して、秋が残っていた証拠のために京都へ持ってでる紅葉を袖にいれた歌を参考にする。[12]素性の歌を引用した意図は、あせびも何らかの証拠の記念とでもいうべきものである。「袖に扱き入れて」は、類似表現である。古今集のごとく京都にいる人に見せて、素性は秋の証拠を袖に扱き入れたということであるのか。同様に、伊藤博氏は、いとしさのあまりに今日見る物を身に付けたい、ふところに入れたいという歌が多いとする。[13]家持の歌は、人に証拠として他人に見せる、或いは愛しさ故に身に付けたのであろうか。歌の配列に配慮するとき、家持の歌（四五一二）は、歌群三首の歌の真ん中に位置している。

　　山斎を属目して作る歌三首
鴛鴦の住む君がこの山斎今日見ればあしびの花も咲きにけるかも（二十・四五一一）
　右の一首、大監物三形王
磯影の見ゆる池水照るまでに咲けるあしびの散らまく惜しも（二十・四五一三）
　右の一首、大蔵大輔甘南備伊香真人

　この山斎とは、中臣清麻呂の邸宅にある。しかも、天平宝字二年二月のことであるから、うめは散って、あしびが咲いていたにもかかわらず、市原王は、「梅の花香をかぐはしみ」（二十・四五〇〇）と珍しく梅の香りを歌で詠んでいた宴席と同じ場である。貴族の邸宅で行われた宴席での歌であるから、誰かのお土産にあしびをわざわざ袖に入れる必要はない。この当時の平城京では、うめ、さくら同様に、あしびなどは、ごく一般的なものである。むしろ、同じ宴席で散った梅の香もうたわれていたのであるから、現在咲いているあしびは、そこにいる居る人に見せる必要はないし、誰かにお土産で見せる花でもない。扱きとったのは、花の香りを発散させたいためである、と考えて良い。しごいて花をとれば、花の香りもさらに強まったはずである。大事なものであれば、「袖に扱いれな」といわないのでないか。せいぜい「手折る」と言う詩語があるのでそれを用いてもよい。家持と池主の贈答歌では、家持はおみなえしを「ふさ手折り」（十七・三九四三）という。

伊藤氏のいう或いは、いとしいという感情をあしびの花にいだいているという情がこの歌にあっても、歌は表現が古今の三〇九番に類似していても、甘南備伊香の歌を配慮すれば、あしびが散ることへの不満が感じられ、それは家持の意図として香りを楽しむ気持ちから、扱きとった雅な行為を理解できないことで生じた不満であると考えられる。

即ち、花を見て観賞することを歌わず、匂いを麗しい物として袖に扱き入れたいというのが、引用した歌の本意である。そもそも、扱き入れとは、花の香りを強めることになる。その必要がなければ、手折っただけで良いはずである。花は移ろうから、松で繁栄を象徴し、さらに葛が這うように慕うといいつつ、あしびは扱き取って袖で香らせるために入れているとうたう歌が、天平宝字二年の家持の「あしび」の花であると考える。

六　花香の庭

越中からもどってから約三年を経た三十七歳の天平勝宝六年四月五日に兵部少輔に任じられていた。天平勝宝七歳八月十三日までは、仕事が変わり月日も四年ほど経ながら、純粋に天体の月の歌を一首も詠まなかった。家持は月の歌を越中では毎年うたっている。ところが、少納言として都に戻り、因幡国守赴任して最初の元旦に歌を詠む天平宝字三年正月までの八年ほどの間に、時間の経過を七夕歌で月により表現した例が一首（四三一一）あるが、純粋に天体の月をうたったのは引用する四四五三番だけである。四四五三番は宮殿で開かれた肆宴で披露したくて作られたが、左注に奏上しなかったとある。素材と左注には注目すべき内容がありそうである。

秋風の吹き扱き敷ける花の庭清き月夜に見れど飽かぬかも（二十・四四五三）
右の一首、兵部少輔従五位上大伴宿祢家持［未だ奏せず］

月夜の美しさもさることながら「吹き扱き敷ける」と動詞が三連続している表現も個性的である。同様な表現は、額田王の歌にも「刈り葺き宿れ」（一・七）とある。即ち、家持は秋風が吹き、扱き、敷けるといって全てにはぎが関わるのであるのに、額田は秋の野が草を刈り、宿るために茅を屋根に葺き、さらに私が宿るというのであるから、もちろん額田の歌の表現が発展展開している。家持は、その意味では陰影のない直裁的な歌い方であるが、重層的に秋風がもたらした庭の風景が展開している。

公的な肆宴を意識していることは、「見れど飽かぬかも」という人麻呂に始まる讃仰の言葉で理解される。もちろん天平勝宝七歳のことであるから、天皇は孝謙天皇である。天皇とともに聖武太上天皇、或いは橘諸兄なども含まれていて、言祝ぎしているのであろう。

下の句の讃仰とは裏腹に、上の句は家持の個性に満ちている。動詞が三つ連続していてたたみかけるように「花の庭」が描写されている。「秋風の吹き扱き敷ける」とは、家持だけの表現であるばかりか、時代が下っても類型もない独創的な内容がある。それは、扱きという言葉で、風に飛ばされた花びらが薫りをもって庭に敷き詰められている光景に昇華されているからである。この花びらに敷き詰められた香り漂う庭とは、家持の独自の詩的領域である。また「秋風の吹き扱き敷ける花の庭」をさらに清澄な月の光が照らしているという状況は、家持の視覚と嗅覚の個性である。

中西進氏は、三野石守の歌（八・一六四四）にも「扱入れ」という語があるとして、さらにしごいて袖に入れるのは、香りを移すためとして、「自然に秋風がしごいたのは例のないみごとな表現」と作品としても秀歌と評価する。[14] 袖が一般的であるのに、ここでは「花の庭」とあるのであるから、庭が風で引きちぎったはぎの香りを漂わせているのである。春の梅香を詠む例を取り上げているが、ここは季節が秋であるから、萩の花が想像できる。萩もしごけば香りが強まるのであり、鹿と同様に人間も引き寄せられるのであろう。

香りを表す万葉の歌語は、「か」「かをる」「かぐはし」「にほふ」がある。であれば、それらの言葉を含まず、「扱き」だけで秋の月光に照らされた清澄な庭、そこに風が運んできた花びらが敷き詰められているばかりか、香りまで感じさせることに、これまでの家持の花薫る歌の到達がある。

宋成徳氏は、「庭を照らす月」が中国文学の影響があるとして、庭と風を詠む中国詩の用例を複数あげている。花の庭、風と庭の中国詩の伝統を学ぶ家持の姿が指摘される。[15] しかし、誰々の具体的な詩の影響というよりも、和歌の伝統が必然的に素材として花と庭、或いは月と庭の歌とに至った、と考えられる。十五歳の家持は、かってうめと鴬、うめと雪の組み合わせから、うめを共通のものとして、雪と鴬を組み合わせた処女作を誕生させている。

うち霧らし雪は降りつつしかすがに我家の園にうぐひす鳴くも（八・一四四一）

連想が結びつけた組み合わせの美意識に基づく言語文化が当然多面的に視覚と嗅覚でも、家持に試みられているのである。

香りが古くから中国詩に多数見られるにせよ、大伴家持は、万葉の歌人では珍しい花香を複数の歌でうたっている。ところが、案外これまでの注釈書は、その香りに触れることが少ないし、むしろ否定的な論を展開している。これまでのたちばな、ふぢ、あしびなどの衣服の香りと異なり、秋の庭という視野の広がりの中で花薫る庭を表現しているのが家持であった。

なお四四五三番の左注が研究者の注意を引いている。「兵部少輔従五位上大伴宿祢家持未奏」とあるが、一つは従五位上の記載についてである。天平勝宝元年に従五位下から既に昇進していた。もう一つは「未奏」とあることである。未奏と不奏の違いを、伊藤博氏は簡潔に、未奏は宴の日より後に、不奏は宴の日より前に、それぞれ詠まれたとするが、さらに不誦（四三〇四）もあると注意する。[16] また、官位を記したことを、木下正俊氏は、無力感、屈辱感を指摘する。[17]

わざわざ宴席も終えていながら、なおも作歌する家持であったとすれば、そこには諦めきれない、或いは整理されない感情があったのであろう。橘諸兄に代表される皇親政治の暗雲に基づく憂鬱状態であれば、当然歌によって気持ちを晴らすことも試みるであろう。五年前になるが、有名な三十三歳の二月に開陳した巻十九・四二九二番左注にある、

悽惆の意、歌に非ずは撥ひ難きのみ。よりてこの歌を作り、もちて締緒を展ぶ。

一人になって心の解放を歌に託したのである。月に照らされて秋風で扱き敷かれた花の庭とは、これまでの花の香をただよわす衣服の袖とは比較にならない巨大な場所であり、その園が香りに満ちているのであるから、これまでの万葉歌にない視覚と嗅覚を混在させた新しい美の発見である。視覚、さらに嗅覚までも和歌の世界で描

いたのである。

結び

家持は花の香りを積極的にうたった万葉歌人である。その古今集にうたわれた香り文化の先駆的な意味でも注目される。花の香りばかりか、袖にまで染みこませる匂いを歌にうたった万葉歌人である。袖の香りということでは、先駆者としては、「扱き（い）れ」とうたう作品があった三野石守の梅の歌（一六四四）があった。この人物は、大伴旅人の従者であり、家持に影響を与えたであろう。

しかし、家持歌では、三九一六番（たちばな）、三九五七（はぎの花）、三九六五番（春の花）、四一一一番（たちばな）、四一二〇番（かづら）、四一六九番（花たちばな）、四一九二番（ふぢ）、四四五三（花の庭）、四五一二番（あしび）が香りを詠む歌であった。とりわけ「たちばな」をうたう巻十八・四一一一番、「ふぢ」をうたう十九・四一九二（別案四一九三）、そして「あしび」をうたう二十・四五一二番には、「扱き入れ」とあり、袖を香らすために花をしごき入れたのである。それは家持の花の味わい方であり、平安時代の袖の香を連想させる伝統歌の誕生である。さらに、四四五三番は、庭園に敷き詰められている花びら（はぎ）にも香りを感じさせた。万葉集では家持だけの到達した詩興である。その意味でも風に運ばれた萩の花の香りを庭に取り入れて朝廷賛美を試みた家持の心境は鬱々であった。

六年前に従五位上になっているが、正五位下に昇進するのが宝亀元年（七七〇）である。二十年以上もその後昇進がなかったのであるから、家持歌（四四五三）で官位を記した唯一の例でありながら、その意図は不満を認め得ても充実であるはずもない。

秋風の吹き扱き敷ける花の庭清き月夜に見れど飽かぬかも（二十・四四五三）

それにしても、研ぎ澄まされた聴覚と嗅覚が「秋風の吹き扱き」して、さらに視覚に基づく萩の花の散った庭、そして月夜という美しい取り合わせの一首である。四四五三番は、風月花香を詠んだ家持の代表作である。

注

（1）「かぐはし」は、万葉集で六首に用いられた歌詞である。引用した歌を含めて原文を示せば、一九六七番（香細寸花橘）四一一一番（香具播之美　家持）　四一二〇番（香具波之君　家持）　四一六九番（香吉　家持）　四三七一番（可具波之　防人）　四五〇〇番（加具波之美　市原王）となる。これらの用例からは、ほとんどが橘を用いて「かぐはし」としている。市原王の例は、うめの花の香をいう。

（2）『万葉集全歌講義（二）』　一九八頁

（3）『万葉集全注（巻十七）』　一四一頁

（4）『万葉集注釈（巻十八）』　一三二頁

（5）『新編古典文学大系万葉集（四）』　二三六頁

（6）『新編全集万葉集（四）』　二六九頁

（7）『万葉集全注（巻十八）』　一八七から一九一頁

（8）「家持自然詠の『ヨヅ』『攀』」（「上代文学」九十八号）

（9）「袖に扱入れつ染まば染むとも――『万葉集』巻十九『霍公鳥并藤花一首歌』を中心に――」（「文学・語学」一七九号）

（10）『万葉集全注（巻十九）』　一一六から一一七頁

（11）中西進氏は、「アシビの花を袖にしごき入れようと歌った。（略）『さつきまつ花たちばなの香をかげば昔の人の袖の香ぞする』（巻三・一三九）というよみ人しらずの歌にひとしい」（『大伴家持（6）』三四八頁）と述べる。さらに興味深いのは、「池水に影さへ見えて」とある表現を実際の景と虚像（池の中に影が見えていること）と理解を示し、実像と虚像をうたう紀貫之の存在を指摘していることである。

(12)『万葉集全注（巻二十）』　四五一二番注　三五三頁
(13)『万葉集釈注（十）』　八〇六頁
(14)『大伴家持（6）』　四四二頁
(15)「月を詠む万葉歌と中国文学」（「国語国文」七十七巻六号）
(16)『万葉集釈注（十）』　六五五から六五六頁
(17)『万葉集全注（巻二十）』　二六六頁

第二節　ホトトギスの歌

一　ホトトギス歌

中西悟堂氏は、ホトトギスが百五十六件、雁が六十三件とする。[1]一方、中川幸廣氏はホトトギスが百五十三首であり、また二番目に多い雁が六十七首であるとする。[2]数から言えばホトトギスが一番である。家持は、万葉集全体の鶯の歌よりも多く一人でホトトギスの歌を六十六首にうたった。鳥では特別の存在であるところから、ホトトギスの歌を対象とする。

万葉集のホトトギスがカッコウなどを含むらしい。表記の一つにある「霍公鳥」からは指摘できる。一方その証明になると難しい。ただ、万葉集のホトトギスには、さまざまな習性のなかで目立つのが鳴きながら飛ぶことであり、歌も鳴く声を主題としている。また、高橋虫麻呂歌（九・一七五五）や大伴家持歌（十九・四一六六）によって、ウグイスの巣に托卵する習性もうたわれた。

大伴家持の歌人としての人生は、大きく三つにわけて考えることが出来る。習作時代の天平十八年までと、越中時代の天平十八年から天平勝宝三年までの間、さらに都に戻ってきてから因幡の国守であった天平宝字三年までである。ここでは、越中時代に、四十六首ものホトトギス歌をうたったことを配慮して、ホトトギス歌の特質を追求する。但し、家持のホトトギス歌の特質は独詠歌にあると考える。また、この論で言う家持のホトトギス歌は、歌中で「ホトトギス」とうたわれているか、或いは確実にホトトギスをうたったと判断される歌を指す。

一般的には、ホトトギスの言葉がある歌を言うようであるが、この論ではその意味で歌数が若干多くなっている。越中守であった五年間にホトトギス歌が集中的にうたわれているのであるから、当然越中という都と異なる風土も影響しているが、この論ではホトトギス歌に死者の影響があることを配慮してみたい。
まず、創作の日時で整理してホトトギス歌を示せば次の如くである。

習作時代

天平十三年（二四歳）
　四月三日　三九一一〜三九一三（三首）
天平十六年（二七歳）
　四月五日　三九一六〜三九一九（四首）
不明（天平四年から天平十六年迄か）
　一四七七　一四八六　一四八七　一四八八　一四九〇　一四九一　一四九四　一四九五　一五〇七
　一五〇九
以上十七首

越中守時代

天平十九年（三〇歳）
　三月二十日　三九七八
　同月二九日　三九八三　三九八四

同月三〇日　三九八七
四月十六日　三九八八
同月二六日　三九九七
同月三〇日　四〇〇六　四〇〇七
天平二十年（三一歳）
三月二四日　四〇四三
同月二五日　四〇五一
同月二六日　四〇五四
四月一日　四〇六六　四〇六八
天平感宝・天平勝宝元年（三二歳）
四月四日　四〇八四
五月十日　四〇八九～四〇九二（四首）
同月十四日　四一〇一
閏五月二三日四一一一
同月二七日　四一一六
同月二八日　四一一九
天平勝宝二年（三三歳）
三月二〇日　四一六六～四一六八（三首）
三月　四一六九（この歌以降妻大嬢は、越中に居る）

三月二三日　四一七一　四一七二
三月　四一七五　四一七六
四月三日　四一七七〜四一七九（三首）
同月四日　四一八〇〜四一八三（四首）
同月九日　四一八九　四一九二　四一九三
四月　四一九四〜四一九六（三首）
四月二二日　四二〇七　四二〇八

天平勝宝三年（三四歳）
四月十六日　四二三九
以上四六首（宴席での作七首　贈答での作一二首　独居作二七首）

少納言時代
天平勝宝六年（三七歳）
四月　四三〇五
天平勝宝八歳（三九歳）
四月二十日　四四六三　四四六四
以上三首　合計六六首

ここに示したことから、まず越中時代に四十六首ものホトトギスの歌を作っていた家持が、少納言時代には三首しか残していないことが知られる。次に夏は、四月から六月でありながら、創作が三月と四月にほぼ限定されるのであり、数が少ないが菖蒲、草玉などと結びつくと五月（閏五月を含む）もうたっている。夏の鳥としては、もっと盛夏の五月、晩夏の六月にも歌の素材になっていいはずである。奈良時代のホトトギスは、とりわけ六月に鳴かなかったのであろうか。現在では立秋を過ぎた八月上旬くらいまでは、山辺のホトトギスは確実に鳴いている。これは、ホトトギス歌の主題として、晩春三月になるとホトトギスの鳴き声が待ち焦がれたためと、四月に入っても思うように初鳴きが聞かれなかったことの嘆き、或いはその初鳴きに感激しているこの時代の好みとも関わるのであろう。鳴き声が日常茶飯事のこととなると創作意欲がなくなっていったのであろうし、鳴き声に拘りつつホトトギスと卯の花等の組み合わせにも感動していて、特定の植物が咲く時期にほぼ限定されている。橘（六十九首中二十八首がホトトギス歌）卯の花（二十二首中十八首がホトトギス歌）、菖蒲（十二首中十首がホトトギス歌）、楝（四首中二首がホトトギス歌）と関わるので天平勝宝元年閏五月の歌は例外的である。

また、家持の妻は、天平勝宝二年三月に越中国府にいたようであるが、それ以前は京にいた。ところが、ホトトギス歌の創作という意味からは、天平勝宝二年三月でわざわざ区分する理由に大嬢の越中での存在がない。越中秀歌として有名な天平勝宝二年三月一日に詠んだ、

春の園紅にほふ桃の花下照る道に出で立つ少女（十九・四一三九）

などの「少女」を坂上大嬢が越中に居ることと重なるとする考えも可能である。

しかし、この少女自体が幻想であるし、想像して描くところの特徴である絵画的であることからも、実在の人物の直接的な反映があるとも思えない。即ち、家持は、天平十一年以降には、改めて大嬢等に対して相聞歌を詠っ

ているが、越中では創作の契機や動機に妹たる大嬢がほとんど直接的に関わらなかった。

さらに、少納言に任命されて都に戻ってからは、ホトトギスは、主要な歌の素材にはなっていないことも、この年表からは見逃せない。

まず家持のホトトギス歌で年代がはっきり知られない歌が巻八の夏雑歌と夏相聞にある。夏雑歌の八首を示せば次の通りである。

大伴家持が霍公鳥の歌一首

卯の花もいまだ咲かねばほととぎす佐保の山辺に来鳴き響もす（一四七七）

大伴家持、霍公鳥の晩く喧くを恨むる歌二首

我が屋前の花橘をほととぎす来鳴かず地に散らしてむとか（一四八六）

ほととぎす思はずありき木の暗のかくなるまでになにか来鳴かぬ（一四八七）

大伴家持、霍公鳥を懽ぶる歌一首

何処には鳴きもしにけむほととぎす我家の里に今日のみそ鳴く（一四八八）

大伴家持が霍公鳥の歌一首

ほととぎす待てど来鳴かず菖蒲草玉に貫く日をいまだ遠みか（一四九〇）

大伴家持、雨日に霍公鳥の喧くを聞く歌一首

卯の花の過ぎば惜しみかほととぎす雨間も置かずこゆ鳴き渡る（一四九一）

大伴家持が霍公鳥の歌二首

夏山の木末の繁にほととぎす鳴き響むなる声の遙けさ（一四九四）

あしひきの木の間立ち潜くほととぎすかく聞きそめて後恋ひむかも（一四九五）

以上の歌は、習作時代に詠まれたものであろうが、はっきり天平のいつ頃かと限定できない。しかし、家持のホトトギス歌の特徴は、既に伺い知られる作品である。まず、これらの歌は、ホトトギス歌の一般的な特徴である特定の歌語を集中的に用いることと無縁ではない。例えば、「鳴く」「来」「行く」「渡る」等の動作を示す語、或いは組み合わせとして「花橘」「卯の花」「あやめ草」といった植物と関わらせ、また場所を示す「山」「里」「わが家」等を取り入れて一首が形作られていることである。そのために自ずとうたう主題も類型的になる。その中で注目すべき個性が感じられるのは、「夏山の」（一四九四）と「あしひきの」（一四九五）の二首である。

一四七七番は、卯の花との組み合わせが見られる。一四八二番も同様である。一四七八番は、橘との組み合わせである。花の季節として、橘の花、卯の花は初夏の代表的なものであり、ホトトギスの鳴き始める季節と重なることと、梅にウグイスの例もあるように、鳥類と花の組み合わせが大切な季節の美意識であった。これらの組み合わせが調和の美をもたらせたのであろうし、それが歌の基本にもなった。一四八七番は、屋戸の橘とホトトギスの組み合わせである。屋戸とは、庶民の家も貴族の邸宅も指しているが、要は人の住む家のことである。その住宅には、貴族は橘や梅、さらに卯の花などを植えていたのであろう。橘はもちろん皇親政治を理想としている家持であるから橘諸兄を象徴する植物である。さらに、類型的なのは、鳴かないことを恨む歌である。立夏になればホトトギスが鳴くという常識までもが誕生しているのであるが、初鳴きを聞く願望はすさまじいものがある。植物としては、あやめを詠んだのが一四九〇番である。一四八七番に「木の暗」とあるが、この言葉は夏になり青葉が盛んに茂る状態であるから、木の陰が出来ることを言う。田辺福麻呂の奈良が過去の京になったので悲しんだという長歌に「桜花　木の晩ごもり　貌鳥は　間無くしば鳴く」（六・一〇四七）とあって、家持との年代的な前後は不明であるが、他者の用例はある。また、この「木の暗」は、その後の家持のホトトギス歌（四〇五一、四一六六、四一九二、四三〇五）にも用いられた。

一四八八番は、我が家の里で鳴くことを喜ぶ歌である。今か今かと鳴き声を待つのであるから、その鳴き声を実際に耳にした感動も詠まれた。奈良時代の人々が鳴かないと恨み、鳴いたと言って喜ぶのであるが、家持もその一人であった。以上の歌に対して、一四九四番の「声の遥けさ」とは、音感の鋭さから心情の陰影を感じさせる。一四九五番にある「木の間立ち潜く」は、目の鋭さ、或いは観察の見事さも見せている。稲岡耕二氏は、この言葉を特殊なものとして、「立ち潜く」が彼しか用いていないことも併せ、樹間の鳥の敏捷な動き的確に表現している、としている。(3) 樹林で素早く行動しているホトトギスの特徴を的確に表現していて、現代では「藪にウグイス」とも言うそのウグイスを「茂み飛びくく」（十七・三九六九、三九七一）と形容しているのと同様に、鋭い鳥類観察から生まれたものである。

巻八のホトトギス歌は、家持の越中時代の作品にも発展継承されるものであって、その意味では習作である。しかし、その中では、感覚の鋭さと観察する目の確かさを示す歌もあった。これらのホトトギス歌は、「来鳴き」が四首に、「鳴く」が二首に、「鳴き渡る」が一首に用いられていて、徹底的に鳴くことに拘りを見せているが、これも越中時代も変わらないし、そもそもホトトギス歌の常識でもある。そこで注目したいのが「来鳴く」という歌語である。鳴いている場所に来て、そして鳴く、と言うこともあるが、鳥がどこそこへ来て、鳴くと言うのであるから、その言葉の背景には、鳴き声で評判のウグイス、コマ、オオルリ等と比較的異なり、ホトトギスが日中に姿を見せつつ鳴きながら飛んで移動している習性とも関わっている。

二　習作時代

創作の年代が確実に知られるホトトギスの歌は、弟書持との贈答に始まる。天平十三年四月のことであるから、家持二十四歳であり、弟は家持よりも若干若かったようである。肩書きが記されていないので、二十一歳にいたらない任官以前なのであろう。天平十一年夏六月二十二歳の家持が亡くなった妻を悲しむ挽歌を作るとすぐに唱和している。家持の処女作が十五歳であるから、その程度の年齢であろうか。巻十七にある五年後のホトトギス歌は、逆に弟から兄へ贈られている。

　　霍公鳥を詠む歌二首
橘は常花にもがほととぎす住むと来鳴かば聞かぬ日無けむ（三九〇九）
珠に貫く楝を家に植ゑたらば山ほととぎす離れず来むかも（三九一〇）
　右、四月二日に大伴宿祢書持、奈良の宅より兄家持に贈る。

　　橙橘初めて咲き、霍公鳥飜り嚶く。この時候に対ひ、詎そ志を暢べざらむ。因りて三首の短歌を作りて、
　鬱結の緒を散らさまくのみ。
あしひきの山辺に居ればほととぎす木の間立ち潜き鳴かぬ日はなし（三九一一）
ほととぎす何の心そ橘の玉貫く月し来鳴きとよむる（三九一二）
ほととぎす楝の枝に行きて居ば花は散らむな玉と見るまで（三九一三）

右、四月三日に内舎人大伴宿祢家持、久邇の京より弟書持に報へ送れり。

家持も弟書持も、表面はホトトギスの鳴き声を望んでいるのであるが、どちらも深刻な心情を託して詠んでいる。書持は、三九〇九番で橘がいつまでも咲き続ける花であってほしいと願望を述べ、そこが住む家であればやってきて毎日鳴き声を聞ける、といい、三九一〇番では珠として貫く楝を植えたら、いつもきて鳴くことだ、と言う。どちらも仮定の話として、橘と楝が取り上げられているが、いつも鳴き声を聞きたことからの思いつきである。

書持は、天平十八年秋に突然死去して、孤独な家持に衝撃を与えている。しかし、歌は家持に刺激を与えている。まず独自の歌語としては「常花」がある。いつも咲いている花の意味で用いたのであるが、万葉集ではこの一例である。橘は、「時じくの　香の木の実」（十八・四一一一）がなるのであるから、「時じくの花」として、即ち「常花」を考えたのであろうが、優れた書持の造語である。家持は天平十九年の三月の歌で、「常初花」（三九七八）とうたっている。

妹も我も　心は同じ　比へれど　いやなつかしく　相見れば　常初花に　心ぐし　愛しもなしに　はしけやし　我が奥妻（略）（十七・三九七八）

妻大嬢の形容に永久の初花の如く心惹かれるとしている。当然書持の歌語の影響も考えられる。女性の姿が「常初花」とあるが、永久にと願うのは、現実に逢えないことから来るのであろう。しかし、「初花」を「常」とするのは、無理があった。面白い造語であるが、この後に用いられない。もちろん橘は、橘諸兄の存在が暗示され、

「常」とあることで賞賛する気持ちが働いているのであるが、楝はどうであろう。

天平十三年四月とは、閏三月に五位以上に平城京での居住を禁止していて、久邇が新京と考えられるようになっていたのであろう。十一月には、新京として「大養徳恭仁大宮」と命名される。聖武天皇は天平十二年の藤原広嗣の反乱から五年間平城京に戻らずにいたのであるが、家持も内舎人として天皇に仕えているのであるから、それなりの覚悟でいたらしい。また、巻四と巻八には、家持と女性との相聞歌が見られるが、大嬢と結婚していたにせよ、その多くはこの天平十二年頃から同十六年頃のものであろう。

巻八の夏相聞には、家持のホトトギス歌（一五〇七〜一五〇九）もあるが、どちらかというと雅なホトトギスばかりではなく、めずらしく追いやっても花橘を散らしてしまう「醜霍公鳥」（一五〇七）と言ったりしている。時と場合では、邪魔な鳥と言うことにもなる。坂上大嬢に橘の花に添えて贈った歌であるから、戯れ的に例外としてそう言ってみたのであろう。とにかくホトトギスを妻大嬢に例えることは、醜いホトトギスであるだけに難しくなる。

さて、奈良でも恐らく楝が自生していたのであろうが、両者がこの南国風の楝を登場させているだけに筑紫で作られた有名な山上憶良の歌が思い出される。

妹が見し楝の花は散りぬべし我が泣く涙いまだ干なくに（五・七九八）

書持の最初の歌は、橘諸兄に対する讃仰であっても、「橘は常花」といい、夏鳥であるホトトギスのいつも鳴き声を聞いていたい、と言うのである。二番目の歌に楝がうたわれているが、その楝は父旅人の妻の死を悼む憶良の作った日本挽歌に登場した。とすれば、書持も、ここには明らかにその挽歌を踏まえて、ホトトギスが亡妻と関わる鳥として存在していてもよい。家持の妻も楝の花が咲いている頃に亡くなったのかも知れないし、楝は、「あふち」であるから、「逢ふ」の意味がかけられている。ここでは「吾妹子に楝」（十・一九七三）にあるように、「吾妹子に逢ふ」が連想される。

即ち、ここにいるホトトギスは、鳴き声を楽しむ夏の雅な鳥というよりも、「古に恋ふらむ鳥」（二・一一二　額田王）という中国の伝説である蜀の望帝の魂がこのホトトギスと化し、生前の故郷を偲んで鳴く存在になることを踏まえている。この故事は、家持と書持の両者の共通の知識にあるので、憶良の挽歌を踏まえた歌になっている。ここにあるのは、もちろん望帝の魂ではない。また、坂上大嬢でもない。家持の死んだ妾の魂と考えるのが適当である。書持が家持に訴えたのは、亡妾の魂を運ぶ、或いは亡妻の形代としてのホトトギスである。

家持は、大嬢に贈った相聞歌では、花を散らすホトトギスを「醜ほととぎす」としていたが、三九一三番はホトトギスの散らす花を玉と見るわけであるから、すこぶる寛大であり、さらに肯定的でもある。さすがに弟と同様な仮定法を避けて、第一首で山辺にいれば、鳴かない日はない、と言う。第二首では、橘の花を珠に通す月にやってきて鳴くのが霍公鳥であるといい、第三首では楝の花を散らすのは惜しいが、散る花が珠と見えることもある、とこれまた肯定的な内容である。個々に登場するホトトギスは、花を散らしても、橘の花咲く頃に来ることも、里ではない山に住むことも全て肯定している。大嬢の相聞歌にうたわれている醜霍公鳥との対照を配慮したとき、亡妻の魂を運ぶホトトギスの存在、或いは亡妻そのものと見なすホトトギスの存在があって、両者の歌が詠まれている、と考える。

三九一一番の題詞には、場所、年次、作者だけではなく、創作の意図も表現されているが、最も年代の古い家持の文芸について述べたものである。とりわけ「鬱結の緒を散らさまくのみ」は、終生持ち続けた和歌を創作する基本である。さらに歌語として注目されるのは、家持の「ほととぎす木の間立ち潜き」である。家持が優れた鳥類の観察者であったことは、この言葉でも頷かれるし、越中時代でも健在である。俊敏に森をくぐり抜けていく鳥の習性を熟知しているのである。

内舎人時代、越中時代、少納言時代にそれぞれ併せて六十六首もホトトギスをうたいながら、年代が確定的な天平十三年弟の贈答に始まるのが亡妾の形代としてのホトトギスの存在である。そもそもホトトギスは、巻十に夏の雑歌、夏の相聞歌として、三十五首がある。そこでも歌としては、植物と関連する言葉として「珠に貫き・交へて」、また植物として「卯の花」「橘の花」「菖蒲」等、さらにホトトギスの動作としては、「来鳴き」「渡る」などがある。さらに夏になれば必ず鳴くという時期的なこととして、未だ鳴かない、或いは待ち焦がれるとかがうたわれる。従って鳴き声を聴いては偲ぶと言う様な形式的な歌が多い。

下田忠氏は、万葉集のホトトギス歌を「幽明を結ぶ鳥」「人を結ぶ鳥」「待ち焦がれる鳥」「孤愁を呼ぶ鳥」「風雅の鳥」という分類を試みている。[4]その分類からは、幽明を結ぶ鳥として弟書持との贈答歌は、ホトトギスがうたわれている。当然、孤独も強まる。恋の橋渡しをするのであれば、人を結ぶのであり、鳴き声を待ち焦がれ、孤独を強めたり、或いは風雅の鳥ともなる。そのいずれもが越中守以前の家持によってうたわれている。

さらに天平十六年の巻十七にある独詠（三九一六～三九二一）は、孤愁を強める鳥の存在であることは無論のこととして、さらに新しい試みが為されている。

天平十六年早々のことである。将来を期待した安積皇が閏一月に亡くなられた。家持は、二月と三月にそれぞれ挽歌をうたう。皇親政治に期待していただけに、その失望も理解できるのであるが、このホトトギス歌群は、全体が憂鬱な心情に満ちている。

十六年四月五日に独り奈良の故宅に居りて作る歌六首

橘のにほへる香かもほととぎす鳴く夜の雨にうつろひぬらむ（三九一六）
ほととぎす夜声なつかし網ささば花は過ぐとも離れずか鳴かむ（三九一七）
橘のにほへる園にほととぎす鳴くと人告ぐ網ささましを（三九一八）
あをによし奈良の都は古りぬれど本ほととぎす鳴かずあらなくに（三九一九）
鶉鳴く古しと人は思へれど花橘のにほふこの屋前（三九二〇）
杜若衣に摺り付け大夫の着襲ひ狩する月は来にけり（三九二一）
　右、大伴宿祢家持の作。

三九一六番は、薫りをうたう点が珍しいが、雨降る夜に鳴くホトトギスがもの悲しさを漂わせて、「うつろひ」とするところに不安な前途を感じさせている。三九一七番は、夜に鳴くホトトギスの鳴き声に親近感を示す心とは、尋常の心ではないし、そのホトトギスを捕まえたいと言うのである。三首目の三九一八番は、前歌の網で捕まえたいということを繰り返している。三九一九番は、京は古くなってもホトトギスは昔のままである、とうたう。ここまでがホトトギス歌の連作で、その最後の心情を継承して反歌として詠っているのが五番目の三九二〇番である。故郷と思っている奈良の家も、橘も昔のままである、と言うには、第一首にある「うつろひ」を意識して否定したものでもある。人は分からないが、本ホトトギスは、昔と同じなのであると言う。そう考えると、第四首までの結論が第五首になる。最後の「杜若」の歌（三九二一）は、将来を期待した安積皇子挽歌の反歌で「万代に憑みし心何処か寄せむ」（四八〇）と嘆いた丈夫の根本にある「大伴の名」を意識している。

中西進氏は、五首で長歌を、最後の第六首が反歌の内容があるという。(5) 即ち、家持の試みは、四首でホトトギス連作を試み、長歌の内容を纏める発想の第五首でうたい収めたのであるが、さらに収拾がつかずに反歌として最後は内舎人であるにもかかわらずに聖武天皇の側を離れて独り奈良にいる心情を吐露したのであるとする。ホトトギスは、孤愁を強める鳥であり。昔のことを思い出させて、うたうことで悲しみの心を解放させていても、諦めきれない家持がいた。その心情を五首の連作で表現して、さらに第六首目で反歌の内容を持たせているのは、新しいホトトギス歌の創作態度である。かかる試みが次にホトトギスを主題とする長歌を作らせていくことになる。

三　亡弟

家持は、越中で大伴池主等の下僚と歌を贈答しているし、宴席でも歌を披露している。身分の違いを乗り越えた思いやりのある家持の心がそれらの歌からも知られるが、ホトトギス歌に関しては、独り静かに居て詠んだ歌に心の陰影が表現されている。ホトトギス歌四十六首中で独り居て詠んだ歌は、二十八首である。二十八首のほとんどの根底に中国の望帝故事があって、家持の心情に陰影を与えているために魅力あるものにもさせるのである。

家持は、赴任してから二ヶ月ほどを経た九月に弟書持の死が伝えられた。残された歌がわずかであるために歌人としての力量も推し量りにくいのであるが、兄弟の贈答を読む限りは、書持は庭に花などを植えていることの好きなことからも知れる風流の人物である。翌年の天平十九年一月であろうか、家持自身も死を考えてしまう程の大病を患う。やや回復してからは歌友として池主の存在が顕著になった。有名な山柿の言葉が三月三日の序（十七・三九六九）に登場して、さらに両者は創作に熱中する。ホトトギスは、三月二十日の歌からうたわれた。日付で五月までの巻十七の歌を整理して示せば、以下の通りである。

三月二十日　家持　恋緒をうたう歌（三九七八～三九八二）
三月二十九日　家持　立夏になっても霍公鳥が鳴かないことを恨む歌（三九八三、三九八四）
三月三十日　家持　二上山の賦（三九八五～三九八七）
四月十六日　家持　夜に霍公鳥が鳴くのを聞く歌（三九八八）
※四月二十日　家持　正税帳で上京するための宴で披露した別れの心情をうたう歌（三九八九、三九九〇）
※四月二十四日　家持　布勢の水海に遊覧する賦（三九九一、三九九二）
四月二十六日　池主　布勢の賦に敬和する賦（三九九三、三九九四）
四月二十六日　家持、内蔵縄麻呂、古歌
　　　　掾の館で開かれた餞別で披露された歌（三九九五～三九九八）
※四月二十六日　家持　国守館で開かれた宴席歌（三九九九）
※四月二十七日　家持　立山の賦（四〇〇〇～四〇〇二）
※四月二十八日　池主　家持立山賦に敬和した賦（四〇〇三～四〇〇五）
四月三十日　家持　京に入る日が近づいて別れを悲しむ歌（四〇〇六、四〇〇七）
五月二日　池主　家持としばしの別れを惜しむ歌（四〇〇八～四〇一〇）

米印は、ホトトギスが全くうたわれてない歌である。歌群の場合は、全てでなくても一群のどれかの歌にホトトギスがうたわれている。

さて、習作時代にあまたの女性と相聞歌の往来があったのであるが、越中では宴席の歌と独詠の歌にほぼ終始する。その中でまず注目したいのが「山柿」に言及した三月三日の序がある。次には、ホトトギス歌の考察からは「五賦」も興味深い。山柿が歌を作る理念を述べたものであれば、さらに京にいる人へのお土産の歌が池主と家持の万葉五賦である。越中を紹介する意図は、家持の二上・布勢の水海・立山の三賦に具体化された。

しかし、この論では妹の存在に注目している。そこで京にいる妹を思って詠んだという珍しい恋をうたう歌を取り上げる。三月二十日には、妹がいないので寂しいと感じる心、即ちそれが恋緒であるとする歌を作っている。万葉集の「恋ひ」とは、直接逢っていないので寂しいという感情である。長歌と短歌で現実に逢えないところからくる寂しさをうたうのは、恋の本質である。短歌の一首だけ紹介する。歌は、現実に逢えないので夢で見ても恋心は止むことがない、と言う。

あしひきの山き隔りて遠けども心し行けば夢に見えけり（三九八一）

引用した歌を含めた京にいる妻を思う歌（三九七八～三九八二）は、表面的に妻坂上大嬢をうたっている。しかし、その中で「常初花」（三九七八）等の表現からは、書持の「常花」を用いた歌から死者の面影も付きまとう。また、引用した歌などは、一般的には夢で逢うのは、妹が家持を恋いしているからであろうが、わが心によって妹が現れるなどはどう考えても一般的ではない。どうもこの恋歌も表面と裏腹な陰りがある。本当に妹に贈ったのであろうか。後に五百個の真珠を贈りたいと願う相聞歌（十八・四一〇一～四一〇五）があるが、真珠の数が数だけに虚構的な妹の存在を考えさせてしまい、これも実際に贈っていたのであろうか、と思ってしまう。とにかく守赴任から二年目の天平十九年の越中では歌友池主を再発見していながら、その一方で都を強く意識して作歌しているのが家持である。

恋をうたってから九日後には、越中で初めてのホトトギスを主題とする歌があり、越中の風土と京との対比の中で生じた感情をうたう。

立夏四月既に累日を経たるに、由し未だ霍公鳥の喧くを聞かず、因りて作る恨みの歌二首
あしひきの山も近きをほととぎす月立つまでに何か来鳴かぬ（十七・三九八三）
玉に貫く花橘を乏しみしこの我が里に来鳴かずあるらし（同・三九八四）
霍公鳥は、立夏の日に来鳴くこと必定す。また越中の風土は、橙橘の有ること希らなり。これによりて、大伴宿祢家持、懐に感発して、聊かにこの歌を裁る。［三月二十九日］

家持は、京を常に意識していたのであるが、越中の風土に親しむ気持ちが勝ってくると越中の地名を歌に積極的に取り入れてうたう傾向がある。左注では、越中と京の風土の相違が話題になっている。何気ないことに思えるが、天平時代の名門貴族でありながら、鄙の風土に注目している歌人が存在していることに驚く。三九一一番でも用いた「橙橘」とは家持の独自な表現であるが、橘のことであろう。橙橘が越中で少ないことと立夏の日には必ずホトトギスが鳴くことが対比されている。書持への贈歌で家持は、山辺では必ずホトトギスが鳴いているとうたった。また、京では立夏にはホトトギスが来て鳴く、と言う。立夏が過ぎていて、さらに山が近いのに鳴かないのは、京と異なる。山とは、ここでは二上山であろう。翌三月三十日に作った二上山賦の短歌には、

玉匣二上山に鳴く鳥の声の恋ひしき時はきにけり（十七・三九八七）

とあって、翌日もホトトギスが鳴いていない。

花橘も越中が雪国であるだけに珍しいのであろうし、ホトトギスは京では必ず立夏来て鳴くのにここ越中では鳴かないとしている。そして、「あしひきの山も近きを」とあるところに、弟へ贈った歌の「あしひきの山辺に居れば」（三九一一）を踏まえているところに、亡弟とホトトギスとの結びつきにもなっているのである。このホトトギスが亡弟の形代でもあること、そして越中の風土が大和と異質であることが最初のホトトギス歌に指摘できるのである。

さらに四月には、次の秀歌を作る。

四月十六日夜裏遙かに霍公鳥の喧くを聞きて懐を述ぶる歌一首

ぬばたまの月に向かひてほととぎす鳴く音遙けし里遠みかも（十七・三九八八）

右一首は、大伴宿祢家持作れり。

ホトトギスが夜に鳴いていることも孤独な心情を刺激するのであろうが、ここにあるのは、鳴き声を「音遥けし」と感じる感性である。

もちろん家持だけがホトトギスの鳴き声を「遥けし」とうたったのではない。家持自身も嘗て巻八の夏雑歌に収められている歌で「鳴き響むなる声の遥けさ」（一四九四）と言っている。また、湯原王が鹿の鳴き声にも「遥けさ」と言う。

秋萩の散りのまがひに呼び立てて鳴くなる鹿の声の遙けさ（八・一五五〇）

家持は、それを「声」（こゑ）とせずに「音」（おと）として捉えたところに、巻八の自作歌とも異なる情緒をもたらせている。声とはまさしく鳴き声の意味であるが、音であれば松であれ、笹であれ、或いは動物の鳴き声でもいいのであるが、声よりも広い意味で用いる。家持は、声とせずに音として表現したのは、どうしてであろうか。

今夜のおぼつかなきに霍公鳥鳴くなる声の音の遥けさ（十・一九五二）

引用した歌を参考にすれば、声を音として捉え直して遥けさを感じているのは、「今夜のおぼつかなき」ことである。ホトトギスの声をその声として捉えれば、ごく自然であるが、それをさまざまな自然界の音としている状況があって、「声の音」なる語も生まれているのである。家持は、さらに霍公鳥の声を、声という段階を経ないで直裁的に音というレベルで捉えていると理解される。即ち、自然の中でのさまざまな音として鳴き声を捉えるあまりにも鋭敏すぎる心情であるが故に、おぼつかない状態にいたっていて、さらに音を遥かなものとしていたからである。

四　亡妾挽歌の影響

家持は、天平十八年に越中国守に任じられ、七月に赴任した。その折に弟書持との別れの様子を「泉川　清き川原に　馬とどめ　別れし時に」（十七・三九五七）と九月に急逝した書持挽歌でうたう。妻の存在は、翌年春二月に重い病にかかって死にそうになった時に詠った歌に「はしきよし　妻の命も　明け来れば　門により立ち　衣

手を　折り反しつつ　夕されば　床うち払ひ　ぬばたまの　黒髪敷きて　何時しかと　嘆かすらむそ」（三九六二）と母に対する描写八句をしのぐ十二句で描いている。ちなみに妹・兄と子供は、四句であるから、この歌を作っていた時点では妻の存在がそれなりにあった。しかし、その後の家持の贈答は、歌友としての同族池主の存在が際だってくる。

越中五賦は、病後の三月三十日に家持の二上山賦（三九八五）から始まり、四月二十八日の池主の敬立山賦に終わるが、長歌を賦と呼ぶ一月ほどの新しい試みである。正税帳を都に持ってのぼるためであろうが、おみやげの意味もあり歌も意欲的である。五月の上旬に出発して帰国は九月下旬であろう。万葉五賦の試みる直前の三月二十日に恋の心を詠んだ歌がある。それ以外は、直接妹に触れることがない。そもそも叔母であり、大嬢の母である義母大伴坂上郎女とは、贈答を試みているが、妻との例が見つけられない。

坂上郎女は大嬢に天平勝宝二年の六月から九月にかけて歌を贈ってきた。長短二首（四二二〇、四二二一）であるが、返歌は記されない。

家婦が京に在す尊母に贈らむ為に誂へられて作る歌一首〈并せて短歌〉

ほととぎす　来鳴く五月に　咲きにほふ　花橘の　かぐはしき　親の命　朝夕に　聞かぬ日まねく　天ざかる　鄙にし居れば　あしひきの　山のたをりに　立つ雲を　よそのみ見つつ　嘆くそら　安けなくに　思ふそら　苦しきものを　奈呉の海人の　潜き取るといふ　白玉の　見が欲し御面　直向かひ　見む時までは　松栢の　栄えいまさね　貴き我が君［御面これを「美於毛和」と云ふ］（十九・四一六九）

反歌一首

白玉の見が欲し君を見ず久に鄙にし居れば生けるともなし（十九・四一七〇）

引用歌は、三十三歳であった前年天平勝宝二年三月の作品である。題詞に「誂へて」とあり、義母への返歌を妻大嬢から依頼されて作ったことが分かる。この作品によってこれ以降妻が越中にいたことが知られるのであり、その意味で貴重である。しかし、坂上郎女が「白玉の見が欲し君」と娘ではない、その夫に言われて満足するのであろうか。もしも代作させる坂上郎女とは、いかなる心情の持ち主であろう。一般的には作品の優劣と言うよりも、母は娘の歌をほしがるものであろう。長歌にも「松柏の　栄えいまさね　尊き吾が君」とあり、あまざかる越中と平城京との空間を配慮した大切な母への挨拶であるところに、家持による代作を奇異に感じる。このことは、大岡信氏も指摘するところである。(6)

越中時代の作品に人の死の影を盛んに指摘するのは、中西進氏である。(7) とりわけ父旅人、弟書持を強調している。それに対して亡妻の影響を、七夕歌とホトトギス歌で指摘したい。

家持は、妹への代作も大嬢に代わって創作している。四一九七番と四一九八番の二首であるが、家持が妻大嬢の代作をした。坂上郎女は、娘に歌（四二二〇、四二二一）を贈ってきているが、その返歌は万葉に記されていない。防人歌の記録では、拙劣な歌は載せないよしの発言もする家持であるから、稚拙な妻の歌は記録しなかったのかもしれない。しかし、実母への歌を代作させるとはどういうつもりなのであろう。

越中の五年間大嬢を意識して作歌していると判断される歌は、三群であるが、Ⅰのみ長歌と題詞を引用し、Ⅱ・Ⅲは題詞のみ引用する。

Ⅰ　恋緒を述ぶる歌一首〈并せて短歌〉

妹も我も　心は同じ　比へれど　いやなつかしく　相見れば　常初花に　心ぐし　愛しもなしに　はしけやし　我が奥妻　大君の　命恐み　あしひきの　山越え野行き　天ざかる　鄙治めにと　別れ来し　その日の

極み　あらたまの　年行き帰り　春花の　うつろふまでに　相見ねば　いたもすべなみ　しきたへの　袖返しつつ　寝る夜おちず　夢には見れど　現にし直にあらねば　恋しけく　千重に積もりぬ　近くあらば　帰りにだにも　うち行きて　妹が手枕　さし交へて　寝ても来ましを　玉桙の　道はし遠く　関さへに　隔てあれこそ　よしゑやし　よしはあらむそ　ほととぎす　来鳴かむ月に　いつしかも　早くなりなむ　卯の花の　にほへる山を　よそのみも　振り放け見つつ　近江道に　い行き乗り立ち　あをによし　奈良の我家に　ぬえ鳥の　うら嘆けしつつ　下恋に　思ひうらぶれ　門に立ち　夕占問ひつつ　我を待つと　寝すらむ妹を　逢ひてはや見む（十七・三九七八）

Ⅱ　鳳至郡にして饒石川を渡る時に作る歌一首（十七・四〇二八）

Ⅲ　京の家に贈らむ為に真珠を願ふ歌一首〈并せて短歌〉（十八・四一〇一）

これらの歌に対して、Ⅰの歌群は、表面的に妻大嬢をうたっていながら、例えば「常初花に」（三九七八）の表現は「常花」（三九〇九）を用いた亡弟のホトトギス歌を連想させる。或いは長歌に添えた短歌には、家持が恋しているから夢にあうなどという発想の歌（三九八一）もあって、妹が家持を思っているから夢に現れるという一般的なものと異なる。どうも単純に妻への恋慕とだけで理解できない心情の明暗が表現されている。そもそもこの歌の返歌が記されていないのであるから、本当に大嬢に贈られたのであろうか。或いは、独詠的なものであったかもしれない。また、Ⅲの真珠にしても、「五百箇もがも」という数は現実的なものではない。誇張とすれば、贈答というよりも独り居て詠んだ独詠のものであり、そもそもこれも願い程度であったのではないか。

家持は、七夕歌を越中時代の五年間に長短の歌四首を作る。七夕伝説は、中国の説話では織女が橋を渡るのであるが、万葉では牽牛が織女のもとへ船でわたる話が基本である。

天照らす　神の御代より　安の川　中に隔てて　向かひ立ち　袖振りかはし　息の緒に　嘆かす児ら　渡り守　舟も設けず　橋だにも　渡してあらば　その上ゆも　い行き渡らし（略）（十八・四一二五）
妹が袖我枕かむ川の瀬に霧立ち渡れさ夜ふけぬとに（十九・四一六三）

引用した家持の長歌は珍しく船と橋という渡河の方法が二つ一首で歌われているところに個性がある。また、予作の七夕歌（十九・四一六三）は、明らかに故人を偲ぶ内容がある。「妹が袖枕かむ」とは、旅人が亡妻挽歌（三・四三九）で「誰が手本をかわが枕かむ」といい、梧桐の日本琴に登場する歌（五・八一〇）で「人の膝の上枕かむ」とあり、死者と想像上の女性に用いている。さらに、この亡妻の影を引きずる七夕歌は、少納言として都に戻って創作した天平勝宝六年の八首（二十・四三〇六から四三一三）に庶幾されていく。

一方ホトトギスは、家持の待ち望んだ鳥である。夏に来て、秋に去る。アヤメ、卯の花、橘梧などの花の時期と重なることに鳴き始め、初秋の頃に鳴きやむ。寒い冬に弱く、孤愁の歌人であり、春愁の詩人である家持にとって、越中では立夏が待ちに待った季節の到来を告げる時でもあったのであろう。ホトトギスが鳴かないといって恨みの歌まで作る。ホトトギスに関しては、全作品が六十六首を数えるのであるが、越中時代の五年間で四十六首をつくる。とりわけ天平勝宝二年家持三十三歳の時に二十三首という多作が目につくのであるが、亡弟・亡父・そして亡妻の代としての存在がホトトギスにある。大伴家持が上司としてすこぶる評判が良い官僚であったのであろうが、その心情に常に死者の影を宿していたらしい。

ホトトギスは夜も盛んに鳴く。その鳴き声を、三九八八番は、「鳴く音遙けし」としている。家持の歌語に「霍公鳥鳴くなる声の音の」（十・一九五二）までがあった。声を音として理解しているのであるがその感覚は、声を省略して音と直裁的に表現している。二上山の里に家持は越中時代過ごしているという感覚であったが、泣き声が遠いと感じるところにおぼつかない状態の家持がいる。京にいる人というよりも、亡妾のみならず父旅人・弟書持という死者のいる場所を遙か遠くに感じているからであろう。

七夕歌にせよ、ホトトギス歌にせよ、一人いて静かに内省して詠んでいる歌が多い。とりわけ七夕歌は、宴席に背を向けて一人で詠む。ホトトギス歌も独詠に注目すればますます古を恋うる鳥の歌の性格が強まる。天平三年七月の父旅人の薨去、天平十八年九月の弟書持の突然死、さらに天平十一年六月の亡妻が恋う対象であると考えられる。

近親者の死、とりわけ妻の死は天平十年内舎人に任官したばかりの大伴家持にとって痛手であった。ところが、天平十一年以降十二年頃までは、亡妻挽歌と同時並行的に妻大嬢との相聞を創作している。絶望と希望を共存させていくたくましさがこの二十二歳の官人にはある。ところが、繊細なこころは、越中時代に共存を許さなくなっていった。密かな亡妻への追慕は、大伴坂上大嬢の存在を希薄にさせている。その主たる原因は、大嬢の作家能力のなさにも起因するのであろうが、家持の悲嘆が年とともに増幅されていったためではなかったか。

その立場からは亡妾挽歌に冷静なそして伝統につながりながら個性を求めていく習作時代の特質を指摘できる。そして、柿本人麻呂、山上憶良、亡父大伴旅人につながる伝統的な作風を目指している。冷静な心情は、強いてわが心情を押さえて試みたものであろう。悲嘆する心情の強さという問題ではなく、むしろ同時並行の大嬢との交際から結婚へと向かったこととかかわる立場から生じたものである。一族の期待に添う縁組みであった。

一方、天平十六年安積皇子薨去までは皇親政治に絶好の機会であった。藤原四兄弟は天平九年に病死した。千載一遇の機会であるから、大伴という一族の期待もはなはだ大きかったであろう。大嬢との再会も偶然よりは、意図的な気がする。一度は縁のない存在であったのが数年後に復活したのであるから、父旅人の妹である坂上郎女のみならず、大伴氏全体の意向もあったのではないだろうか。大伴一門の狭間に揺れ動かされる青年の苦悩もあるはずである。亡妾挽歌は、冷静な気持ちを維持しつつ、そして伝統の挽歌を庶幾しょうとするものである。しかし、悲嘆は決してこの挽歌で忘れるのことができなかった。越中でのホトトギス歌を独詠で数多くうたったこと、七夕歌に対する共感がそれを物語る。

夏から秋にかけては、夏六月の妻、秋七月の父、秋九月の弟、それぞれの死と季節がかかわる。夏のホトトギス歌、秋の七夕歌を参考にして亡妾の影響を考えてみた。

そもそも大嬢の越中での存在が極めて薄いことがある。大嬢が越中にいることが確認できるのは、天平勝宝三年三月からであり、それ以前の足かけ五年間は京にいたのである。越中での存在も大嬢の要請で母坂上郎女に家持が歌（十九・四一六六〜四一六八）を贈ったので、たまたま彼女の存在が知られるのである。

それに対して家持は、天平十三年のホトトギス歌で亡妻を偲び、さらに七夕歌ではそれとなく織女に亡妾を重ねてうたっている。

ちなみに七夕伝説に対する興味が家持にはあった。牽牛と織女が一年に一夜しか逢えないという悲劇、或いはエキゾチックな宮中儀式としての興味、天の川と日本神話の安の川との結びつき、日本に珍しい天空の説話であること等が考えられる。しかし、家持の七夕歌が首尾一貫して独居述懐であるのは、これまでに指摘されていない内容を考えていいのではないかとして、越中での創作である天平勝宝元年以降七夕歌では、亡妾が追想されているのであろう、と考える。

家持は、挽歌（三・四六四）でナデシコに亡妻を見立てていた。同様に天平勝宝六年の七夕歌（四三〇六〜四三一三）には、第二首から第四首まで、「花」「初尾花」「和草」がうたわれているが、それらが亡妻を連想させているのである。花になぞらえるのは、亡き妻なのである。越中守時代以降ますます坂上女嬢に対するものとは考えがたいのであり、亡妻への思いが仮託されている。越中時代の七夕二群（四一二五、四一六三）には、「思ほしきこと」

（四二二五）が巻十三の二三三六番の挽歌で用いられていて、それ以外の三例が全て家持であること、そして「枕かむ」（四一六三）という歌語が旅人の作「梧桐の日本琴一面」（五・八一〇）の夢の乙女と重ならせるのは、旅人への拘りがあったし、架空の女性でもある。これらは、亡妻が七夕の織女と重ねられていることにも関わっている。七夕歌でも亡き人の思いを重ねるのであるが、ホトトギス歌でも家持は亡き人を偲ぶよすがにしている。弟のみならずホトトギスは、天平十一年に亡くなった妻の霊でもあったのであろう。

越中で独り居てホトトギス歌を作る家持は、越中以前にホトトギスで亡妻の形代としていたように、天平十九年以降のホトトギス歌には、亡弟書持を踏まえて詠んでいる。そして、越中の七夕歌などを参考にすれば、亡妻の影もホトトギス歌にあっても当然のことである。即ち、亡弟・亡妻がホトトギスに仮託されてホトトギス歌がうたわれているのである。

五　鄙と都

越中でホトトギス歌の創作には池主の存在が「望郷の念」と共に「追懐の念」として強く働いたと強調するのは、佐藤隆氏である。[8]贈答などを配慮すればその結論も当然である。しかし、ホトトギス歌は、やはり独詠に特質が見られる。歌数も越中時代では四十六首中で、宴席が七首、贈答が十二首、さらに独詠が二十七首である。

或いは、池主に贈ったホトトギス歌（四一七七〜四一七九）を、家持の「感旧の意」という過去を回顧して現在を嘆息する感情から作られているという西一夫氏の説もある。[9]また、ホトトギス歌に対して中西進氏の指摘する亡弟書持等の存在も大きい。[10]さらにこの論のように亡妻に対する思いも配慮してよい。一方、鄙と京という対比もホトトギス歌の創作と結びつく。越中から帰任後のことを考えれば当然のことである。越中時代には、五年間で四十六首のホトトギス歌と呼ぶものをうたっていたが、三十四歳から四十二歳までの足かけ八年間では、三首の歌だけである。越中時代の総歌数は、二百二十三首であり、少納言時代は九十一首であり、ホトトギス歌の比率もすこぶる劣っている。ではどうしてそのようなことになったのであろう。その原因の一つは、「天離る鄙」である越中にいることが、いつも京と地方という比較を家持にもたらしていたのであろう。鄙にいるという事実が京を追慕させ、擬似の京を越中に作らしめたのである。即ち、風流なことを求めたことも、ホトトギスに親しめさせた原因の一つである。

独り幄の裏に居て、遙かに霍公鳥の鳴くを聞きて作れる歌一首并せて短歌

高御座　天の日継と　天皇の　神の命の　聞し食す　国のまほらに　山をしも　さはに多みと　百鳥の　来居て鳴く声　春されば　聞きの愛しも　いづれをか　別きてしのはむ　卯の花の　咲く月立てば　めづらしく　鳴くほととぎす　菖蒲草　珠貫くまでに　昼暮らし　夜渡し聞けど　聞くごとに　心つごきて　うち嘆き　あはれの鳥と　言はぬ時なし（十八・四〇八九）

行方なくあり渡るともほととぎす鳴きし渡らばかくやしのはむ（四〇九〇）

卯の花のともにし鳴けばほととぎすいやめづらしも名告り鳴くなへ（四〇九一）

ほととぎすいとねたけくは橘の花散る時に来鳴き響むる（四〇九二）

右の四首は、十日に大伴宿祢家持作れり。

引用した歌は、家持三十二歳になった天平勝宝元年五月十日の作である。長歌には、たくさんの鳥が来て鳴くが、卯の花の咲く四月から菖蒲を薬珠に通す五月まで昼も夜も鳴き声を聞く毎に感歎する興味ある鳥がホトトギ

スである、と言う。家持は、短歌だけでは物足りなかったのであろう、ホトトギスを主題とする長歌を初めて作った。それが引用した四〇八九番からの長短四首である。もちろん長歌創作以前に短歌の連作で長歌の形式を踏まえた創作も試みていた。これ以降もホトトギスを主題とする長歌は巻十九の三首（四一七七、四一八〇、四二〇七）を作り、ホトトギスと花を主題とする長歌も巻十九の二首（四一六六、四一九二）を詠み、旺盛な作歌力を示している。

ホトトギス長歌が最初に作られたのは、天平勝宝元年三月に久しぶりで越前の大伴池主と京の叔母坂上郎女から歌が贈られて来ていて、五月に東大寺の占墾地使の僧平栄も越中にいて宴会が行われていた。ホトトギスの長歌が詠まれた前日の九日には、少目秦石竹の館で宴が開かれていた。そして五月十日に初めてのホトトギス長歌がうたわれたのである。三月からの刺激がホトトギスを主題にする長歌創作にいたるのである。しかし、題詞には「独り」とあり、左注でも大伴宿祢家持であり、守などの役職を記していない。宴会、池主等下僚との贈答と言った席で詠まれたホトトギス歌もあるが、基本は独り居て静かに鳴き声を偲ぶとう形式である。天平十六年の時は、独り居て短歌六首で連作して、長歌の構造を模倣している。ここでも、独り居て長歌によってホトトギスを主題にしている。その長歌ではホトトギスを昼であろうと夜であろうと鳴き声を聞くと「あはれの鳥」と言う。「あはれ」とあるところからも、喜びであれ、悲しい気持ちであれ、家持を刺激して止まないのである。

翌年の天平勝宝二年は、ホトトギス歌が最も多く作られた。その中で取り上げたいのが次の巻十九の長短四首である。

霍公鳥を感むる情に飽かずして、懐を述べて作る歌一首并せて短歌

春過ぎて　夏来向かへば　あしひきの　山呼び響め　さ夜中に　鳴くほととぎす　初声を　聞けばなつかし

あやめ草　花橘を　貫き交へ　蘰くまでに　里響め　鳴き渡れども　猶しのはゆ（四一八〇）

反歌三首

さ夜ふけて暁月に影見えて鳴くほととぎす聞けばなつかし（四一八一）

ほととぎす聞けども飽かず網取りに取りて懐けな離れず鳴くがね（四一八二）

ほととぎす飼ひ通せらば今年経て来向かふ夏はまづ鳴きなむを（四一八三）

天平勝宝二年という年が越中赴任足かけ五年目になる。家持は三十三歳になった。一、二月の歌はないが、三月になると俄然歌を作り出す。大鷹の歌（十九・四一五五、四一五六）、や憶良の歌に追和した大夫が振るうを願う歌（十九・四一六四、四一六五）等の創作の後、長短併せて九首のホトトギス歌を作る。さらに越前の池主へホトトギス歌として長短三首を贈っている。月とホトトギスの組み合わせは典型的なものであるが、月に照らされて鳴くホトトギスの姿がうたわれている第一反歌は、珍しい。また、第三反歌は、ホトトギスを飼育すると言う。これも鳴き声を愛でるために野鳥を飼育すると言うのは、これに勝る方法はないのであるから、究極の鑑賞である。

まず題詞に「霍公鳥を感むる情に飽かずして」とあり、反歌にも「聞けども飽かず」とある。この三月と四月は、ホトトギス歌を作ることに熱中したのであるが、その中で興味を引くのがこの「飽かず」という言葉である。三月二十日にうたった長歌四一六六番の結びでも「暁の　月に向ひて　行き還り　鳴き響むれど　いかに飽き足らむ」とあって、「飽きるだろうか、いや飽きない」とうたう。さらに「聞けど飽き足らず」（四一七六）「聞けども飽かず」（四一八二）とあり、大伴池主・久米広縄に贈る歌や宴席の歌ではない、興などによって詠んだ独詠の歌で用いられている。ここに家持のホトトギス歌の個性があった。即ち、ホトトギスを愛でるのは、鳴き声に尽きるのであり、その鳴き声をいくら聞いても興味の尽きることがなかった天平勝宝二年三月、四月であった。そのためには、飼育も辞さないと言うのである。
越中時代には、鄙と京という対立の中で歌を創作している。万葉の歌人では、珍しいほど鄙である越中の風土に敏感である。そして、鄙であることで孤独も深めているが、宴席などでも満たされない悲傷を独り居て静かに解放する創作が試みられている。ホトトギス歌も例外ではなく、贈答・宴席でも作られたが、独り静かにうたっている歌に本質がある。ホトトギスに執着するのは、風雅な鳥でありながら、さらに京とのつながりを持ち、さらに亡妻・亡弟との出会いを鳥に感じていたからであろうし、一方歌友池主の存在もあった。歌友もいながら、それでも孤独に満ちていた。四一八一番などの夜が更けた暁月に照らされたホトトギスの鳴き声を懐かしいと感じる心などは、空恐ろしいほど深遠な孤独を感じる。この孤独感は、越中時代と言うよりも一生涯持ち続けた。但し、縷々述べてきたのは、ホトトギスへの親近感は越中の特質になっているが、初めて経験する国守であった、冬の厳しい寒い雪国であった、突然弟の死に遭遇した、大嬢の存在が希薄で亡妾への強い思いがあった、ホトトギスが思うように立夏を過ぎても鳴かなかった等が重層的に刺激を与えたのが原因していると考えるべきである。加えて天平勝宝二年ではいくら聞いても飽きることのないホトトギスの鳴き声に対する思いも付け加えたい。ホトトギスに対する思いが越中では、異常なほど旺盛であったのである。

霍公鳥を詠める歌一首

木の暗の繁き峰の上をほととぎす鳴きて越ゆなり今し来らしも（二十・四三〇五）

右の一首、四月に大伴宿祢家持の作。

ほととぎすまづ鳴く朝開いかにせば我が門過ぎじ語り継ぐまで（同・四四六三）

ほととぎすかけつつ君が松陰に紐解き放くる月近づきぬ（同・四四六四）

右の二首、二十日に大伴宿祢家持興に依りて作る。

引用した三首は、守から都に戻った少納言時代の詠歌である。天平勝宝四年と五年は、ホトトギス歌がない。四三〇五番は、越中から帰任して三年たった六年の四月の作品である。巻八の一四八六番にも「木の暗」がうたわれていたが、青葉茂る夏になった状態が「木の暗」であるが、当然ホトトギス鳴いていいという季節感に基づいている。このホトトギス歌は、四月の作であるが、同月に引き続き秋の七夕歌を八首（二十・四三〇六～四三一三）をうたっていて、心情の連続を伺わせる。即ち、ホトトギスをうたうことで亡妻への追想が強まり、さらに七夕歌に収斂されていくのである。

次の四四六三番と四四六四番は、天平勝宝八年四月二十日の詠歌である。難波の堀江で詠んだ三首に連続して詠まれている。風雅なホトトギスの憧れと君と呼称する人へのいたわりを詠んでいる。

都に帰ってからさらに宴席の歌が多くなるが、独り静かにうたう機会が無かったわけではない。ホトトギス歌は風雅な世界でもあったから、その余裕すらなく働いていたのであろうか。歌は作っても、さらに種種のことで精神が追いつめられていて風流なホトトギス歌を作る余裕がなかったのであろうし、京では亡妻・亡弟の思いでも鄙ほどの距離を感じさせなかったからでもあろう。ホトトギス歌と言っても、その創作動機は多面的であるにせよ、都と鄙を配慮するのが一番客観的である。即ち、都から遠く離れていることが、亡弟・亡妻を意識させ、或いは、四三六四にあるような「君」に対するいたわりを抱かせて、ホトトギスの初鳴きを待望していたのが家持であった。天平勝宝三年はとりわけ飽きることのない鳴き声に魅了されていた。

結び

大伴家持は、ホトトギスが大好きであった。夏が近づいてくると歌の創作に強い刺激を与えた。立夏を過ぎて鳴かなければ鳴かないで、鳴き声に執着した。それらの歌は、多作ではあっても特別な詩心として紹介しなければならない作品が残念ながら少ない。但し、引用する歌などは、秀歌としてもっと評価されていい代表的なホトギス歌である。

ぬばたまの月に向かひてほととぎす鳴く音遙けし里遠みかも（十七・三九八八）

足かけ六年間の越中時代にホトトギス歌が長歌を含めて多作されている。独詠の歌を主な対象として、ホトトギス歌の背景に亡弟と亡妾のあることを縷々述べた。とりわけ独り居て詠んだホトトギス歌は、亡弟、亡妾の存在、さらに、越中という風土も創作に関わるのであり、都から遠いことが都を追慕して、さらに雅な世界も憧れさせた。宴席と贈答も試みられているが、一番多いのは歌の創作した場が知られる越中では、二十七首の独詠である。最初の国守生活でついつい鬱状態にいたること、橘が少ない雪国であり、冬がつらかったことから春が待望されていたし、待ちに待つホトトギスが案外立夏を過ぎても鳴かなかったこと等が、複雑に絡み合って独詠という場で創作した。ちなみに針原孝之氏が素材と言うことに注目され、ホトトギス、たちばな、なでしこ、菖蒲、ふじ、卯の花などのうたわれた家持歌から、「文学素材としての夏の景物がいかに家持の心の底に大きな位置」を占めている、としている。(11) 家持は春愁秋思の歌人であるが、夏ホトトギスの歌にも創作意欲を燃やしていたのである。

天平勝宝二年は、さらに聞き飽きることのない鳴き声であるという思いに執着したことが、さらに意欲を高まらせた。

注

(1)「万葉集の動物二　鳥　特に集中難解の鳥について」(『万葉集大成　民俗篇』)

(2)「鳥の古代（三）」(「日本大学桜文論叢」四十七号)

(3)「家持の『立ちくく』『飛びくく』の周辺――万葉集における自然の精細描写試論――（上・下）」(「国語と国文学」四十巻二・三号)

(4)「万葉のほととぎす」(「福山市立女子短期大学紀要」十七号)

(5)『大伴家持（2）』には、この六首の連作が「最初の五首で一つの長歌をつくりあげ、最後の一首はその反歌であるというふうに考えることができる」とある。二八三頁

　但し、六首で絶句形式であるとの立場は、橋本達雄氏に見られる。第一首が起、第二首三首が承、第四首五首が転、第六首が結である、と指摘する。(『万葉集全注巻十七』六三頁)

(6)『私の万葉集〈五〉』(講談社現代新書) 一三七頁には、「越中へいってからの大嬢の、ほとんど不可解なほどの歌への忌避は、何ともいえない感じのものです。いずれも自分にとっては特別に大切な実の母や、夫の妹に対して贈る歌なのです」とある。代作は、四一九七番、四一九八番を含む。

(7)『大伴家持（4）』には、「いずれにしても、ホトトギスはいにしえを恋うる鳥である（第一巻　一二二ページほか）。それを考えると、十七年前に亡くなった父旅人、二年前に亡くした弟書持への思慕がこの中にこめられている」と、巻十八にある田辺福麻呂の宴で披露された天平二十年のホトトギス歌（四〇三五）でいう。このような指摘はホトトギス歌の随所で見られる。五八頁

(8)「越中守大伴家持とホトトギス――歌友大伴池主を中心にして――」(「美夫君志」四十四号)

（9）「家持の『感旧之意』――池主に贈るほととぎすの歌――」（「筑波大学日本語と日本文学」二十号）
（10）注（7）に同じ。
（11）『大伴家持研究序説』第三章素材と系譜二一八頁
参考として、万葉集の鴬の歌の番号表（二七九頁）を資料として載せた。

第三節　風の歌

一　習作時代

家持の「風」の歌とは、「秋風」（十四首）「風」（五首）「あゆ（のかぜ）」（四首）初秋風（一首）「春風」（一首）「みなみ（南風）」（一首）「港風」（一首）の語を含む歌を言う。

下田忠氏は、記紀と万葉集から、悪霊の息吹、神風、郷愁、恐怖、寂寥、無常という六つの言葉に代表させて風をとらえている。[1] さらに島田修三氏は、万葉から「秋風」を取り上げ、万葉から古今という史的展開を配慮され、また佐々木民夫氏は、繊細で優美な描写として家持歌「秋風の吹き扱き敷ける花の庭」（二十・四四五二）を指摘する。[2]

風は、人の心に刺激を与えて、孤独を強めさせたり、人を慕わせたりもする。大伴家持は、死者を意味する「千の風」ではないが、亡妾を意識させるという秋風を挽歌で利用していてその意味でも注目される歌人である。

天平十一年　（二十二歳）　六月　四六二（秋風）
七月　四六五（秋風）
九月　一六二六（秋風）
十二年　（二十三歳）　六月　一六二八（秋風）

十五年　（二十六歳）　八月　一五九七（秋風）
不明　七九〇（春風）　一六三二（秋風）

風は家持が内舎人になって二年目である二十二歳の天平十一年六月・七月に風の歌がうたわれた。

今よりは秋風寒く吹きなむをいかにかひとり長き夜を寝む（三・四六二）
うつせみの世は常なしと知るものを秋風寒み偲びつるかも（三・四六五）

「今よりは」の歌は、六月の作であるから、季節がいまだ夏であった。しかし、妻（妾）との永別は秋風を感じさせた。

「秋風」は、万葉集で五十四首にうたわれた。また「秋の風」は、四首である。そのなかでも巻十で最も多くうたわれている。秋風十九首と秋の風一首である。巻十でも秋風が吹けば寒い、或いは涼しいという発想は、五首ほどに見られるので一般的な発想である。万葉集全体に目をむけると名前が知られる中では、山部赤人（三・三六二）の秋風は寒いとうたっている。

白鳳時代もうたわれた歌語であろうが、一般的には天平万葉以後で盛んに使われた詞ということになる。「風に寄せて」という分類では、巻十の秋雑歌と秋相聞にのみに見られる。ここからは風といえは、秋の季節が一般的なものであった、と知られる。

家持の独自性は、秋風を挽歌でうたう試みにあった。

例えば一人で寝る寂しさを、人麻呂は、泣血愛慟した亡妻挽歌で「我妹子と　ふたり我が寝し」（二・二一〇）や、吉備津采女の挽歌で「剣太刀　身に添へ寝けむ　若草の　その夫の子は」（二・二一七）とうたっているが、そこでは「うらさびくらし」や「寂しみか」という表現である。その寂しさを家持は、秋風で表現して「寒く」としたのである。六月の晩夏でありながら、季節の秋を予想させ、独り寝の寂しさを秋風が寒いということで表現した一首である。

亡妾挽歌では、もう一首「うつせみの」の歌で秋風がうたわれている。月が変わってからうたったと題詞にある。七月の歌であるから、季節は秋である。にもかかわらず同様に「秋風」とうたう。

季節とかかわる風は、秋風が一般的であり、「春風（二例）」は、特殊な言葉である。春は、霞、雨、日、山などと結びつきをそれなりに持っているが、秋は案外秋萩（七十九例）と秋風（五十四例）が圧倒的あり、次に秋山（十八例）が目立つ程度である。秋風は例が多いが、ちなみに夏風も冬風も用例はない。それぞれの季節には、結びつきの強い、例えば春霞のような例がある。たまたま秋風がその例である。

秋風を挽歌で用いながら、一方では妻になる坂上大嬢にも秋風の歌を贈る。秋風のもたらす寒さが人のぬくもりを思い出させると言うことから、恋はしないと願いつつ秋風の吹く寒い夜には君を思うとうたう歌（十・二三〇一）もあるが、家持の歌は坂上大嬢に贈った天平十一年秋九月であるだけに、亡妻の秋風と時期はほぼ重なる。家持は、秋風で亡妾を偲び、秋風で新妻を思ったことになる。このような逞しさは、家持の詩人の人生では例外的なことであろう。

秋風の寒きこのころ下に着む妹が形見とかつも偲はむ（八・一六二六）

この歌の題詞には、着た衣を脱いで家持に大嬢が贈った歌に返歌したとあり、左注には九月に往来したとある。

形見の衣とは、男性の衣を言っている六三七番、女性の衣を指している七四七番、一〇九一番、三七三三番があるが、一般的には女性の物を言う。しかも、女性は我妹子と呼ばれ、男性は我が背という関係であろうから、夫婦であることを基本としていると見なし得る。家持もその例外ではない。大嬢との贈答では、天平十一年九月の作がある。

坂上大嬢、秋稲の縵を大伴宿祢家持に贈る歌一首

我が業なる早稲田の穂立作りたる縵そ見つつ偲はせ我が背（八・一六二四）

大伴宿祢家持が報へ贈る歌一首

我妹子が業と作れる秋の田の早稲穂の縵見れど飽かぬかも（八・一六二五）

引用した二首は、大嬢が家持を「我が背」と呼び、家持は大嬢を「我妹子」と応えている。そして、形見の衣（一六二六）と言うのであるから、一般的には婚姻関係の成り立っている状態であろう。亡妾の挽歌をうたい、かつ新妻に相聞歌を贈ることが同じ秋に持続的に進行していたのである。

家持の歌には、孤語が多い。或いは新造語もある。孤語ではないが、春風は、万葉集に二例のみであり、もう一首は巻十・一八五一番である。

春風の音にし出なばありさりて今ならずとも君がまにまに（四・七九〇）

春風とは、家持は迷惑な風のごとくとらえている。残念なのは、その成立時期を習作時代としかいえないこと

であるが、新しい歌語への試みをそこに認めたい。春の熟語としては、春雨（二十例）、春霞（十八例）、春日（十七例）、春山（十例）、春鳥（三例）などもある。春風とは、南や東の方向から吹く冬と異なる強風を指しているのであろう。西や北から吹く冬の風とは異なりながら、春を感じさせる強風である。

家持は春愁の詩人と言われるが、量的には秋風（秋の風を含める）が圧倒的である。しかし、春という季節の風にも注目している感性の伸びやかさがある。さらに家持は、秋風と萩の組み合わせにも興味を示す。そもそも萩と秋（の）風の結びつきは十五首に見られる。

秋の野に咲ける秋萩秋風に靡ける上に秋の露置けり（八・一五九七）

引用した歌は、風と同様に萩も秋という季節と結びつけてうたわれた。秋風とあれば秋萩とある必要もないが、さらに秋の野、秋の露という季節を冠する景物を取り上げているのは、韻を踏む意識であろうし、同音を繰り返す試みでもあった。巻三の「志斐の強い語り」（二三七、二三八）や、

大宮の内まで聞こゆ網引すと網子調ふる海人の呼び声（三・二三八）

の各句の頭に「あ、お、う」をそろえたりしていることとも関わる。但し、萩がうたわれた百四十首程の歌の七割ほどが「秋萩」とうたわれる。

習作時代のその他として二首に秋風をうたっている。

我がやどの萩の下葉は秋風もいまだ吹かねばかくそもみてる（八・一六二八）
あしひきの山辺に居りて秋風の日に異に吹けば妹をしそ思ふ（八・一六三二）

この時代の家持は、春風などの歌語も用いているが、とりわけ六首にうたった秋風に執着している。その寒さへの連想から挽歌に用いたところが個性的である。相聞歌では天平時代にふさわしい秋風の歌であるし、秋風が寒い、或いは寒さから妹の暖かさを連想させていることに拘ったことも知られる。

二　越中時代

天平十八年（二十九歳）八月　三九四七（秋風）　三九五三（秋風）
　十九年（三十歳）四月　四〇〇六（長歌　あゆの風）
　二十年（三十一歳）一月　四〇一七（あゆの風）　四〇一八（みなと風）
天平感宝元年（三十二歳）五月　四一〇六（長歌　みなみ）　四〇九三（あゆ）
天平勝宝二年（三十三歳）三月　四一四五（秋風）　四一六〇（長歌　風）
　五月　四二一三（あゆ）　四二一四（風）
　六月　四二一九（秋風）

天平十八年八月七日に越中で初めての宴が新国守家持の館で催された。家持は二十九歳になっている。客人であった先輩格の大伴池主が女郎花を手折ってきた。女郎花がきっかけで池主は、夏のホトトギスが去っていった丘から「秋風吹きぬ」（三九四六）とうたう。それを踏まえて国守家持はうたった。

今朝の朝明秋風寒し遠つ人雁が来鳴かむ時近みかも（十七・三九四七）

この歌は先任者で同族であり、しかも歌を詠み交わしたこともある掾大伴池主の存在の大きさを語っている。掾とは、国司では三等官であるから、家持に使えなければならない下僚である。ところが家持は、贈答の礼儀に適った歌をうたった。池主の用いた歌語「秋風」を踏まえて、便りを運ぶ来雁をうたう。この交友は、天平十九年秋に越前に転任するまで親密に続いて居て、その後も贈答が試みられている。

雁がねは使ひに来むと騒くらむ秋風寒みその川の上に（十七・三九五三）

家持は同じ宴会の席でまた秋風が寒いとうたう。秋風が寒いとうたうのは、名前が知られている例として、山部赤人が「秋風の寒き朝明を」（三六一）と用いて、女性が恋人に衣を貸したいといっている。秋風が寒いとうたうのは、十二首有るが、家持の歌は五首を数える。(3) この歌でも秋風が寒いとして来雁に触れる。

家持は秋風が寒いと拘っていることを知る。この秋風が寒いという発想の原点は天平十一年の亡妾挽歌にあった。家持は、来る雁が万葉集一般であるのに対して、故郷に帰る雁として後に四一四四番と四一四五番をうたう。そういう素材の興味もあるが秋風で黄葉するという表現が特殊な例であるのが、次の歌である。

春設けてかく帰るとも秋風に黄葉の山を超え来ざらめや（十九・四一四五）

家持は、秋風が寒いといって天平十一年に挽歌で用い、さらに素材的に帰る雁という万葉集で他に見られない家持独自の歌を歌っている。そして家持は「秋風に黄葉の山」という秋風で黄葉するといった展開を越中で見せた。

一方越中だけに見られる興味深い風がある。方言を用いた「東風」である。東風には「あゆのかぜ」（四〇一七）とわざわざ訓が明示されているが、あゆの風は、初出が長歌であった。

家持が赴任して二年目である天平十九年夏に正税帳をもって上京することになった。その折りに長歌が池主に贈られた。

京に入ること漸く近づき、悲情撥ひ難くして懐を述ぶる一首〈并せて一絶〉

かき数ふ　二上山に　神さびて　立てるつがの木　本も枝も　同じ常磐に　はしきよし　我が背の君を　朝去らず　逢ひて言問ひ　夕されば　手携はりて　射水川　清き河内に　出で立ちて　我が立ち見れば　あゆの風　いたくし吹けば　湊には　白波高み　つま呼ぶと　渚鳥は騒く　葦刈ると　海人の小舟は　入江漕ぐ　梶の音高し　そこをしも　あやにともしみ　しのひつつ　遊ぶ盛りを　天皇の　食す国なれば　命持ち　立ち別れなば　後れたる　君はあれども　玉桙の　道行く我は　白雲の　たなびく山を　岩根踏み　越え隔りなば　恋しけく　日の長けむそ　そこ思へば　心し痛し　ほととぎす　声にあへ貫く　玉にもが　手に巻き持ちて　朝夕に　見つつ行かむを　置きて行かば惜し（十七・四〇〇六）

送別の宴もそれ以前にあったが、旅立ちの直前に池主に贈った長歌（四〇〇六）に「あゆの風」がうたわれた。

この歌は、港では視覚的に「あゆの風」で白波が高いが、聴覚的にはそれに驚く洲にいる鳥が騒ぎ、船の梶の音も高く聞こえるとあって、風にもたらされた港の様子が聴覚的に描かれている。ここであゆの風には、注も付けられていない。このあゆの風は、四月三十日の作に用いられ、池主には理解できる言葉であった。ところが、三年目の正月二十九日の日付を持つ連作四首では、巻頭歌の初句「東風」に「あゆのかぜ」と注が付けられている。天平二十年の春は、国守として意欲的であった。初めて二月の末であろうか、越中と能登の諸郡巡行の旅をしている。巻十七の巻末に九首（四〇二一から四〇二九）がその旅の詠歌である。巡行に先立つ正月に三年目の春になってやっと任地で自在な生活になったのであろうか、典型的な越中での心情を吐露する作品がある。

あゆの風［越の俗の語に東の風をあゆのかぜと云ふ］いたく吹くらし奈呉の海人の釣する小舟漕ぎ隠る見ゆ（四〇一七）
湊風寒く吹くらし奈呉の江につま呼びかはし鶴さはに鳴く〈一に云ふ「鶴騒くなり」〉（四〇一八）
天ざかる鄙とも著くここだくも繁き恋かも和ぐる日もなく（四〇一九）
越の海の信濃［浜の名なり］の浜を行き暮らし長き春日も忘れて思へや（四〇二〇）
右の四首、天平二十年春正月二十九日、大伴宿祢家持

引用した四首は、二首ずつで纏まりを見せる。前半の二首は、風が「吹くらし」が一緒である。後半の二首は、第四句と第五句が都を恋の心が前提になって「和ぐる日もなく」と「忘れて思へや」いう。これは、四首で纏まりを見せているのであるから、意図的な創作であろう。自然に四首が持続的に詠まれたものではない。構成を配慮して創作された四首である。しかも、恋情に類似する望郷と越中の風土に対する興味とが同居していながら、結局都と鄙の対比を矛盾として五年間を過ごしている。この恋情は一般的に都にいた大嬢とするのであろう。

さて、最初の二首は、あきらかに歌の構成も近似する。初句と第二句で風がふいているとうたい、下三句でその根拠を述べている。有名な持統天皇の「春過ぎて」（一・二八）と同様な一首の構成である。越中時代の家持は、風に関しても積極的である。習作時代においては試みなかった長歌の歌語として三首に用いた。越中ではその風土にも興味を示し、風の方言も取り入れている。秋風を圧倒的に用いていた家持は、むしろ土地に結びついた風を取り入れた。

風土に興味を示している具体例では樹木の存在がある。天平十九年三月十九日に作られた三九八五番の左注に「越中の風土は、橙橘のあること希なり」とあり、さらに四年後の天平勝宝三年二月二日の四二三八左注に「梅花柳絮は三月に初めて咲く」とある。家持は天平十八年七月に赴任したと思われるので、越中時代のほぼ五年間を通じて樹木にも都との比較がみられた。植物に対する一方で、動物では、ホトトギスに多大の関心を示し、初鳴きに拘る。ホトトギスがあまた詠まれるのは死者との関わりがあるからであるが、一方でツバメは家持歌に一首詠われている。動植物にも都と異なる雪国であることで比較をさせたのであろう。比較ということからは風の歌には、越中の方言を取り入れているものもある。

これまで指摘されている問題として、風の方向を示す東風をあゆの風といったのか、春に吹く季節風を配慮して東風と表記していったのか、ということがある。あゆの風については、黒川総三氏と小野寛氏が詳しく考察している[4]。

まず天平二十年正月二十九日に詠んだ歌が「東風」であり、他の四月から五月にうたわれた歌では、「安由（の風）」とある表記に注目したい。

夏の歌では万葉かなで「あゆ」とあり、正月の歌では「東風」とあって、注記で越中の方言で「あゆのかぜ」と読むとある。わざわざ春に吹く風を「こち（東風）」ということは、漢語の春風の意味があるから当然である。

しかしそれであれば、わざわざ注で越中の言葉とすることはない。春を告げる意味のある「東風」でないから、注を付けたのであろう。であれば、五月の夏にも吹く風であるから、春も夏も吹く風である。春と夏に共通する風とは、特別季節的なこだわりを意味しない風の意味であろう。しかも、釣船などが出漁しているのであるから、漁業の不可能な嵐とは言い難い。やはり普段感じられない方向を示しているのであろう。春でもまさしく春に特殊な珍しい風であり、夏でも珍しい風なのである。そして、その風はそれまでの風と異なる方向から吹く。冬に吹く風が一般的に北風であるなら、また夏に吹く風が南風であるなら、冬や夏と異なる風は、方位的には西か東である。地球規模で言えば、お天気は日本では西から変わるが、富山湾では東西と南に陸地があり、そして東は北アルプスの立山に代表される屏風である。風の方向が大事であれば、東風がふさわしい特殊で特徴的であろう。

越中では東風が地形的に特殊であるから、わざわざ呼称があったと考えた。即ち、家持がわざわざ注記したのは、春一月にうたわれた歌で用いた東風であるから、春風を一般的に意味しているので、わざわざ越中方言で東の方向から吹く風のあゆの風であると断ったのである。

家持はさらに注目したい風をうたう。それは、港風である。この港風を「あゆのかぜ」と関連させて理解すれば、港を吹く風であり、風の方向を言う「東風」であり、越中で言う「あゆの風」ということになる。家持は、風向きをいう「東風」が越中では「あゆの風」であり、なおかつ「港風」である、という。これらの条件を全て満たすのは、方向としては東から吹く風、そして港で吹く風であり、春をも感じさせる冬の風とは異質なものということになる。富山湾は、北に開けていて、西には能登半島が、南には富山平野や砺波平野があり、さらに東には立山連峰がそびえ立っている。湾に高波をもたらす風は、一般的には北風である。南風は一番その意味では浪を海岸線に寄せる度合いが低くなる。東西の風は、比較的穏やかになるのであろうが、三千メートルの東にそびえる立山おろしの風は、想像するにすさまじいことも有るであろう。そんな風は、たまたましか存在しないのであろうが、東から吹く強風を土地の人は「あゆの風」と呼んだのであろう、と考えたい。家持は、それを春の風と理解して「東風」の表記を用いたのであろう。同様な風向きに注目して「みなみ」（南風の意味）がある。

湊風寒く吹くらし奈呉の江につま呼びかはし鶴さはに鳴く〈一に云ふ「鶴騒くなり」〉（十七・四〇一八）

英遠の浦に寄する白波いや増しに立ちしき寄せ来あゆをいたみかも（十八・四〇九三）

天平感宝元年五月十二日

あゆをいたみ奈呉の浦回に寄する波いや千重しきに恋ひ渡るかも（十九・四二一三）

（天平勝宝二年五月六日～五月二十七日の間に創作）

英遠の浦とは、氷見市の海岸であり、奈呉とは新湊市の海を指す。それらが「東風の風」が激しいために浪が高く寄せているのである。小野寛氏は、富山湾に置いては伏木からは、東は広く二十四、五キロ続き、西も英遠まで十二キロほどあり、十分東風が吹く余地があるとして、「時に吹く海の風、それを『あゆの風』といい、家持はそれを『東風』ととらえたのである」という。(5) また、場所として港を吹くからそれを「みなと風」と言ったのである。中西進氏は、愛知の語源である「年魚市潟」（三・二七二）も同様な風によるものとする。(6)

越中時代の風は、秋風に拘ることがない。春愁の詩人のそれと関わるのであるが、その風土から「あゆの風」を見出し、さらに造語として「みなと風」や「みなみ（風）」等を歌語としていた。

三　少納言時代

天平勝宝五年（三十六歳）二月　四二九一（風）
　六年（三十七歳）四月　四三〇六（初秋風）　四三〇九（秋風）　四三一一（秋風）
　　七歳（三十八歳）八月　四四五三（秋風）
天平宝字二年（四十一歳）二月　四五一四（風浪）
　　　　　　七月　四五一五（秋風）

少納言時代とは、三十四歳から四十二歳までである。天平勝宝五年には、家持三十六歳になっていた。正月十一日に、奈良には珍しい大雪であった。都に戻ってからは珍しく雪をテーマとして、家持は三首もの歌（四二八五から四二八七）をうたう。巻十九の巻末近くには、正月十二日（四二八八）、二月十九日（四二八九）とほぼ連続したかたちで歌が記載されている。二月二十三日と二十五日に絶唱三首（四二九〇から四二九二）がうたわれた。

我がやどのいささ群竹吹く風の音のかそけきこの夕かも（十九・四二九一）

引用した二十三日にうたわれた四二九一番は、家持のみならず万葉を代表する一首である。解釈の問題は、第二句「いささ群竹」にあって、沢瀉久孝氏の「い小竹群竹」という固有の竹を意味する群竹か[7]、わずかを意味する「いささかの群竹」か、ということである。このことを踏まえて小野寛が結論を陳べたのは、わずかな竹の意味である。[8]

しかし、歌の主眼は「音のかそけき」にある。「かそけき」は、形容詞「かそけし」であろうが、万葉集には、「夕月夜　かそけき野辺」（四一九二）ともう一例越中での作にある。家持は、音がかすかであることをいうのであろうが、夕方の庭と野辺で用いて、夕べという物寂しい時間帯で使用している。音ばかりか、光のかすかな状態も「かそけき」と言うのであるが、青木生子氏は、「『いささ群竹』の風景は、実景ではなく、あくまで作者の想像の中にしかない映像である」としていて、さらに作者が聴覚の世界にいるとして、「竹の葉ずれの音に聞き入る作者の内面を投影しているのが『かそけき』風景そのもの」という。[9] 視覚の鋭さと同様に聴覚にも個性的な内容の歌があった。「吹く風の音のかそけき」（十九・四二九一）などは、万葉集の到達した最も繊細な境地をうたったものである。風を聴覚と言うことに限定すべきかどうか疑問もあるが、むしろ気配という皮膚感覚で捉えて短歌の世界を描写した一首である。

鈴木武晴氏は、亡父旅人の影をこの歌を含めた絶唱三首に認めている。[10] 家持のホトトギスも死者との結びつきを配慮するべき歌がおおいが、ここでは、亡妻挽歌に用いられた風と同様に、寂寥を強める意味でも風は、死者の追想と結びついているのであろう。

或いは、鉄野昌弘氏は、家持の六朝・初唐詩に学ぶ「景情一致」の方法を配慮している。[11] 景に心動かされる情を描くということであるが、古今集には風の音に驚かされて秋の到来をうたった藤原敏行の歌がある。

秋来ぬと目にはさやかに見えねども風の音にぞおどろかれぬる（古今　四・一六九）

確かに秋の気配は風にいち早く感じられる。旧盆頃に吹く夜風などは、それまでの風と異なるあるかすかな涼しさを持っている。暦でも八月の上旬に旧暦の七月がはじまっている。熱帯夜でもお盆頃からは、微妙に涼しさを風が感じさせる。その微妙な季節感覚を感じさせるのであるが、万葉集では立秋と秋風が結びつかない。家持も立夏とホトトギスの組み合わせには拘っているが、立秋と秋風に注目はしていない。むしろ秋風は、七夕と結びついて、一五二三番などでうたわれる。巻十の秋相聞、秋雑歌にのみ「風に寄せて」とある。風は秋に限らないのであろうが、歌でうたわれるのは秋という一般化があったのであろう。

冬から春になれば、春一番がある。また、小春日和という言葉は春が暖かいことから陰暦十月に用いられる言葉である。暦ではっきりした境界があって、春一番も、小春日和も用いられているが、秋も暦ではっきり七月から九月の三ヶ月を示しているにもかかわらず、わざわざ秋を形容詞に用いている。

ちなみに古今集では、季節では「秋風」が一首で用いられているだけで、季節の夏、冬、春を形容詞に持つ風はない。特徴的なのは、一例しかない秋風が、飽き風の意味が含まれていることであり、秋と飽きが掛詞になっている。

古今集時代であるから、風の微妙な気配、音等で具体的な何かを知らせる比喩的な歌がほとんどない。むしろ風の音から秋を暗示させる例も例外なのである。

あきかぜに逢ふたのみこそ悲しけれわが身むなしくなりぬと思へば（古今　十五・八二二）
あまつかぜ雲のかよひぢ吹きとぢよをとめのすがたしばしとどめむ（古今　十七・八七二）

以上の二首が古今集的な風の歌として参考にする。

天の風とは、宮中の九重のうえにある空の風と理解されるのであるから、まさしく王朝的な発想である。豊明節会の雰囲気が雲上、即ち宮中として描かれたのである。風がもたらした歌ということより、宮中が九重であり、さらにそれを意味する雲上ということがこの歌の発想の根底にあり、それを天の風が障害になってほしいと願っている。風を障害として願うところが理知的なのである。障害としての風を願うことは万葉にはないが、風の便りを考えたから、額田王の歌も生まれた。

この歌（古今・一六九）は立秋と風の音に関連を認めて結びつけたのであろう。暑いさなかに風の音に秋をいち早く感じるのは、日常で体験している実感を内在していると考えていい。

大伴家持も同様に、七夕と風により秋の季節を結びつけた。敏行歌にある背景が立秋であるとされているが、七夕に吹く風に秋を感じているのであるから、その意味では、家持は先駆者である。しかも「初秋風」としているところに、秋の始まりである七月初旬の七日に行われる七夕に吹く風の涼しさで初秋を体験していることが知られる。

初秋風涼しき夕解かむとそ紐は結びし妹に逢はむため（二十・四三〇六）

但し、敏行歌と比較しては、「音」ではない、「涼し」ということで表現した初秋であったことに繊細な機微で劣る。

大伴家持は、万葉集に独自の世界を築いている。引用した絶唱（四二九二）もそうであるが、万葉集に登場する花では、スモモ、桃、カタカゴ（片栗）などの花は、家持の歌にのみ登場した。或いはツバメも彼の歌のみである。また、来る雁は例が多いが、帰る雁を歌でうたうのも家持だけである。ウグイスの「茂み飛びくく」（十七・三九六九、三九七二）やホトトギスの「立ちくく」（八・一四九五、十九・四一九二）という鳥の飛翔表現などは、つとに稲岡耕二氏が指摘されたごとく、他に類型を見いだせない観察に基づく写実の表現である。[12]
秋風をさらに「初」の形容を添加させて家持は、七夕歌八首を創作した。この歌が作られたのは、歌群の前後から天平勝宝六年七月の七夕前後に歌われたらしい。八首中の三首に風が歌われている。風と七夕がどうして結びついたのであろうか。また、七夕に「初秋風」と言うのであるから、はっきり秋と七夕が結びつき、しかも風で秋の始まりとしている。ここには明らかに七夕が秋の始まりということになり、それを風で知っていたことになる。

立秋で秋が始まる。ところが家持は、七夕で秋の始まりという。秋を根拠づけるものとして風、秋の風がまずあったのである。それは、本人の感性によるものであろう。また、その感性を裏打ちする自然に対する季節の感覚があった。例えば、この八首でも「初秋風」(四三〇六)「花」(四三〇七)「初尾花」(四三〇八)「秋風」と「にこ草」(四三〇九)「霧」(四三一〇)「秋風」と「月」(四三一一)「秋草」と「白露」(四三一二)「青波」(四三一三)という自然の景物を歌に取り入れた。風以外にも花、草、露、霧、露、青波が秋を感じさせるのである。

秋風になびく川辺の和草のにこよかにしも思ほゆるか(二十・四三〇九)
秋風に今か今かと紐解きてうら待ち居るに月傾きぬ(二十・四三一一)
秋風の吹き扱き敷ける花の庭清き月夜に見れど飽かぬかも(二十・四四五三)
青海原風波なびき行くさ来さ障むことなく船は速けむ(二十・四五一四)

奈良時代に外国に行くとすれば、遣唐使、遣遣新羅使、そして遣渤海使に選ばれることが必要であった。遣唐使関係も複数機会の歌があり、遣新羅使も巻十五に百首を遥かに超える歌が載っている。遣渤海使の歌はないが、家持は大使小野田守の餞別の宴で披露するべく作った。時は既に藤原仲麻呂宅で行われていたのであるから、漢詩の時代であったのかもしれないが、歌（二十・四五一四）は未誦で終わった。

歴史的には注目すべき歌であり、儀礼としても心を込めて作った様である。即ち、青海原と讃えた海を述べ、さらに浪と風を提示して、凪で有ることを祈っている。実際青海原の航海では、風が無ければ難儀する。梶だけでは、日本海を渡って渤海にたどり着くことはなかなか難しい。

多くの渤海の使者が冬の日本海を渡ってきた。北西の季節風を利用したからと言われる。しかし、航海の理屈を言ってもしょうがない。要は、海難に通じる風波は困るのであるから、凪がいいとして、無事の帰還を祈っているのである。

秋風の末吹きなびく萩の花共にかざさず相か別れむ（二十・四五一五）

巻十では、秋にのみ風をテーマとして認めている。一般的には、風を意識している季節が秋である。そこで秋風が一般的になったのであろう。

結び

家持が万葉の代表的な歌人であることは、風の歌を考察しても確認できる。秋風は、万葉集の一般的な傾向と一致する歌を詠みながら、秋風が寒いと歌い続けている。その一方で秋風の寒さと人の温もりとの対照から、秋風は挽歌で用いる発想を試みた。

一方、越中という風土に関連して、「あゆの風（東風）」という風の方向に注目し歌も詠む。吹く場所に焦点をあてれば、「港風」と言う孤語の誕生になる。風の向きに対する感覚の鋭さは、南風（みなみ）という孤語をもさらに誕生させている。それが越中では春に東風が吹くことに気がつくことにもつながった。

視覚のみならず聴覚の鋭さは、万葉集の中でも屈指の微細な音の情緒を風に託した皮膚感覚の絶唱をうたわせた。

我がやどのいささ群竹吹く風の音のかそけきこの夕かも（十九・四二九一）

また、秋風は、帰る雁を誕生させ、黄葉をもたらすとうたっている。秋の到来は、古今集以降に立秋と風の音に結びつくが、家持は七夕と風により秋の到来をうたっている先達でもあるし、気配に敏感に反応する鋭敏な感性の持ち主でもある。その季節の風が、庭の一隅から庭全体に視野を拡げて、

秋風の吹き扱き敷ける花の庭清き月夜に見れど飽かぬかも（二十・四四五三）

とうたい、月夜に「花香の庭」を誕生させていた。

注

（1）「万葉の風」（Ⅰ）「万葉の風」（Ⅱ）（「福山市立女子短大紀要」二十・二十三号）
（2）島田氏「万葉の〈秋風〉――季題意識の展開――」（「淑徳国文」三十三号）
佐々木氏『『秋風』考――万葉集の『風』『秋風』――」（「岩手県立盛岡短大研究報」四十三号）
（3）万葉の十二首は以下の歌である。三・三六一（赤人）、三・四六二（家持）、三・四六五（家持）、七・一一六一、八・一六二六（家持）、十・二一五八、十・二一七五、十・二二六〇、十・二三〇一、十五・三六六六、十七・三九四七（家持）、十七・三九五三（家持）
（4）黒川氏「あゆのかぜ私見」（「万葉」八十四号）
小野氏「東風あゆのかぜ考」（「駒沢国文」二十五号）
（5）小野氏注（4）に同じ。
（6）『万葉集全訳注』四〇〇六番の脚注で「今日も各地で東風をアイの風という。二七一の阿由知も同じ。夏の季節風」と指摘する。
（7）『万葉集注釈（十九）』四二九一番の訓釈に、「い小竹群竹」とあり、「い小竹」と「群竹」を組み合わせた姿と「ありよう」が鮮やかにしめされている、とする。二二二から二二三頁
（8）小野寛氏は、「絶唱三首」（『万葉の歌人と作品　第九巻』（大伴家持二）所収）には、「いささ群竹」については、わずかな意の「いささ群竹」とする。やはり現在その意味が定説といっていい、と考える。一五二から一五五頁
（9）『万葉集全注（十九）』四二九一番考　二九五から二九七頁
（10）「大伴家持絶唱三首」（「都留文科大学大学院紀要」三号）
（11）『万葉の歌人と作品　万葉秀歌抄』で四二九一番を、六朝・初唐詩に見られる「鋭敏で知覚で景を捉える」ことで「動かされる情を表現する技法」に触れて、この歌に「景情一致」の方法を学んでいる、とした。三五七頁
（12）「家持の『立ちくく』『飛びくく』の周辺――万葉集における自然の精細描写試論――」（「国語と国文学」四十巻二号三号）

第四節　七夕歌

一　天平十年（二十一歳）

天下の環境が共通のものの譬えとして、「風月同天」という四字熟語がある。月については『大伴家持歌の風流――雪月花――』（広島女学院大学総合研究所叢書五号）で考察したことがあり、ここでは同天として星の七夕歌を考察する。

万葉集では「ほし」は、単独ではなかなかうたわれない。例は少ないが「あかほしの」（一例）「ひこほし」（十六例）という表現が普通である。また「夕星」も枕詞を含めて三例である。但し、次の二首は、星が登場している。

北山にたなびく雲の青雲の星離れ行き月を離れて（二・一六一）
天の海に雲の波立ち月の舟星の林に漕ぎ隠る見ゆ（七・一〇六八）

夜空には無数の「星」（一六一）が見えている。「星の林」（一〇六八）というが、実際は数千個が見えると言われる。その星の一つである牽牛（ひこほし・アルタイル）と織女（おりひめ・ベガ）に関わる伝説は、万葉集の七夕歌からは夫が船に乗って天の川を渡ってくるのを、妻が待つ話である。中国の七夕は、妻織女が牛車に乗って天の川にかかる橋を渡り夫牽牛に会いに行く。そこで万葉の七夕歌と懐風藻の七夕詩を参考にして、家持の七夕歌全十三首の特質を探ってみたい。家持の七夕歌は、題詞を示すと四群（①　十年の七月七日の夜に……（十七・三九〇〇）②　七夕の歌一首并せて短歌（十八・四一二五～四一二七）③　かねて作れる七夕の歌一首（十九・四一六三）④　七夕の歌八首（二十・四三〇六～四三一三））からなっている。

①十年の七月七日の夜に、独り天漢を仰ぎて聊かに懐を述べたる一首
織女し船乗りすらし真澄鏡清き月夜に雲立ち渡る（十七・三九〇〇）
右の一首は、大伴宿祢家持の作

家持の七夕歌は、初出①が天平十年の創作である。作者が二十一歳になっていた。続日本紀の天平十年七月七日には、聖武天皇の詔があって「梅樹」の題詠が記されている。但し、七夕の記録はない。内舎人に任官しているのであれば、当然官人という意識もあってしかるべきであるのに、単に大伴宿祢家持と左注にある。勿論内舎人の初出は、同年十月に聖武天皇が行幸途中の伊勢行宮に宿泊した時に家持が詠んだ一〇二九番の題詞であるから、七月には内舎人であったであろう。この歌の左注に官職の肩書きが欠けているのであるが、宮中の文雅の会席を意識して、それに対応しつつ、私的な場で独り居て歌を作っているので、「内舎人」の肩書きをはずしたのであろうか。越中でも同様に、「守」の肩書きがある場合と無い場合があるが、これは意識の相違がありそうである。また、この七夕歌は、題詞に「独り」とある。

まずこの歌の特質は、織女が船に乗って牽牛のもとに行くことにある。そもそも万葉集の七夕歌では織女が牽牛に会いに行くということが珍しく、この家持歌と同じ発想なのは作者名の知られない二首が他にあるだけである。特殊なものとしては、憶良歌にある「牽牛の嬬迎へ船」（八・一五二七）は、牽牛が織女を迎えの船に乗せると

いう発想である。さらにこの家持歌の特徴ある表現は、下句「清き月夜に雲立ち渡る」にもある。続日本紀によれば三年前の天平七年には、七夕詩の詔が出されていた。天平十年から家持の創作年代も最も新しい天平宝字三年までは、七夕詩の場は天平七年以外には知られていないので、どの程度七夕詩の披露される宮廷行事があったかは、具体的に知られない。土屋文明氏は、この日に西池宮で開かれた漢詩の会を意識していたので「独り天漢を仰ぎて」と題詞に記したとする。[1]万葉集の題詞・左注の「独」は、十八例あるが、その中で九例が家持である。題詞には、漢詩の創作意図を示す言葉でもある「述懐」も使用されていて、詩文の世界も関わる。即ち、彼が漢詩と対抗しているのは、歌の内容とも繫がる。

この七夕歌の通説では、和歌の世界では珍しい織女に川を渡らせている、とする。さらに、漢詩において織女が渡るのであれば、船という手段は皆無であり、懐風藻では「鳳蓋」「鳳駕」「竜車」「仙駕」「仙車」「神駕」で橋を渡る。万葉の七夕歌で織女が川を渡るとあるのは、他に二首（九・一七六四、十・二〇八一）ある。そのいずれもが、漢詩の世界と同質の橋を渡る。

さらに七夕歌では、雲も珍しい。船を進めて生じるのは波であるが、一般的には霧を波に見立てている。小野寛氏は、万葉の七夕歌の中から家持歌と類似する歌を、八首取り上げている。[2]いずれもが「河原に霧の立てるは」（一五二七）「天の河霧立ち渡る」（一七六五）「天の河霧立ち渡り」（二〇四四）「天の河霧立ち渡る」（二〇四五）「天の河八十瀬霧らへり」（二〇五三）「河霧立ち渡る」と六首に霧が波を連想させ、その他は「浮津の波音」（一五二九）「白波高し」（二〇六一）とあり、波で船の進んでいることをいう。それを雲が立ち渡るというのである。この家持歌は、形式的に上の二句で織女が船に乗ったらしいと推量の助動詞「らし」を用いているのであるから、下三句はその根拠が述べられていることになる。当然波をうたうのを霧で表現した例からは、雲が類型的な内容にない。この発想については、橋本達雄氏が二首の人麻呂歌集歌、

天の海に雲の波立ち月の舟星の林に漕ぎ隠る見ゆ（七・一〇六八）
あしひきの山川の瀬の響るなへに弓月が嶽に雲立ち渡る（七・一〇八八）

を引用して、雲を波に見立てたのは「天の海に」の歌から、「雲立ち渡る」は、「あしひきの」の歌からとして、さらに「雲立ち渡る」は、人麻呂歌集と家持歌のみであることも指摘する。(3) 一方、吉村誠氏は、「清き月夜に雲立ち渡る」が「家持歌において、万葉七夕歌にない月夜の描写を用いたのは、漢詩の描き方による」として、漢詩では波を雲と表現していることを証明している。(4)

これまで述べてきたことに対する異説もある。憶良の七夕歌の影響に触れ、鈴木武晴氏は、「彦星の妻迎へ舟」に織女が乗っているとする。(5)

彦星の妻迎へ舟漕ぎ出らし天の川原に霧立てるは（八・一五二七）
霞立つ天の川原に君待つとい行き帰るに裳の裾濡れぬ（同・一五二八）
天の川浮津の波音騒ぐなり我が待つ君し舟出すらしも（同・一五二九）
織女し船乗りすらし真澄鏡清き月夜に雲立ち渡る（三九〇〇）

鈴木武晴氏は、引用した如く第四首目に家持歌を付け加えることで、憶良・家持七夕歌が波紋型対応構造の四首構成になり、一五二七番と三九〇〇番との間には、明確な因果関係が認められるとする。この構成的な意図が認められるのであれば、家持歌は織女が牽牛の迎えに来た舟に乗っているのであって、牽牛に会うために出かけていったにせよ、主体的な行動ではないことになる。

そもそも織女は迎えに来た舟に乗っているという解釈は、鹿持雅澄の『万葉集古義』に始まる。[6] 集中「舟に乗る」ことは、まさしく目的地に行くために乗船していることであるから牽牛に逢うために織女が舟に乗っているのである。それが迎えの舟であるとする解釈は、憶良の歌があって初めて可能な考えである。しかも、その解釈は憶良の一五二七番を顧慮していくと当然の結論である。七夕歌で織女が渡るのは、万葉七夕歌では橋が二例あって、男に逢うために舟で渡るのはこの一例であった。

ひさかたの　天の川に　上つ瀬に　珠橋渡し　下つ瀬に　舟浮け居ゑ　雨降りて　風かずとも　風吹かずとも　風吹きて　雨降らずとも　裳濡らさず　止まず来ませと　玉橋わたす（九・一七六四）

天の川棚橋わたせ織女のい渡らさむに棚橋わたせ（十・二〇八一）

引用した長歌は藤原房前宅での七夕歌である。風雨が無くても川を渡れば織女の裳を濡らすが、珠橋と船橋は裳を濡らさず織女が渡れますよ、とうたう。巻十の歌にある棚橋とは一体どのような橋なのであろうか、棚無し小舟の例もあるので、粗末な橋ではないのであろうが、橋を渡るのは、織女である。これまでの比較文学的な研究を参考にしても、懐風藻等の詩をはじめとして船で織女が男の許へ行く漢詩の例はない。歌の世界だけは、船で牽牛が女の許へ行く。

但し、牽牛の迎え舟に乗ると言うことになれば、憶良にその例があった。その意味では憶良歌を意識していることからは、当然この解は成り立つ。やはり、織女が船で川を渡るのは、迎え船という特殊な事情と考えたい。一方、追和とないのであるから、憶良の歌を配慮する必要はないということで、迎え船説を月野文子氏は否定している。[7] 追和とはないが、憶良の影響は認めざるを得ない。従って、迎え船に乗っている織女という解は、認めていい。但し、四首で構成を持たせているという配慮はどうであろうか。これら四首には、全体に第三者的な発想であって、殊更緊密なものは考えられない。さらに言えば、「天の河原に霧立てるは」と「清き月夜に雲立ち渡る」とは雰囲気が異質である。即ち、天空の天の川に霧があることと蒼穹に雲が拡がっていることが雰囲気として同質ではない。

さて、七夕歌では、雲を「織女の天つ領巾」（十・二〇四一）「織女の雲の衣」（十・二〇六三）等とあり、衣の連想がある。そこで田中大士氏は家持歌の雲が織女の衣という理解を示している。(8) その点は、引用した橋本氏の言う人麻呂歌集の歌二首、或いは吉村氏の引用する、

天漢の中、奕奕として正に白雲有るは、池河の波の如し（『四民月令』）

に依っても天にある輝く白雲は、河の波に譬えられている。(9)

家持の初出七夕歌は、牽牛の迎え船に織女が乗って出かける歌であり、憶良の創意になる迎え船七夕歌の影響があった。また、雲は波の表現であり、漢詩にも見られるが、直接は人麻呂歌集の影響である。家持は、類型的な歌の形式を踏まえながら、創意工夫を凝らしているのである。即ち、「……らし……」と上の句の根拠を下の句で述べているが、織女が天の川を彦星の迎え船で渡り、さらに船が生じさせた波を類型的な霧とせず、個性的な雲と見なしたのである。

天平十年の七夕歌は、憶良の影響があり、織女が牽牛の迎え船に乗っているのであった。万葉集で織女が牽牛の許を訪れるのは、迎え船に乗っている二首と橋を渡る二例があるのみである。そして、漢詩的な発想と伝統を庶幾する方途からは、「清き月夜に雲立ち渡る」といった表現も生まれた。

二　天平勝宝元年（三十二歳）

②七夕の歌一首并せて短歌
天照らす　神の御代より　安の川　中に隔てて　向ひ立ち　袖振り交し　息の緒に　嘆かす子ら　渡守　船も設けず　橋だにも　渡してあらば　その上ゆも　い行き渡らし　携はり　うながけり居て　思ほしき　ことも語らひ　慰むる　心はあらむを　何しかも　秋にしあらねば　言問の　乏しき子ら　うつせみの　世の人われも　ここをしも　あやに奇しみ　ゆき変る　毎年ごとに　天の原　ふり放け見つつ　言ひ継ぎにすれ（十八・四一二五）
　反歌二首
天の川川橋渡せらばその上ゆもい渡らさむ秋にあらずとも（四一二六）
安の川い向ひ立ちて年の恋日長き子らが妻問の夜そ（四一二七）
　右は、七月七日に、天漢を仰ぎ見て、大伴宿祢家持の作

天平勝宝元年家持は三十二歳になっていた。二十九歳で越中に赴任していたのであるから、守としては三年目になる。この七夕長歌の特徴としては、憶良の影響が考えられて良い。人麻呂歌集の七夕歌が人麻呂の実作であれば、有名な二〇三三番の左注「庚申」が天武九年と言うことになって、人麻呂歌集七夕歌の創作時期もほぼ見当がつくことになる。それら人麻呂歌集七夕歌には、「橋」が登場しない。巻十の作者未詳歌には、三首に橋が用いられていて、橋を渡るのが織女の場合も一首ある。

まず引用した家持歌の特徴は、一首中に渡河の方法として、船と橋の二つが登場していることである。これに近いのは、房前宅での作に「上つ瀬に　玉橋渡し　下つ瀬に　舟浮け据ゑ」（一七六四）とある表現である。この下つ瀬にある舟は、明らかに舟橋であるから、上も下も橋である。但し、この巻九の歌がたまたま玉橋と舟橋が登場しているということであって、渡るための手段として橋と舟が出てきた例は、この家持長歌一首のみである。

巻十の作者不明の歌に登場している三首の橋は、「打橋」（二〇五六、二〇六二）と「棚橋」（二〇八一）であるから、玉橋の例は家持と巻九の例である。しかも、「渡守　船も設けず　橋だにも　渡してあらば　その上ゆも　い行き渡らし　携はり　うながけり居て」とあるのは、橋の持つ性質として、風波に弱い舟に対して、風雨の強いときでも簡単に渡ることのできる橋の便利さを念頭にしている。そこで「橋だにも」と言う表現が生ずる。言葉と心としては「雨降りて　風吹かずとも　風吹きて　雨降らずとも　裳濡らさず　止まず来ませと　玉橋渡す」（一七六五）を踏まえている。さらに中西進氏は、憶良も七夕の歌の中で「牽牛は　織女と　天地の　別れし時ゆ　いなうしろ　川に向き立ち　思ふそら　安からなくに……」（八・一五二〇）と神話ふうに歌っていているのを踏襲したのであろうとして、さらに家持の「向ひ立ち　袖振り交し」も憶良の「いなうしろ　川に向き立ち」と同じ「向き立ち」であり、家持の「袖振り交し」も憶良に「袖振らば」の歌がある、とした。[10]

袖振らば見もかはしつべく近けども渡るすべ無し秋にしあれねば（八・一五二五）

以上のように考察すれば、天平十年の詠歌と同様に、家持は伝統と憶良歌を意識していながら、それに拘りつつ新たなる個性を付与させた作品にするべく努力したことが認められていい。個性的内容としては、舟と橋という渡河に関わることを歌いながら、さらに橋に拘ったと言うことである。橋を渡る方法を選択した七夕歌は案外少ない。長歌一首と短歌三首ということであるが、それらでは織女の渡河を歌うものが二首である。そして、家持は、この長歌では、渡河する主体を漠然とさせている。一応反歌には「妻問の夜ぞ」(四一二七)とあって、男性が訪れる妻問に触れてはいる。むしろ、「嘆かす子ら」「乏しき子ら」とするのは、渡河の主体を曖昧にしておきたいという気持ちが家持にはあったのであろう。

十一年前には、牽牛の迎え舟で天の川を渡るのが織女であるという立場の創作であったが、今次は対照的な橋による渡河である。懐風藻の七夕詩の世界では、織女が乗り物で渡ったが、そう図式的に単純に歌っていないのは、憶良と房前宅での作に影響されていることからも知られる。房前宅の長歌では、橋を渡るのは織女で、その反歌では舟で牽牛が渡るという複雑さである。家持は、今回はどちらでも良かったのであろうし、むしろその渡河の主を曖昧にしているのは、七夕の夜にしか逢えない語らいの不十分さを主題にしてうたったことに関わる。この長歌の主題は、渡橋の方法や逢瀬の喜びではない、今風で言う「コミュニケーション」、即ち、語り合うことの不十分さを憐れんでいるのである。

ここに至れば、七夕という文化をどう和歌の世界に生かすか、という事柄に関わる。中西進氏は、国家を越える文化の伝播が、変容を以て定着と言うとして、「なお高度な教養による学習とか摂取という概念が、正しい受容の上に成立する」とした例にこの歌を取り上げている。[11] 人麻呂歌集、作者未詳歌、憶良歌といった七夕歌の伝統があった。それらは、基本的に渡河するのは牽牛であり、船で渡っていたし、神話以来の出来事であり、天の川と安の川が重なっていても、迎え船としたり、橋を渡らせたり、雲と霧で波を表現したりする個性がある。さらに、七夕歌の根本にあるのは、漢詩の世界の影響と日本の風土に根付いた伝説の改編に基づく内容まであった。しかし、この家持の七夕長歌は、個性的でありながら、しかし日本の伝統的な七夕歌を庶幾していることも事実である。さらにこの歌を個性的にしているのは、「思ほしき　ことも語らひ」「言問いの　乏しき子ら」といい、

「天の原　ふり放け見つつ　言ひ継ぎにすれ」と長歌を終えている箇所である。即ち、「言」（こと）と「言ひ」に拘っていることである。

まず「思ほしき」は、万葉に四例有る。その内三例は、家持であり、そして思いを述べる、告げる言葉に関わる。巻十三にある長歌の挽歌には、次の通りである。

（略）若草の　妻かありけむ　思ほしき　言伝てむやと　家問へば　家をも告らず（略）（三三三六）

ここで言う「思ほしき」こととは、亡き人が思っていることを指しているが、それだけに死んだ人の無念が伝わるし、現実に何を伝えようとしているかは想像するだけである。その他の巻十七の二例は、

（略）間使も　遣るよしも無し　思ほしき　言伝て遣らず　恋ふるにし　情は燃えぬ（略）（三九六二）

（略）間使も　遣る縁も無み　思ほしき　言も通はず　たまきはる　命惜しけど（略）（三九六九）

とあって、言うに言えない思いを述べるときに、家持は「思ほしき」を使っている。

家持は、初めての越中での冬に大病を患った。三九六二番は、死をも考えるほどであったので「忽ちに枉疾に沈み、殆に泉に臨めり」（題詞）とある。三九六二番が二月二十一日の日付であるが、三月三日の日付がある有名な「山柿」に触れた三九六九番では、病気がようやく快復して、大伴池主との贈答歌が可能な状態で作られた長歌であるが、一方自由に出歩く池主を羨んでいる。言いたくても言えない思いが「思ほしき」なのである。家持は、思いがあってもそれは語りたくても語れないうらめしいこととしながら、挽歌や自分の死をも自覚した歌、

また人を羨む歌で用いた「思ほしき」を、七夕歌でも使用した。加えて「言ひ継ぎにすれ」とは、赤人や憶良が歌で用いた神聖な行為である。語り継ぎ、言い継ぐことが死者や病人の語りたくても語り得ない思いに重ねた「言問いの　乏しき子ら」に対する同情から来た言葉である。同情から共感に値する思いがあるから、神聖な言い継ぐことをするのである。この同情は、病人や死者に対するものと同じ思いである。ここにさらに家持の七夕に対する個性的な思いがある。

反歌二首では、長歌の思いがうたわれずに、秋になってから一年一度の逢瀬であることを、それを「秋にあらずとも」(四一二六)「年の恋」(四一二七)としてうたった。

三　天平勝宝二年(三十三歳)

③かねて作れる七夕の歌一首

妹が袖われ枕かむ川の瀬に霧立ち渡れさ夜更けぬとに(十九・四一六三)

天平勝宝二年家持は、三十三歳になっていた。これまでも七夕歌の創作では憶良の七夕歌を意識していた。この題詞に「かねて(豫)」とあるのは、憶良作への追和であるからだが、直接憶良の七夕歌に追和したのではない。この七夕歌を作った時、そもそも三月九日に越中国守家持は、古江村に出挙のために出かけた。そのことを「古江の村に行く道の上にして、物花を属目する詠、并せて興の中に作る歌」として、長短七首が作られた。属目は、最初の四一五九番であり、宴席歌にも登場した「渋谿の崎」を過ぎる時の歌で、「つまま」の木が登場している。次には、興による「世間の無情を悲しぶる」長短三首(四一六〇〜四一六二)であり、さらに七夕歌、そして「勇士の名を振はむことを慕ふ」長短二首（四一六四、四一六五）とある。これらを中西進氏は、「古江四部作」と言い、全て憶良の「嘉摩三部作」を意識している、とする。[12]家持は、無情、愛、丈夫としての名前が作歌の興になっている。

憶良の主題とする愛は、嘉摩三部作では「子らを思へる歌」（八〇二・八〇三）に対応する。この「愛びは子に過ぎたるは無し」という歌序の一文は、仏教の愛苦とする煩悩でありながら、憶良は至上の愛だという。子に勝る宝はないのだというのである。それを踏まえているとすれば、この七夕歌の主題は愛が配慮されてよい。

ちなみに伊藤博氏は、「夜霧の立ちこめるのにまぎれて一刻も早く織女の許に通い、何人の目も気にすることなくゆっくり逢瀬をたのしみたいという、牽牛の立場で詠んだ歌」としている。[13]同様に青木生子氏も「夜更けてしまわぬうちに、夜霧に紛れて織女のもとへ一刻も早く行きたいという、牽牛の立場で詠んだ歌」という。[14]

一方中西氏は、記紀歌謡の、

八雲立つ　出雲八重垣　妻籠みに　八重垣作る　その八重垣を（記・一）

を参考にして、この神がみが雲に包まれて結婚したという古くからの伝承の中で家持はこういう思いつきをしたのだろうとして、「霧よ立ち渡れと歌ったのは、霧に包まれるためであった」とする。[15]七夕歌では、一般的に霧は舟の櫂によってもたらされている。その中で特殊な例は、

天の川霧立ち上る織女の雲の衣の飄る袖かも（十・二〇六三）

とある霧である。

ここの霧は、雲の衣が翻ったであるが、雲の衣という見立てが霧のように見えるというのである。霧も雲も美しい衣になる。従って霧が人目を避ける障害と考える必要もない。

さて、家持の七夕歌は、個性的な内容があった。ここでも類型であれば、舟の櫂で生ずるのが霧であり、人目を避ける霧である。しかし、霧に包まれた結婚と言うことになれば非常に個性的内容である。さらに配慮すべきは、憶良の嘉摩三部作に対応する内容を考えてみてはどうであろうか。それは愛と言うことである。

織女と牽牛の愛は、逢瀬で高められる。その逢瀬を飾る垣根の霧であれば、誠にすばらしい情景である。織女と牽牛は、結婚に相応しい装いの宮殿にいるのである。八重雲が垣根になり、妻を籠める立派な屋敷がうかぶ。牽牛が訪ねた織女は、霧に包まれた立派な宮に居るのである。霧に包まれると言うことは、人目を忍ぶと言うことよりも、霧に包まれた垣根のある結婚と見られる。むしろ、この歌では、その想像力の豊かさを賞美するべきである。

さて別の視点からも、霧に包まれた結婚を考えたい。まず、「枕かむ」と言う歌語は、旅人の継承である。旅人には、

還るべく時は成りけり京師にて誰が手本をかわが枕かむ（三・四三九）

如何にあらむ日の時にかも声知らむ人の膝の上わが枕かむ（五・八一〇）

等の歌もある。

興味深いのは、四三九番が神亀五年に旅人の妻が死んだその「故人を偲ひ恋ふる」歌で、また八一〇番が琴が

夢で「娘子に化りて曰く」とある歌で用いられていることである。枕とするのは、故人であり、琴から誕生した女性である。死んだ妻や虚構の存在であった女性に用いられていた「枕かむ」を、家持がわざわざ使用しているところに、この歌の特徴がある。そして、七夕歌として結びつきは、やはり憶良の作である。

鈴木武晴氏は、次の憶良七夕歌、

ひさかたの天の川瀬に船浮けて今夜か君が我許来まさむ（八・一五一九）

を念頭に置いて、『予作七夕歌』は家持が妻坂上大嬢への愛情を牽牛の立場を借りて詠んだ」としている。[16]興味溢れる指摘であるが、妻坂上大嬢への愛情というのはどうであろうか。旅人の亡妻挽歌と幻影的な琴乙女を想起させるのは、現実に存在する妻ではなかった筈である。即ち、それは、家持の亡妾ではなかったのか。その妻に対する愛が主題なのであろう。

家持の題詞・左注には、「独り」が九例あり、さらに「予作」（儲作、預作を含む）が六例、「追和」が六例ある。小野寛氏は、「予作歌は未来へ向かっているのに対して、追和歌は過去に向かっているという、その心の向かう方向が違うだけ」としている。[17]さらに巻十九の七夕歌は「依興歌」であるとしているが、「歌うことに『興』があり、やがて披露すべきその日の為にという意識はない」というのが依興歌であるとする。この時大嬢が当然越中にいないであれば別離の生活と孤独な思いも強いであろうが、この家持七夕歌が詠まれた天平勝宝二年には越中にいたらしい。そもそも大嬢の存在は、越中では希薄なものである。大嬢は、天平勝宝二年三月二十四日付けの題詞（四一六九）に「家婦」が越中にいることが記されているので、前年の秋に家持が大帳使として上京したらしいので、下向の際に一緒に伴われて来たのであろう。一体いつやってきたのかもぼんやりした存在なのである。とすれば、愛情の対象としてますます現実に直ぐ傍にいるのであるから、わざわざ亡妾挽歌や琴娘を想像してしまう存在を匂わす「枕かむ」と言わない筈である。家持の故人に対するこだわりは、何も此の歌ばかりではなかった。この予作追和歌は、小野氏の言う過去に向かっているのであり、むしろ七夕という伝説を踏まえてうたうことに意味がある「依興歌」である。ちなみに白川静氏は、家持の七夕歌が私的な感情をうたう歌であるところから、「公的緊張をともなうことのない、このような予作歌へのはやりの心情は、われわれの理解をこえるものがある」と言う。[18]

つまり家持の七夕歌には、これまで亡妾追懐の心情がちらついていたことを見逃している。天平十一年夏六月の亡妾挽歌には、

秋さらば見つつ思へと妹が植ゑし屋前の石竹咲きにけるかも（三・四六四）

とあって、秋に咲くナデシコが偲ぶ対象であるか、賞美する対象であるかは、「思へ」の解釈とも関わるが、しかし、それは妹の形代である。秋に咲くナデシコと同様に、秋にしか逢えない牽牛と織女の七夕歌に興味を示しているのは、前年の七夕長歌では「思ほしき」こととする「言」であり、その言葉は死者が語りたいであろうことでもあり、またこの世では不可能な対話でもある。越中での二群の七夕歌には、亡妻への思いが込められていたのである。それは、今次の歌では「枕かむ」という旅人の歌語を取り入れているところに伺い知られるのである。いまさら現世の相聞歌が恋の障害とする人目を気にする必要が、この歌にあるのであろうか。家持の七夕歌は、相聞的な発想であるが、亡妻との対話や逢瀬に興の対象がある。霧に包まれることが結婚の為の垣根と考えれば、この七夕歌のもつ斬新な発想がさらに強調される。

即ち、霧に包まれて結婚する、そして亡妻を連想させるこの予作七夕歌は、発想の美しさからもっと注目されていい七夕歌である。

四　天平勝宝六年（三十七歳）

④七夕の歌八首
初秋風涼しき夕解かむとそ紐は結びし妹に逢はむため（四三〇六）
秋といへば心そ痛きうたて異に花になそへて見まく欲りしかも（四三〇七）
初尾花花に見むとし天の川隔りにけらし年の緒長く（四三〇八）
秋風になびく川辺の和草のにこよかにしも思ほゆるかも（四三〇九）
秋されば霧立ちわたる天の川石並置かば継ぎて見むかも（四三一〇）
秋風に今か今かと紐解きてうら待ち居るに月かたぶきぬ（四三一一）
秋草に置く白露の飽かずのみ相見るものを月をし待たむ（四三一二）
青波に袖さへ濡れて漕ぐ船の戕牁振る程にさ夜更けなむか（四三一三）
　右は、大伴宿祢家持独り天漢を仰ぎて作れり。

天平勝宝六年家持は、四月に兵部少輔に任じられていて、さらに十一月には山陰道巡察使にも任命されている。その意味では、この年は武門の家であることを誇りとする大伴氏として活躍の場が与えられていたのである。ところが、この巻二十に記録された七夕歌も家持のこれまでに試みられてきた独りで詠むものであり、肩書きを記していない私的な詠歌であった。

ちなみにこの八首の七夕歌の特質は、知古嶋笑嘉氏も既に考察して指摘している如く七夕伝説を直説示す言葉を用いていないことがある。[19] それとなく暗示的なのは、せいぜい第五首の「天の川」であるが、それであっても七夕歌に限定された言葉ではない。次ぎには、秋風と草花に拘った表現が目に付くことである。とりわけ「初秋風」(家持一首)「初尾花」(三首中の一首)「和草」(三例中の二)は、いずれも例の少ない、或いは独自の表現である。一体に家持は、「初……」と言う表現を好んだ。「初声」(十九・四一八〇　他に一例)「初鳥猟」(十九・四二四九　家持のみ)「初音」(二十・四四九三　家持のみ)「初花」(十八・四一一一　他に二例)「初春」(二十・四四九三　四五一六家持のみ)等とも用いている。注目すべき例としては、父旅人も「初萩の」(八・一五四一)の例もあり、また大原今城が「初雪は」(二十・四四七五)とうたっているので、家持の近辺で良く用いられた造語なのであろう。それにしても「初秋風」は、斬新な歌語である。

伊藤博氏は、これら八首の七夕歌に構造がある由の発言をしている。[20] 八首には、七夕歌であるという以外にどのような構成配慮があるのであろうか、或いは主題が展開されているのであろうか。まず伊藤氏は、「前の四首は立秋前後の牽牛の立場に立つ歌、後の四首は逢会の間際の二星の立場に立つ歌で、牽牛　織女　織女　牽牛の順に並んでいる」とする。歌う主体が牽牛か織女かと言うことに関しては、第一首は、第五句が「妹に逢ふため」とあるので明らかに牽牛の立場である。立場が明確なのは、もう一首あり、それは第六首の「今か今かと紐解きてうら待ち居る」のは、織女である。それ以外では、第二首の「花になそへて見まく欲りかも」は、花になぞらえるのであるから織女が相応しいのであり、その意味では牽牛、乃至第三者の立場が考えられていい。そう考えると牽牛の立場を明確にしている歌は、第一首、第五首、第八首である。織女の立場が明確なのは、第六首である。その他は立場が明確であるというより、第三者的でもある。歌う主体に関しては、統一的な構成は認めにくい。

次ぎに主題という点ではどうであろうか。巻十の七夕歌、憶良の七夕歌などを参考にしていくと、次のような時間的な配慮に基づく歌の主題が考えられて良い。立秋前、立秋、逢瀬前、逢瀬、後朝、その後といった展開の中で歌がうたわれている。まず第一首から第四首までは、第一首の「初秋風」が鍵になって展開している。立秋から花、初尾花、そして和草という展開は、逢瀬までを予想させる期待の季節であることがうたわれている。しかし、第五首からは、石橋があればいつでも逢えるのにという発想が、たしかに「月かたぶきぬ」「月をし待たむ」と言う意味を、どちらの月も時間の経過を表現しているという共通の解釈をしても、とりわけ第八首の主題が舟で織女の許を訪れようとしていながら大海とも言うべき川を渡るのに夜が更けてしまった、という嘆きとどう結びつくのであろうか。第七首が飽きのない逢瀬であるのに時を経なければならないと言うのであるから、逢瀬をうたう第七首と渡河していることをうたう第八首の前後に時間のずれがあり、構成的な意図が分かりにくい。

第六首は、彦星の訪れが月が傾いて居るのにまだである、とうたう。とすれば、第八首は、その舟で訪れる道程で夜更けになったと言うのであるから、第六首から第八首へ続くのであれば、前後は意味が通じる。即ち、第七首は、第六首とおなじ月で時間の経過を述べるにせよ、「月をし待たむ」とは、来年の七月七日の月であろうから、逢瀬があってからの後朝、或いはその後の歌の内容である。最初の四首には、構成にも配慮があり、それなりに纏まっていても、後半の四首には、歌の前後に乱れもあり、統一的な内容にない。恐らく八首にする意図が最初からあったのではなく、とりわけ後半の四首は興の赴くままの創作が主体だった。

家持は、春愁の歌人と言われる。巻十九の巻末三首（四二九〇～四二九二）は、三絶と言われている。宴席での創作も多いが、代表作は独詠歌である。しかし、春愁に対して、秋思も家持のテーマになっている。家持は、七夕歌で秋思をうたっているのである。

ところで、憶良は、皇太子（後の聖武天皇）の命で歌ったり、左大臣長屋王の屋敷で作ったり、大宰府の長官大伴旅人宅の宴席で七夕歌を作っていた。家持の巻十九の七夕歌（四一六三）は、憶良の七夕歌の追和であるし、巻二十の第八首（四三一三）の初句「青波」は、憶良七夕長歌にある「青波に　望みは絶えぬ　白雲に　涙は尽きぬ」（一五二〇）を意識した歌語である。皇太子の依頼、長屋王の宴席、さらに父旅人の宴席、憶良は座の文学として七夕歌を創作していた。ところが、家持は独詠歌として創作している。越中であれば、国守の館でも宴席が設けられ、その機会におびただしい歌の創作がある。七夕は秋の恰好の宴になるであろう。しかし、家持は越中時代のみならず、都での七夕歌も独り居て詠む。都に戻ってからも七夕歌に関しては宴席に背を向けているが、権門やその他の宴席がなかったのであろうか。憶良の時代だけが宴席で七夕歌をうたったのであろうか。そもそも家持の左注や題詞には「独り」が多いが、七夕は宴席を主体とする創作テーマである。

四群の七夕歌には、天平十年の二十一歳の作の題詞に「独り」があり、天平勝宝六年三十六歳の作の左注に「独り」があり、さらに天平勝宝元年三十二歳の作の長歌短三首の左注には「守」とないことから独詠の場であったことが知られるし、天平勝宝二年三十三歳の古江四部作として追和した七夕歌も「予作」「興」によって作ったものであり、宴席で披露されたりしたものではない。そこで「独り」「追和」「興」と言うことについて考えてみたい。七夕歌の初出例は、さらに題詞に「述懐」とある。

家持の「独り」の考察では、針原孝之氏が夙に指摘しているが、「孤独であると言うことは事実であるが、宮廷に存在しない自分を独り悲しみ、官人達の場から離れた所にいる意味で、家持は『独』という語を使用したのであろう」とする。[21]或いは、追和と依興に関しては、大久保廣行氏が「基本的に、追和は先行する元歌を下敷きに後人が二重写し的に新歌を詠み加える」とし、さらに「儲作・予作・預作」を「将来ありうるかもしれない晴の行事への参加（省略）を想定して、あらかじめその折の用意として作歌したり、まだその時に至らぬ季節の風物（省略）を取り上げて前以て詠んだりする」とする。[22]

もう一つ確認しておかなければならないのは、「述懐」という心中の思いを述べると言うことがある。小野氏が詳しく論証するところであり、そこで述べていることは、述懐が家持独自の表現になっていると言うことであるが、家持の述懐は「風物に、己の思いを託して歌う時、『述懐』と題した」として、主たる場が「独居述懐」であるとした。(23)その意味では、家持の七夕歌は全て独居述懐の歌である。

これまで見てきたときには、亡妾への追想があった。宴席で歌うべき七夕歌を、憶良の影響を受け、さらに追和してうたい、そして結局予作までして、「興」といううたわずにいられず独居述懐したのが家持である。根本にあるのは七夕伝説を契機に生じる追想である。現実ではない伝説も自分の過去の出来事を追想させるのである。まず七夕伝説に対する興味が家持にはあった。牽牛と織女が一年に一夜しか逢えないという悲劇、或いはエキゾチックな宮中儀式としての興味、天の川と日本神話の安の川との結びつき、日本に珍しい天空の説話であること等が考えられる。しかし、首尾一貫して独居述懐であるのは、これまでに指摘されていない内容を考えていいのではないかとして、亡妾を配慮してみたのである。越中での創作である天平勝宝元年以降七夕歌では、亡妾が追想されているのであろう、と考える。

家持は、ナデシコに亡妾を見立てていた。同様に天平勝宝六年の七夕歌には、第二首から第四首まで、「花」「初尾花」「和草」がうたわれているが、それらが亡妾を連想させているのである。花になぞらえるのは、亡き妻なのである。天平十年から続いている家持の思いとは、越中守時代以降ますます坂上女嬢に対するものとは考えがたいのであり、亡妻への思いが仮託されていたのである。越中時代の二群には、「思ほしきこと」(四一二五)、そして「枕かむ」(四一六三)という歌語への拘りがあったが、ここでは秋の花への拘りになったのである。

五　家持と七夕歌

『荊楚歳時記』によれば、七夕伝説の大要は次の通りである。天の川の東側に天帝の娘である織女が居て、帝がこの仕事ぶりを愛でて、娘が独身で居ることを憐れみ、西側にいる牽牛と夫婦にした。ところが、織女が布を織らなくなったので、怒った天帝が一年で一度の逢瀬にしてしまった。以上の話には、逢瀬の方法は記されていない。懐風藻にある六首の七夕詩では、天の川を渡って会いに行くのは、織女であり、橋を車で渡る。例外的には船も登場しているが、この山田三方詩には「仙駕」と「彩船」が対比的に登場しているが、舟が便宜的なものであり、主体は橋を織女が駕で渡ったのである。即ち、懐風藻では織女が車駕に乗って川をわったったことになる。

懐風藻の常識と基本的に相容れないのが万葉集の七夕歌である。巻十には、人麻呂歌集七夕歌三十八首、作者未詳七夕歌六十首がある。これらには、例外を一首を除き渡河は、牽牛がしている。また藤原房前宅の長歌（一七六四）は、やはり橋を渡るのは織女になっているが、後期万葉と言われる巻八にある山上憶良七夕歌十二首と巻十七から二十にある大伴家持七夕歌十三首とは、家持の初出七夕歌を除き、渡河するのはやはり牽牛である。また渡る方法も船が圧倒的であり、橋に依るのは、むしろ例外的である。作者未詳歌で三首、家持歌で三首が橋に触れる。その中では、藤原房前の宅での長歌（九・一七六四）、家持の長歌（四一二五）が橋と船（船橋）に触れて一首をうたう。

ちなみに万葉集の七夕歌を小島憲之氏、中西進氏、大久保正氏の論文を参考にして簡略示せば、次の通りで合計百三十四首であり、これをこの論では万葉の総七夕歌としたい。[24] 一と二は、初期万葉であり、三と四が後期万葉である。

Ⅰ　作者未詳（巻十）六十首
Ⅱ　人麻呂歌集（巻十）三十八首
　　人麻呂歌（巻十五）一首
　　間人宿祢（巻九）二首
　　藤原房前宅の作（巻九）二首
Ⅲ　山上憶良（巻八）十二首
　　湯原王（巻八）二首
　　市原王（巻八）一首
　　阿倍継麻呂（巻十五）一首
　　遣新羅使某（巻十五）二首
Ⅳ　大伴家持（巻十七・十九・二十）十三首

家持の七夕歌でまず注目したいのは、憶良の創意による渡河を迎船で織女がするという一首、渡河の方法として船と橋の二つに触れた一首があることである。中国文学などにも造詣があり、さらに仏教の教養もあり、遣唐使の一員でもあった憶良の七夕歌では、渡河の主体や方法について巻十に収められている七夕歌九十八首の伝統に忠実である。家持もその伝統の中にあると言っていいであろうが、橋という渡河の方法で憶良と異にしているものもある。男性が女性の許へいくというのは、日本的な結婚形態であるから、本来の七夕伝説が日本的になったと考えられてきた。また、七夕歌が中国詩、或いは中国からもたらされた知識に基づくというよりも、一般的には我が国の土着の文化にどっぷり染まった内容がある。その典型は天の川を牽牛が渡るということである。

白川静氏は、人麻呂七夕歌、作者未詳七夕歌から次のような指摘をする。「中国の文献のみによっては、発想し表現することの困難な、きわめて具体的な描写があり、また宮廷貴族の宴席とは異なる場での、臨場感ともいうべきものがある」とする。[25]

この夕へ降り来る雨は彦星の早漕ぐ船の櫂の散かも（二〇五二）
足玉も手珠もゆらに織る機を君が御衣に縫ひ堪へむかも（二〇六五）
彦星の妻呼ぶ舟の引綱の絶えむと君をわが思はなくに（二〇八六）
わが隠せる楫棹無くて渡守舟貸さめやも須臾はあり待て（二〇八八）

降る雨を彦星の櫂の水しぶきとしたり、足玉・手玉の揺らぐ姿態、船の引く綱、具体的な楫と棹という道具などは、宴席であることよりも、野外で行われた七夕祭という雰囲気がある。

或いは、巻九にある間人宿祢の作れる

川の瀬の激を見れば玉をかも散り乱りたる川の常かも（一六八五）
彦星の插頭の玉の嬬恋に乱れにけらしこの川の瀬に（一六八六）

とある二首を参考にしても、実際の泉川が天の川になぞらえて歌われている。

天の川を川に見立てることにせよ、巻十の七夕歌は実際に存在する川の傍で行われた行事の雰囲気が歌に伺わ

れる。服部喜美子氏は、古今集四一八番の詞書きにある、

これたかのみこのともに、天の川のほとりにおりゐて、酒などのいけるついでに、みこのいひけらく、狩りして天の河原にいたるといふ心を

を引用して、現天の川流域一帯の百済寺跡、百済王神社の存在等を根拠に、渡来系の百済一族が住み着き、人々は母国の年中行事を行い、我が国の人々に注目されたのであろう、としている。さらに、「七夕の祭りのみそぎや供物が天の川水辺で行われたことは想像に難くない」とする。[26]

さて、宮中で行なわれた七月七日の宴は、持統天皇紀五年の記事が初出である。「丙子に、公卿に宴したまふ」とあり、さらに翌六年にも「庚子に、公卿に宴したまふ」とある。恐らく乞巧奠の行事を含む宴が行われたのであろう。続日本紀では、元明天皇紀和銅三年、聖武天皇天平六年、天平十年、孝謙天皇天平勝宝三年などに、七月七日の宴が記載されている。これらが全て乞巧奠を祭る行事を伴っていたかどうかは疑問があっても、さらに懐風藻を参考にすれば藤原不比等、長屋王等の宴席での七夕詩の創作があるし、万葉集でも皇太子、大宰府の大伴旅人宅等でも七夕歌が作られた。

天武・持統朝には七夕の宴が宮中でもほぼ行われていたのであろうし、万葉集で人麻呂歌集の二〇三三番の左注にある「庚辰」を天武九年と取れば、七夕歌は七世紀の後半には作られていた。ほぼ同じ天武に続く持統朝にも宮中で七夕の宴があったのであれば、詩と歌の交流ということからは、憶良の果たした役割は無視できない。即ち、渡来人とも言われ、漢籍にも造詣の深い憶良が歌の世界では徹底してこれまで伝統として存在した七夕歌の範疇にとどまっていることである。渡河する主は牽牛である。迎え船に乗る織女の例もあるが、男が舟に乗っ

て女の許へ行くこと、さらに天の川と神話の安の川が重なるのであり、宴席で作られた歌であった。ここに至れば、憶良は本当に唐の国で行われている乞巧奠、乃至は七夕伝説の延長で創作していたのであろうか、という疑問が生じる。

渡来人に依って牽牛が舟で織女の許を訪れる七夕伝説が伝えられていたのではないか。天武・持統朝でも既に七夕歌が作られていた。それは、日本的な七夕歌が行われていたというよりも、渡来人を起源とする川縁でのお祭りではなかったのか。既に日本化していたと言うよりも、元々渡来人によってもたらされていたものが牽牛の舟による川渡りであったのではないか。臨場感溢れる川船、霧、波、それらは川縁で行われていたお祭りを連想させる。憶良は、その渡来人の七夕を踏まえているのであって、直接漢籍に依るものではなかった。

懐風藻に登場するのは、「鳳蓋」「鳳駕」「竜車」「仙駕」「仙車」「神駕」等に乗って、織女は天漢をわたっている。一方、万葉集では、地上の男女の相聞を思わせ、男の牽牛が女の織女の許を訪れるのが逢瀬の場面である。そして憶良と家持に「青波」（二五二〇、四三一三）があって、海のイメージがある以外には、川の範疇である。さらに渡河する時に用いる舟も現実の川船と変わらないし、相聞歌一般と同じく牽牛の訪れを、織女が待ちこがれるのである。憶良は、渡来人によってもたらされている七夕伝説に基づく歌を、漢詩が披露されるような七夕詩苑で披露したのではないか。嘗ては額田王が春秋優劣歌を、漢詩ではなく倭歌で歌った例もある。七夕伝説には、漢詩に依る七夕と起源を渡来人に求め得る七夕とがあって、二種類の七夕を考え得ると言うことである。その考えに依れば、和歌の独自性も理解できることになる。

ちなみに出雲介吉智王の七夕詩には、古今集などに見られる鵲橋がある。

仙車鵲橋を渡り
神駕清流を越ゆ

鵲橋などは万葉集に登場するべくもなかった。それは、漢詩の七夕歌への影響が家持の七夕歌以降に顕著になるからである。人麻呂の時代には朝鮮半島の渡来人によってもたらされた七夕伝説に基づくものであろう。そして、それは、牽牛が織女を訪れるときに、舟で天の川を渡るという内容になっていたのであろう。七夕歌に新風と呼ぶべき特徴を吹き込んだのは、家持である。和歌の表現で漢詩を切磋して大きな展開を見せるのは、家持の七夕歌である。それ以前の七夕歌は、基本的に日本の風俗に合致する相聞の歌になっている。

結び

うたう場を徹底して個人の述懐に限定して、さらに漢詩の表現に接近して工夫を凝らしたのが家持七夕歌である。家持は、憶良の七夕歌を意識していながら宴席での創作を固辞した。七夕伝説に対する興味は、天平勝宝元年以降亡妻にたいする追想の思いと重なるところにあった。それが秋思となり、個人的な述懐の詠歌に拘り続けた主な要因である、と考える。

憶良は、宮中行事、或いは権門の宴席という場で七夕歌を作るということをした。独り居て積極的に漢詩的な表現を加えて、七夕伝説に対する共感と亡妻の追憶に結びつく秋思を主題とする新しい独居述懐七夕歌を試みたのが家持である。

注

（1）『万葉集私注』巻十七・三九〇〇番　作者及作意

（2）『大伴家持研究』「独詠述懐――家持の自然詠――」二〇一頁

（3）『万葉集全注（巻十七）』三九〇〇番　特殊な表現

（4）「家持天平十年作七夕歌一首――『清き月夜に雲立ち渡る』の表現――」（「群馬県立女子大学国文学研究」二号）

（5）「七夕独詠歌の形成」（「山梨英和短期大学日本文芸論集」十七号）

（6）『万葉集古義』には、「織女の舟のりはいささかうたがはしけれど此はかの牽牛の妻迎舟ともよめれば其迎舟に乗てわたるよしに云るなるべし」とある。

（7）「家持の七夕歌『まそ鏡清き月夜に雲立ち渡る』考――『まそ鏡』と『月鏡』――」（「早稲田大学国文研究」百三十号）

（8）「七夕独詠歌論――大伴家持の漢詩文受容――」（「筑波大学日本語と日本文学」五号）

（9）橋本氏注（3）に同じ。吉村氏注（4）に同じ。

（10）『大伴家持（4）』二四一頁

（11）注（10）に同じ。二四三頁

（12）『大伴家持（五）』では、「古江四部作」「嘉摩三部作」という呼称を用いている。

（13）『万葉集釈注（十）』には、「夜霧の立ちこめるのにまぎれて一刻も早く織女の許に通い、何人の目も気にすることなくゆっくり逢瀬をたのしみたい」とある。八七頁

（14）『万葉集全注（巻十九）』には、「夜霧に紛れて織女のもとへ行きたい」とある。六〇頁

（15）注（12）に同じ。七六頁

（16）「予作七夕歌論」（「山梨英和短期大学日本文芸論集」十九号）

（17）『大伴家持研究』「家持予作歌の形成と背景」三七七頁

（18）『後期万葉論』第二章七夕の歌　八三頁

（19）「大伴家持七夕歌試論――巻二十『七夕の歌八首』独詠に関して――」（「日本女子大国文目白」三十六号）

(20)『万葉集釈注（十）』では、兵部少輔の肩書きがないが、難波での作として、八首を前半と後半に分け、さらに波紋型の構成としている。四〇八～四一一頁
(21)「家持の独詠歌の一様相」（「相模国文」三号）
(22)「家持作歌の試み――追和と依興と――」（「東洋大学文学論藻」六十九号）
(23)注(2)に同じ。二二六頁
(24)小島氏『上代文学と中国文学（中）』「第九章七夕をめぐる詩と歌」の一一三六頁には、一三三首とある。中西氏『万葉集の比較文学的研究』「第六章七夕歌群の形成」の八九二頁にある作者別の表では、合計一三四首になる。大久保氏『万葉集の諸相』「第六章万葉集の表現」の一三三首では、一三三首としている。二一一～二一四頁巻九にある間人宿祢の歌数を一首にするか、二首にして数えるかの違いで、基本的な考えには違いがない。
(25)『後期万葉論』第二章七夕の歌　六二～六三頁
(26)「万葉集七夕歌小考――特に七夕の月の歌、懐風藻七夕詩との接点、渡来人とのかかわりなど――」（『万葉集研究第（10集）』所収）

第二章　越中――山川異域――

序　節

大伴家持は、平城京の邸宅が佐保にあった。父は、佐保大納言とも呼ばれるのは、屋敷のある土地に基づく。家持が邸宅を引き継いだのであろう。天平二年十二月に難波に大納言として戻った旅人と一緒に大宰府から十四歳の家持は故郷に戻ってきたらしい。幼い家持も数年程の大宰府生活を経験していた。

家持は、内舎人と万葉歌に記すのが天平十年十月からであり、最後が天平十六年三月までである。六年ほどは天皇聖武のおそばに使える貴族として見習い期間であった。同十七年正月に従五位下に昇叙された。二十七歳になって大伴家持としては、本格的な官人の出発である。その間に聖武天皇は、天平十二年十月に伊勢行幸以来、そのまま遷都の旅が続くことになった。十二月久迩京に遷都されることになり、久迩京の造営がありながら、しばし紫香楽離宮への御幸があって、天平十六年に難波遷都が行われ、翌十七年には、また平城京が京となった。即ち、聖武天皇の彷徨五年間、久迩、紫香楽、難波などに居住したこともあったであろうが、二十九歳までは平城京が日常生活の場である。

官人としての人生は、地方官が約半ばである。最初の国守赴任は天平十八年七月から天平勝宝三年八月までの越中国である。二十九歳から三十四歳までの足かけ六年になるが、ほぼ満五年間である。家持の歌は、天平宝字三年一月一日以降の歌がない。四十二歳から六十八歳で死去した延暦六年までの歌がない。そこで十五歳の処女作を発表した天平四年から新年を言祝ぐ歌を披露した四十二歳の天平宝字三年までを三区分して家持は論じられる。即ち、繰り返すが、習作時代、越中時代、少納言時代という言葉を用いて説明することにしている。

私は、越中時代を「旅」と捉える。多田一臣氏は、越中風土を京と鄙という立場で対照させ、「一　越中赴任、二　天離る鄙、三　越中三賦、四　俗語、五　異土と都」と分類している。[1] 或いは、山口博氏は、大宰府との結びつきを認めた上で、「辺塞越中国の大伴家持」と理解を示す。[2] その根拠として「ますらを」の使用例を取り上げ、十九例の内、越中で十四例、防人歌に四例あるとしている。越中を単なる鄙とせずに大宰府と同様に考えていたことは認められる。即ち、家持が越中と大宰府を重ねていることは、越中で自らの歌で「遠の朝廷」(十七・四〇一一、十八・四一一三)を用いていることで知られる。

貴公子家持がこの鄙をどう理解し、生活していたか、といえば今風に言えば、「旅」であったと考える。もちろんまじめに積極的に政治を行ったのであろうが、所詮それは「旅」で生活する範疇である。ある任期が終われば帰郷するのであるし、都の風流を越中国府で試みていても、それは徒然の慰めの範疇である。風土に対する興味も風流としての範囲である、と考える。たまたま越中で春の出挙などで訪れた場所で、或いは孤独であることで秀歌を誕生させているに過ぎない。

しかし、越中での足掛け六年間は、都に帰ってから意外な展開を見せる。即ち、筑前国守であった山上憶良に近い発想で防人に対する同情をする。

さて、風土と言うことで参考にしたい文献がある。鑑真の伝記で淡海三船が宝亀十年(七七九)に記した『唐大和上東征伝』(東征伝)は、揚州大明寺で日本僧栄叡と普照が鑑真に招来を乞うと、鑑真の語った言葉として次ぎものがある。

大和上答へて曰く「昔聞く、南岳思禅師遷化の後、倭国の王子に託生し、仏教を興隆して、衆生を済度せりと。また聞く、日本国の長屋王は、仏法を崇敬し、千の袈裟を造りて、この国の大徳衆僧に棄施し、その袈裟の縁の上に四句を繍著せりと。曰く山川異域も、風月は天を同じくす」

まず南岳が聖徳太子の生まれ変わりのことは、奈良時代末の伝説であろうから、鑑真の言葉であるか否かは疑問である。しかし、ここに鑑真の言葉として紹介した長屋王の「山川異域。風月同天。」とは、普遍の思想であろう。異境とは、或いは風土とは山川によって象徴されるのである。故郷で思い出されるのは、岩手山や北上川であることは、啄木の歌で知られるし、安達太良山と阿武隈川も光太郎の詩で有名な智恵子の故郷である。もちろん海や山、或いは川と森なども組み合わせとして象徴的な風土に結びつくが、ここでは東征伝を参考にしている。

赴任した越中とは、山と川の国であった。家持は川としては射水川を代表的なものとしている。また、山は二上山である。赴任して四年目の天平二十一年三月に越前掾大伴池主の贈歌（四〇七三）に「山こそば君があたりを隔てたりけれ」とあり、越中国守家持の答歌（四〇七六）に「あしひきの山はなくもが」とある。共通は月が同じ里と国を照らすことであるが、鑑真の言葉と一致する内容である。

池主も家持もここでは山が越中と越前を隔てるというのである。これは、川がここで登場していないが、越前と越中という国の違いということで風土を踏まえた内容にある。

『時代別国語大辞典上代編』で「やま」の項目を見ると、山・山岳、採木地、そして墳墓とある。又、『万葉集総索引』によれば、「山」の表記が圧倒的であるが、万葉仮名の例も若干ある。さらに固有名詞としての小倉山などの例も多いが、出田和久氏の研究によれば、筑波山が二十二首、春日山が十八首、三笠山が十六首、平城山が十四首、竜田山が十三首、富士山と香具山が十一首、そして吉野山が三首ということである。(3)

川は、『時代別国語大辞典上代編』に語釈として川とあるのみである。しかし、熟語は圧倒的であるから、わざわざ細かく枝分けして説明する必要もないのであろう。万葉で一番多く詠まれた固有名詞の川は、明日香（の）川が二十六首である。吉野（の）川が十六首、その他、泊瀬（の）川が十一首と目立つ。複数でうたわれた固有名詞をともなう山も川も例外があるにせよ、明日香と平城京を中心とした七、八世紀の人々に親しまれた名前がほとんどである。

万葉全般で山と川という意味で「やまかは（山川）」もある。川を濁音で読む「やまがは」は、山を流れる谷川の意であり、解釈によって若干相違があるであろうが、十二首の例があるだけで限定された言葉である。家持も一首（四四六八）谷川の意味で「山川」を用いているが、山と川を「山川」として同時にうたうことも万葉集の特徴である。それは、川の源流としての山の存在にも由来していると考えている。即ち、矢釣山と八釣川、或いは多武（多武峰）と細川などである。(4)

天平二十一年二月に陸奥国小田郡から金が産出された。改元になった天平感宝元年五月十二日に集中で三番目に長い百七句からなる「陸奥国より金を出せる詔書を賀ける歌」（十八・四〇九四から四〇九七）をうたう家持がいた。聖武天皇の詔書に大伴と佐伯の名前をあげていたことが創作させる動機になっている。「海行かば　水漬く屍山行かば　草むす屍」（四〇九四）とうたわれたが、家持に「家の名」を生涯にわたって記憶させた。

その後の家持は「家の名」と大伴家持という固有名詞で苦しみ、春愁を主題とする三絶（十九・四二九〇から四二九二）などを生むのである。その家持という「ひとり」と家、都と鄙等の対立をどう乗り越えるかが人生の課題になっていった。その延長上に心優しく防人にも同情する家持が居たのである。風土を異にする生活の苦渋は、越中での生活が背景にあったと考える。

越中では、鳥では燕は越中でのみうたわれているし、ホトトギスなどは圧倒的に越中でうたわれていたが、植物について鄙と都との対比も家持は試みている。そこで越中でうたわれた植物を風土ということから説明すれば、次の通りである。

家持の植物を詠み込んだ歌の数としては二百二十首程である。家持全歌の約半数は植物と関わる。その中でも越中時代は積極的であった。十七種は越中だけでうたわれた。とりわけかたかご(片栗)、ほよ(寄生木)、つまま(タブ)、あしつき(川モズク)、すもも、もも、ゆり等は有名な歌として今日的な評価が与えられている。その他として、ふぢ、あやめ、さらにやなぎなども越中で盛んに詠まれた植物である。

家持のみに詠まれた植物もあるが、あぢさゐ、たまばはき、ほほがしは、二首ある中で、一首が家持のうたである。さらに、ひかげ、やまたちばなは、家持の歌が主である。

種類と言うことからは、はな、き、くさ、もみちの言葉を除く時、そのいずれの時代にも共通している植物名は、九種類である。習作時代にのみうたわれた植物が七種類、少納言時代にのみうたわれた植物が八種類であることから、越中時代にのみうたわれた植物が十七種類を数えるのは、それぞれの時代でうたう植物の種類に違いがあることになるばかりか、越中時代に風土にかかわる特徴ある植物をうたっていることの証左である。

風土とは山川異域で代表させることもできる。そこで家持の歌で山と川がうたわれた歌に注目した。

「山の歌」と「川の歌」とは、「山、峰、岳、丘」などの歌語と「川、瀬、天の川」などの歌語が詠み込まれた歌を指す。丘を含ませたのは、雷丘を雷山とも呼ぶ場合もあるからである。一方、甘南備山は、丘と呼ばれずに山に限定される場合もあって、小高いところであると言う丘も山と同じでありながら、固有名詞によっては微妙な使い分けがある。家持にも「丘」の歌は、一例である。

また、天の川を川としたことも、奈良時代の一般的な発想でもあり、家持は天空を海として見るからである。それは地上の川も最終的に海に注ぐからであろうか、或いは太陽や月を船に譬える人間の感性からであろうか、普遍的なものである。古事記の創世でも天と地が誕生したというが、西郷信綱氏が言う天地初発の地とは、地球であり、陸と海を指す。(5) とすれば天にも海も陸もあり、安の河原、高天の原などは陸地であろう。

歌の解釈等で数は変わるが、一応以上の配慮を試みた上で、山の歌と川の歌が、それぞれ特質とする内容が越中時代にあることを明らかにしたい。

家持が越中に赴任することについては、比護隆界氏が精査して明らかにしている。即ち、大伴氏が越前・越中で経済的に東大寺大仏建立の任に当たっていたことである。(6) 大仏建立が橘政権と結びつきが強い国家政策であれば、家持は日々新田開発、或いは生産性の向上に努力したであろうが、歌を見る限り宴席でも、ひとりの場でも、風流を大切に作歌している。

注

(1)『大伴家持――古代和歌表現の基層――』第七章一二四頁から一四七頁
(2)『万葉集の誕生と大陸文化』「三　辺塞越中国の大伴家持」二〇〇頁から二一七頁
(3)「万葉歌に詠まれた山――その景観認識をめぐる覚書――」「万葉古代文学研究年報」四号
(4)『続明日香村史』(中巻) 文学編第三章　「細川と細川山」で触れた。以下文章を一部引用する。
○細川と細川山
細川と細川山は、それぞれ一首ずつ雑歌と譬喩歌で詠われている。島庄(世帯数四七)から上居(世帯数二一)・細川(世帯数四三)を経て上までほぼ真っ直ぐ登る自動車道がある。また、標高一二〇メートルから五〇〇メートルという石舞台古墳から談山神社までは三キロ程の道程であるから、徒歩でも里から一時間半ほどで登ってしまう。ほぼその道筋にそって、地図では標高四〇〇メートルほどから細川(現在は、冬野川と呼ばれる)の源流が始まるが、御破裂山のかなり山頂上近くからも谷川がある。途中明日香細川の里と上の里との間で左岸にある二カ所の谷川からも水を集めている。岩戸の集落で飛鳥川の本流に細川は注ぎ込む。急流であるからか、途中には何カ所も堰のような箇所があって、川の流れに配慮が為されている。歌（「ふさ手折り多武の山霧繁みかも細川の瀬に波騒きける」九・一七〇四）は、増水した細川の流れが激しくなっているのであるが、それを多武の山霧のためであるとした。しかも、単純に流れが厳しくなったとうたわずに、瀬の波音が騒がしくなったと言う。この表現が個性的である。「瀬に波の騒ける」は、万葉集中この一首だけの表現である。そもそも川瀬の波という発想も大河的であるが、川の水かさが増したことを山の霧であると思い至るのが連想のさえである。日常の生活で山と川の結びつきを自然なものとして意識していたからであろうが、万葉人の川と山とを離れがたい自然と捉えるのがこの歌の背景にある。現代人は、川と山との関連を案外見失っている。西郷信綱氏は、山の神である「大山津見神」を「農に不可欠な水を供給するものとしての山の神」（『古事記注釈』）という。即ち、山は川の源流である、と。

（5）『古事記注釈（一）』の六九頁に「地上の地すなわちearthであり、したがってこの地は海をもふくみ」とある。とすれば、当然地に対応する天にある高天の原にも海も陸もあったことになる。高天の原、天の川、天の岩戸などがその例証になる。

（6）「大仏造顕と大伴氏（上）」（「明治大学文芸研究」四十六号）

第一節　越中国守

一　赴任

大伴家持は、二十九歳の時越中国守として現在の高岡市に赴任した。天平十八年から天平勝宝三年まで五年間が越中の守であった。この五年間に二二三首の歌を創作しているが、これらを旅での詠歌として理解したい。越中守赴任以前の歌数は、一五八首である。また少納言に任命されて越中を去ってから四十二歳までは、九二首である。越中国守という構成は、一　赴任、二　宴席、三　越中詩歌、四　帰任、という構成である。

そもそも越（こし）とは、どのような意味の言葉であろう。越の名称由来については、山口博氏が紹介している。結局不明としているが、日本の越を中国江南の越国との関係に興味を示されている。[1]その根拠としては、峠を「越ゆ」が他動詞であるからという。しかし、自動詞と他動詞の曖昧さを認めれば、まさしく北国街道の厳しい山々のある愛発の関を越えるからというのが越の地名起源説として明快である。

奈良から越中への赴任の旅は、おおよそ万葉集を参考にして、次のような地名を取り上げられるであろう。平城京、奈良山、泉川（木津川）、宇治川、石田、逢坂山、志賀、唐崎、比良、高島、阿曇、塩津山、さらに越路としてまず愛発山、敦賀、五幡、杉津、鹿蒜（かへる）、丹生（現在名武生越前国府）、津幡、倶利伽藍峠、礪波の関、国府と言う行程が考えられる。

延喜式によれば、旅程は次のごとくであるから、平城京から平安京までの一日を加えて京から越中国府まで十日ほどの旅であろう。

能登　上り十八日　下り九日　海路二十七日
越中　上り十七日　下り九日　海路二十七日

家持が赴任したときは、越中に能登が含まれていた。従って、大国ではないが、上国として越中は豊かな国としての内容もあったのであろう。赴任に際しては、叔母からの歌が巻十七にある。

大伴宿祢家持、閏七月に越中国の守に任けらえ、即ち七月を以ちて任所に赴く。時に、姑大伴氏坂上郎女の、家持に贈れる歌二首
草枕旅ゆく君を幸くあれと斎瓮すゑつ吾が床の辺に（三九二七）
今のごと恋しく君が思ほえばいかにかもせむするすべのなさ（三九二八）

題詞にある「閏七月」とは、一般的に七月の翌月にあるのであって、閏七月に赴任したという記述は問題がある。続日本紀には、六月に任命されているので、それを信用して解釈してもよい。即ち、六月に任命、七月赴任ということでよいのであろう。
叔母であり、しかも娘の夫として、さらに大伴氏を背負う家持に期待するところは多大であろう。形式を踏まえて、なおかつ別離の情に満ちた贈歌である。家持が赴任する越中とは、島流しで言うところの中流程度の距離である。

越中の近国では次のような国が取り上げられる。これを参考にした時、越中とはやはりそれなりの鄙であったことも理解される。

遠流　佐渡　　　中流　信濃　　　近流　越前

佐渡に流刑になった人物に穂積老がいた。養老六年朝廷排斥の罪で佐渡に配流になっていて、十八年後天平十二年恩赦になって都に戻ってきた。その穂積の歌（十三・三二四〇、三二四一）には、近江までの地名が道行に紹介されたりしていても、若狭や越の国の地名はうたわれていない。即ち、越路からの地名が歌に登場していない。近江京の存在があって、湖南は大和の人にとってもなじみがあるのであろうが、湖北からは一変する。せいぜい歌では、余呉湖に近い伊香胡山が穂積歌に登場しているに過ぎない。これは明らかに同じ鄙でありながら、楽浪と湖北とが区別され、さらに越路になると益々縁薄い存在であった。

都から赴任する場合に、まず最初に意識する場所が平城山である。大和と山城との国境であった。額田王も近江遷都をうたう歌（一・十七）では平城山を惜別の対象にしている。

平城山を越えると泉川（木津川）がある。家持は、ここで弟書持と川原で別れの宴を開いた。弟を悼む長歌（十七・三九五七）には注がつけられていて、そこでは書持が花を愛する性格で、沢山の花を屋敷の庭に植えていたために、「花薫へる庭」と呼ばれていたと言う。七月の下旬に越中に赴任していたのであれば、哀悼歌が九月二十五日にうたわれていて、弟の死はあまりにも突然の出来事であった。

泉川を過ぎて宇治川に至る。そこでは柿本人麻呂の有名な歌がある。

もののふの八十氏河の網代木にいさよふ波の行く方しらず（三・二六四）

山城と近江の国境には、逢坂の関があった。直接関は、歌に詠まれていないが、

吾妹子に相坂山のはだ薄穂には咲き出でず恋ひ渡るかも（十・二二八三）

と、逢坂山がうたわれている。この逢坂の関を越えてからは、琵琶湖が広がっていた。この当時は幹線の近江路があったので、湖東よりも湖西が歌枕となっている。

琵琶湖の北には、余呉湖の傍伊香胡山が、越の国への街道には塩津山がそれぞれあった。

伊香山野辺に咲きたる萩見れば君が家なる尾花し思ほゆ（八・一五三三　金村）

塩津山うち越え行けば我が乗れる馬そ爪づく家恋ふらしも（三・三六五　金村）

近江と越との国境に愛発の関があった。逢坂の関と同じく歌にうたわれていないが、

八田の野の浅茅色づく有乳山峯の沫雪寒く降るらし（十・二三三一）

と有乳山が登場している。ここまでくれば、敦賀が近い。

角鹿津にして船に乗りし時に、笠朝臣金村の作れる歌一首

越の海の　角鹿の浜ゆ　大船に　ま梶貫きおろし　いさなとり　海路に出でて　あへきつつ　わが漕ぎゆけば　大夫の　手結が浦に　海未通女　塩焼くけぶり　草枕　旅にしあれば　独りして　見る験無み　海神の　手に巻かしたる　玉襷　懸けて偲ひつ　日本島根を（三・三六六）

敦賀から越前の国府までは、難所の連続であったらしい。金村は杉津まで船を利用したのであろうか。今はJR北陸トンネル・高速道路等があって便利になっているが、当時の面影は木の芽峠や山中峠などの道に伺われる。天平二十年春に田辺福麻呂が越中に来た。福麻呂が都へ戻る予定の時が近づいてきたのであろう。宴席で家持が、

帰廻の道行かむ日は五幡の坂に袖振れわれをし思はば（十八・四〇五五）

と敦賀への難所をうたう。

その越前には、中臣宅守が配流になっていて、都にいた狭野茅上娘子との贈答歌が巻十五に収められていても、積極的に地名を読み込まない立場でうたっている。六十三首中で固有名詞は「奈良の大路」（三七二八）、「越路」（三七三〇）、「逢坂山」（三七六二）のみである。歌に越前の地名をわざわざ入れているのは、「角鹿の浜、手結が浦」（三・三六六　金村）、「叔羅川」（十九・四一八九　池主）程度であって、歌は若干あるが、地名はますます寂しい登場である。さて、越前と越中には、倶利伽羅峠があるが、家持歌に、

焼太刀を礪波の関に明日よりは守部遣り添へ君を留めむ（十八・四〇八五）

と詠まれた砺波の関があった。

天平感宝の夏に東大寺の僧が寺に許された墾田地を決定するために派遣されて来た。その際の宴席で家持が越中にある砺波の関をうたっている。

以上に取り上げた例が万葉集に登場する越中までの代表的な地名である。延喜式を参考して十日程度の旅であった。しかし、金村を除けば積極的に越路を歌に詠むことがない。家持も宴席で都からの使者田辺福麻呂や東大寺の僧に対して、地名を取りいれた挨拶歌をわずかに創作している。琵琶湖西岸は、歌枕が多いが、それより北になると極端に少なくなる。とりわけ敦賀以北は難所に告ぐ難所が連続していて、危険な場所であったのであろう。笠金村は例外的な歌を残しているが、船旅であったことに由来するのかもしれない。また、巻十五には天平十一年越前に配流になった中臣宅守と狭野茅上娘子の歌群があるが、越路と逢坂山が宅守の歌に、それぞれ登場している程度で、越前の国府もその近郊の土地も地名としてうたわれない。そう考えると、天平二十年という一時期に集中する傾向があって、あとは散発的であっても、家持が越中の固有名詞を歌に詠っていることは、その風土に感嘆していることの裏付けになるであろう。一方、越中の固有名詞を歌に取り入れていないときは、望郷の意識があって、後ろ向きの心情が強いときである。

二　宴席

家持が着任後程なく開かれたであろう宴席での歌が巻十七にある。天平十八年八月七日の日付を持つ。恐らく続日本紀に記載された「六月二十一日」の任命であろうから、赴任準備として三十日、平城京から国府まで十日程度を必要としていたのであるから、七月末に着任していたのであろう。着任後程なくの宴であろうが、新国守と旧国守の事務引継ぎや解由状等も書き終わって、新国守を中心に越中の主だった役人も参加した初めての宴席であろう。家持の越中で最初の作品が記録された。

八月七日の夜に、守大伴宿祢家持の館に集ひて宴せる歌

秋の田の穂向見がてりわが背子がふさ手折りける女郎花かも（三九四三）

右の一首は、守大伴宿祢家持の作

地方の官吏には、中央から派遣される上級管理者として守、介、掾、目がいた。さらに国分寺の僧や薬師等も中央官吏であったであろう。この宴会には、介と少目の名前が見えないが、掾大伴池主、大目秦八千島、国僧玄勝、史生土師道良の名前がある。介は、翌年の天平十九年四月二十六日に掾大伴池主公館で開かれた宴席に出席して歌を披露している。内蔵縄麻呂であるが、万葉集に短歌四首を残していて、歌を詠まない人物でもないので偶々八月七日の宴席に出席できなかったか、或いは介がこの時着任していなかったのであろうか。赴任以前とすれば、この宴席は、越中の要人が一同に会したものである。

家持歌の一首のみ引用したが、全体で宴席十三首は、二段落構成で考えたい。前半は、家持の挨拶歌を契機にして展開する九首、後半は僧玄勝の披露した古歌からの四首である。そもそも宴席で古歌が披露されるのは、遣新羅使の歌群にもあるし、家持もその後田辺福麻呂を歓迎した宴席でも行われている。もちろんこの古歌も、「結ひてし紐」（三九四八）、「紐解き放けて」（三九四九）と妹のことが話題になっていることに関連している。

さて、家持の挨拶歌（三九四三）が唐突だとする意見もある。この歌の前提のためには、新任国守歓迎の宴以前に家持が池主を伴い越中国の巡行に何日か出かけていたのではないか、と想像している。「秋の田の穂向き見がてり」という個所が新任の挨拶歌として唐突というのであろうが、家持が奈良貴族であれば当然幼少のころから、農作業や農耕儀礼も身近であったであろう。叔母坂上郎女は、荘園の管理を貴族でありながら直接的にしていた。家持の注目したい歌語に「門田」（八・一五九六）「早稲田雁がね」（八・一五六六）という言葉もあって、秋の実りを越中で巡行していなくても、田植えから収穫までの農作業等を熟知していたのであろう。また、かかる表現を挨拶歌でしているところに越中の民を支配する新任国守たる自覚があったのである。

以後家持と池主とは、相手の贈答歌に用いられた歌語を尻取り式に展開してうたっている。家持の挨拶歌に女郎花があって、それは「わが背子」がお土産に手折ってきたものである、とある。その背子とは、池主であった。背子である池主は、野辺を散策して君を思い出して手折ったのですとうたう。池主が背子であれば、家持が妹になるのであろうが、どうもそうではない。要は女性に仮託しているのであって、男女の相聞歌として贈答を徹底しているわけでもない。池主は家持歌の「女郎花」を受けて最初の一首を答歌とした。さらに池主はもう二首の歌を作り、心情を展開させた。大伴池主については、生没年をふくめて、詳しくはわからない。しかし、越中で親交を深め、さらに越前の掾に転任してからも歌の贈答が行われている。また、続日本紀によれば、天平宝字元年に橘奈良麻呂の変に加担した人物として名が挙げられている。万葉集には、長歌四首と短歌二十四首が収められた。さらに巻十七は、筆録者が池主であるということも言われる。

池主が「秋の夜、妹が衣手」（三九四五）「霍公鳥、秋風」（三九四六）を用いると、家持も「朝明、秋風、雁」（三九四七）「天離る、結ひてし紐」（三九四八）と関連させて展開する。すると池主も「天離る、紐を解き」（三九四九）と用いる。家持は紐が話題になっていることから、天離る鄙と対照をなす「家にして結ひてし紐」（三九五〇）とさらに展開している。ここまでの八首は、挨拶歌に返礼した池主歌があり、さらに池主が秋の夜寒と妹を話題に提供したのである。家持はその機智に触発されて雁信や妹の結ぶ紐に触れている。すると池主は都にいる妹の立場を推し量ってうたう。家持も妻を慕う心情は誰も理解できないとそれに答えた。この一連の応酬は、相手が用いた歌語に触発されつつ歌が作られている。しかも、家持と池主の贈答歌は、思いやりに満ちた心情が吐露されている。

そもそも女郎花は、万葉集で女性のイメージを持っていた。表記も「女郎花」「娘部志」「姫部思」「佳人部為」「美人部師」というのであるから、黄色に咲く花の美しさがその背景にある。廣川晶輝氏も女郎花に注目して『をみなへし』は、女性を想起させる語感から、宴の興をいやがうえにもかきたてる」と指摘する。[2] 池主が女郎花を家持のために手折ってきたというが、参考にしたい石川老夫の歌がある。

女郎花秋萩手折れ玉桙道行苞と乞はむ児のため（八・一五三四）

旅のお土産に女性が求めたのが秋萩と女郎花であった。今客が女郎花を束ねて主の土産に持ってきたのである。池主が土産として女郎花を手折って来たのであるが、官吏としての秋の田の穂がどうなのか見てきた任務に結び付けている。

家持は女性に仮託してお土産の謝辞をうたったのである。主人が客に示したこの心情が池主にも反映する。女郎花をあなたに差し上げるために野辺をあちらこちら歩いて来たのです、という池主の心は温かいものである。家持は女郎花を越中ではここ以外で歌っていない。都にもどってからうたうが、都会風な雅な花であったのである。池主とは、家持の風流な心情を配慮して女郎花をおみやげとしていたのである。

池主と家持は大伴氏である。万葉集で知られる二人の出会いは、天平十年十月十七日橘奈良麻呂の宴席であった。橘諸兄の旧宅に集まっているのは、主人として十八歳の橘奈良麻呂であり、客としては大伴家持・書持兄弟、大伴池主、県犬養吉男・持男兄弟等である。この時家持は二十一歳の内舎人であり、吉男も内舎人であった。天平十年とは、正月に光明子が生んだ阿倍内親王が二十一歳で皇太子になっていた。聖武天皇には県犬養広刀自腹の安積皇子もいた。安積皇子は当時十一歳であった。そういう年に右大臣諸兄の長子奈良麻呂が開いた宴である。明らかに大伴は、皇親政治ということからも橘と次第に近しくなっていたのであろう。しかも、家持も弟と一緒にあったが、安積皇子の母方である県犬養氏からも兄弟二人が参加していた宴であった。

十月時雨に逢へる黄葉の吹かば散りなむ風のまにまに（八・一五九〇　池主）
黄葉の過ぎまく惜しみ思ふどち遊ぶ今夜は明けずもあらぬか（同・一五九一　家持）

引用した二首の歌は、家持の伝記から見て大切な情報を伝える。一つは、作品の自著に「内舎人大伴宿祢家持」とあることである。大伴は代代武門の家で、皇室の警護を主とする。家持は内舎人任官を誇りとしていたであろうから、晴れやかに宴に参加して、作者名にも内舎人の三文字を加えたはずである。内舎人と家持が名乗っていう時には、中西進氏は、「公の意識の強いときで、かつ人麻呂を意識した」ときである、という。(3)家持の年齢は、養老二年説が有力なのであるが、養老元年説の根拠に天平十年内舎人任官と言うことがある。即ち、天平九年に二十一歳になっていたから、天平十年に内舎人に任官になったと言う論理である。

さて、奈良麻呂の宴では、主人奈良麻呂の挨拶歌から始まり、主客が久米女王であるが、以下に、長忌寸娘、内舎人県犬養宿祢吉男、県犬養持男、家持の弟書持、三手代、秦許編麻呂、大伴池主と続き、そして最後に内舎人大伴宿祢家持が歌の挨拶をしている。一連は座の文学として考察対象になる性格がある。即ち、池主と家持との間にも、「黄葉は吹かば散りなむ」が「黄葉の過ぎまく惜しみ」という「散り」と「過ぎ」とは、どちらも黄葉が散り、過ぎることの言い換えたものであって、流れが継続しているのである。

天平十年から八年後に越中で座の文学が開かれた。主人が家持、そして主客が池主である。この池主が佐保大納言家とどういう関係にあったかは、不明である。ただし、座の文学として両者には阿吽の呼吸が見られた。

天平十八年の宴席は、二人の身分を越えた歌友の誕生を語るものである。そのやり取りに触発されて秦八千島が女郎花に妹の姿を重ねて寂しい晩秋の蜩が鳴く時には、女郎花を見るために野辺を歩き回ったらよい、という程の盛り上がりがあった。

その盛り上がりが頂点に達したのであろうか、今風に言えば場所を変えて二次会という心意気でもあろう、家持は第十二首で馬に乗ってさあ「渋谿の清き磯廻に寄する波見に」(三九五四)という。大和から海のある越中、とりわけ高岡市から氷見市にかけての海岸線である渋谿は、これ以降も家持に作歌を促す景勝地である。雨晴海岸は奇岩が点在して、さらに海の彼方に立山連邦が望まれる。予想を越えた盛り上がりであろうか、あわてて史生土師道良がお開きの挨拶歌をうたっている。そこには月傾く二上山が登場していて、国府近辺の山紫水明はそろったのである。家持のみならずいずれの宴席参加者も、十分満足したことであろう。

三　越中詩歌

越中守時代に注目すべく発言がある。それは、「山柿の門」という言葉である。(4)

家持と池主が越中ではじめて宴席で歌をうたいあってから、ほどなく池主は大帳使として都へ出発した。大帳使とは、大和朝廷が地方行政をしっかり掌握するために、四度使を義務としていたうちの一つである。大帳使は、戸籍関係の帳簿である大帳を提出する使いである。その他は、前年の租税の報告書を提出する税帳使、国内の政務等を報告する朝集使、そして調と庸を都へ運送する貢調使であり、これらを四度使という。

ところが池主が留守であった九月には弟書持の訃報が伝えられた。家持は、挽歌として長歌一首と短歌二首を詠んでいるが、その短歌には、

かからむとかねて知りせば越の海の荒礒の波も見せましものを（十七・三九五九）

とあって、この越中の風土を見せたい、知らせたい、と願う気持ちがうたわれている。この越中の風土をうたい、そして伝えたいという心情は、望郷の気持ちと共に歌を作る契機になっている。

池主は、大帳使の任を終えて十一月に帰還している。家持は待ち焦がれたものであった。喜びの気持ちを二首の歌（三九六〇、三九六一）に表白した。さらに家持は翌天平十九年春に「忽ちに枉疾に沈み、殆に泉路に臨めり」（十七・三九六二　題詞）とあって、死を自覚する病に倒れていた事を知る。この天平十九年の春二月二十一日から九月二十六日までの四十四首は、玉井幸助氏が『日記文学概論』で最も日記的な個所として指摘した。(5)家持と池主の書簡題詞を含めた歌の贈答が繰り返されている。そこで、詠まれた歌の日付に従って整理して示す。

二月二十一日　家持　病に臥したことを悲しむ歌（三九六二～三九六四）
二月二十九日　家持　病の苦しみを池主に訴えた歌（三九六五、三九六六）
三月二日　　池主　二十九日の返礼歌（三九六七、三九六八）

三月三日　家持　「山柿の門」に触れた書簡と池主の示した二日の心情に謝した歌（三九六九～三九七二）
三月四日　池主　三月三日をたたえた七言律詩
三月五日　池主　「山柿」などは、家持の才能から比べるべくもないと言い、家持を賛美する歌（三九七三～三九七五）
三月五日　家持　四日の詩に応えた七言詩と歌（三九七六、三九七七）
三月二十日　家持　京にいる妻を思う歌（三九七八～三九八二）
三月二十九日　家持　立夏になっても霍公鳥が鳴かないことを恨む歌（三九八三、三九八四）
三月三十日　家持　二上山の賦（三九八五～三九八七）
四月十六日　家持　夜に霍公鳥が鳴くのを聞く歌（三九八八）
四月二十日　家持　正税帳で上京するための宴で披露した別れの心情をうたう歌（三九八九、三九九〇）
四月二十四日　家持　布勢の水海に遊覧する賦（三九九一、三九九二）
四月二十六日　池主　布勢の賦に敬和する賦（三九九三、三九九四）
四月二十六日　家持、内蔵縄麻呂、古歌
掾の館で開かれた餞別で披露された歌（三九九五～三九九八）
四月二十六日　家持　国守館で開かれた宴席歌（三九九九）
四月二十七日　家持　立山の賦（四〇〇〇～四〇〇二）
四月二十八日　池主　家持立山賦に敬和した賦（四〇〇三～四〇〇五）
四月三十日　家持　京に入る日が近づいて別れを悲しむ歌（四〇〇六、四〇〇七）
五月二日　池主　家持としばしの別れを惜しむ歌（四〇〇八～四〇一〇）

九月二十六日　家持　逃げた鷹を夢で見て、喜んだ歌（四〇一一～四〇一五）

右に記した日付の次の名前は、歌の作者を示し、次に歌の題を要約している。家持が中心になって歌作が行われているが、とりわけ三月には家持・池主が文学論を開陳して、三、四月には万葉五賦といわれる創作をしていることが注目される。病気によってもたらされた寂寥を家持は池主に訴えた。二月二十九日から五月二日まで書簡を含む和歌、そして漢詩が家持を中核にほぼ全てと言ってよいほど池主との贈答がなされている。まず「山柿の門」に触れた書簡を引用する。

三月三日家持書簡題詞（池主宛）

含弘の徳は恩を蓬体に垂れ、不貲の思は陋心に報へ慰む。来肩眷を戴荷し、喩ふるに堪ふること無し。ただ幼き時に遊芸の庭に渉らざりし以ちて、横翰の藻はおのづからに彫虫に乏し。幼き年にいまだ山柿の門に逕らずして、裁歌の趣は詞を聚林に失ふ。爰に藤を以ちて錦に続く言を辱くし、更に石を将ちて瓊に間ふる詠を題す。固より是俗愚にして癖を懐き、黙已をること能はず。よりて数行を捧げて、式ちて嗤笑に酬ふ。

三月五日池主書簡題詞（家持宛）

昨日短懐を述べ、今朝耳目を汚す。更に賜書を承り、且不次を奉る。死罪々々。

下賤を遺れず、頻に徳音を恵む。英霊星気あり。逸調人に過ぐ。智水仁山は既に琳瑯の光彩をつつみ、潘江陸海は自からに詩書の廊廟に坐す。思を非常にはせ、情を有理に託せ、七歩章を成し、数篇紙に満つ。巧みに愁人の重患を遣り、能く恋者の積思を除く。山柿の歌泉は此に比ぶれば蔑きが如し。彫龍の筆海は燦然として看るを得たり。方に僕が幸あることを知りぬ。

家持は、貴方の広大な徳が私の貧しい身に与えられ、心が慰められたと謝辞を述べ、続いて幼い時に文を学ばず、同様に山柿の風も修めていない。私は俗愚であるので、歌を差し上げるが、お笑い種としてください、という趣旨である。一方、池主は、序として拙い文章であることを言い、家持の文章の優れていることを潘岳や陸機に肩を並べるとして、憂いを持つ人の心を晴らし、山柿など問題ではない、という。何故に「山柿の門」が話題になるかといえば、家持という歌人が万葉集の歌人をどう考えていたか、或いは七世紀から八世紀の理想歌人を誰と考えていたのか、文学史の興味と結びつくからである。柿本人麻呂や山部赤人などの単独説、人麻呂と赤人、或いは人麻呂と山上憶良の二人を指す等の諸説があるが、私は定説が未だにない、と考えている。

しかし、この爆発的な創作意欲の原点に、文章や歌の徳が計り知れない慰めになったのである、と家持は言い、憂いを持つ病を癒し、晴らすのが詩文である、と池主が言う。このやり取りからは、二人の呼吸がぴったりと一致していることを知る。文芸とは悲しい玩具なのである。単に歌を贈答するだけではない、両者は文学論でも共通の理念を抱いていたのである。

これら天平十九年で興味ある作品は、万葉五賦と呼ばれている歌である。越中での初めて開かれ宴席で二上山と渋谿が登場していた。五賦もこの山紫水明と言う視点がある。国府傍にある二上山、さらにその眼下に広がる布勢の水海、そして立山である。

最初の賦は家持の二上山の賦（三九八五～三九八七）であり、三月三〇日に作られた。続いて四月二十四日と二十六日に、家持布勢の水海賦と池主の敬和布勢水海の賦が作られた。さらに四月二十七日に家持が立山の賦を詠むと、池主は翌二十八日には、敬和立山の賦をうたっている。

池主の立山賦はどうであろうか。作品としての完成度は家持のそれに比較してはるかに高い。それは立山を聖なる山として、讃歌の伝統的な表現を用いながら、立山を個性的な内容で描いているところにある。例えばまず中西進氏が指摘する「逆光の立山」ということがある。(6) 四〇〇三番長歌の初句と第二句が「朝日さし　背向に見ゆる」とあることで、池主が国衙に居て立山が東に見えるとき、朝日が昇って来た時には、山の稜線がくっきりしても手前が暗くなることを背向と表現した、と想像している。これなども越中に居て、立山を日々見ている歌人のなせる技であると共に観察力と表現力の結びつく力のなせるものであろう。また、家持歌に類似しながら、そこで試みられていない神話的な時間をも歌で表している。神話の時間を導入しながら立山を「白雲の　千重を押し別け　天そそり　高き立山」といった時には、天孫降臨に対応する山の存在がある。天孫降臨が地上から天上界に向かっていくような高い山の存在がそこにある。その他、山の描写も具体的で詳細である。讃歌の伝統を踏まえている。「河内」も吉野讃歌に用いられる表現であり、誉め言葉の一つである。家持歌同様に吉野讃歌の伝統を踏まえ、さらに山の描写も具体的であるなど、優れた長歌歌人として評価される内容である。

四　帰任

天平二十年二月であろう。家持は三十一歳になっていたが、越中も三年目を迎えていたが、昨年は死を意識する病気との闘いもあったし、春の出挙のことは話題にも上らなかったようである。もしかしたら越中の守として本格的なはじめての巡行であったかもしれない。そもそも出挙とあるが、春に種籾を貸し出し、秋の収穫に利子をつけて返納させる制度である。

巻十七にある天平二十年の出挙で詠まれた歌群全体は、越中での四首（四〇二一から四〇二四）と能登での五首

（四〇二五から四〇二九）に別けて二段構成として考察が可能であるし、真下厚氏が指摘する馬による旅と船による旅という性格の違いもある。(7)

家持は国守であるから、視察のために巡行しなければならなかった。前年には上京の折のお土産として二上山賦、布勢の水海賦、立山賦を創作した。これは、都の人に見せたい意識があり、病後の回復と上京という諸々の創作意欲から生まれた。しかし、今次の春の出挙は、越中に対するもっと素朴な純然たる興味から歌が詠まれた。勿論公表されればそれなりの評価が都にいる人によってなされるのであろうが、これらの巡行歌は、越中という風土に対する創作意欲にも基づく。歌に示された題詞によれば、家持が視察した処は、越中と能登半島のほぼ全域にあたるし、地名を歌に取り入れていて、積極的に風土を配慮している。四〇二九番の左注には「当時当所にして属目してつくれり」とあるように、歌もある特定の地域に偏らずに詠まれ、まさに時と所を得ている。正確な日時は知られないが、春の出挙の前後が正月二十九日（四〇二〇　左注）と三月二十三日（四〇三一　題詞）にはさまれた日時であること、天平勝宝二年二月十八日（十八・四一三八　題詞・左注）に開墾を許した田地を検察するために砺波郡に出かけていることからも、二月中を前後に三週間程度、また延べ三〇〇キロメートル程度の旅行であった、と考えられる。

五年間越中で国守の任にあったのであるから、毎年このような旅行をしていたのかも知れないが、出挙の旅については、もう一首（天平勝宝二年三月九日　十九・四一五九）のみが記録されているだけである。

天平勝宝三年八月に作られた歌がある。家持三十四歳になっていた。越中の国守として足掛け六年、満五年間の在任であった。歌の友大伴池主は越前の掾で既にいない。掾久米広縄も都に行っていて留守である。しかし、家持は越中を去るにあたり、とりわけ広縄が思いうかんだのであろう。

七月十七日を以ちて、少納言に遷任せらゆ。よりて別を悲しぶる歌を作りて、朝集使掾久米朝臣広縄の館に贈り貽せる二首

既に六載の期に満ち、忽ちに遷替の運に値ふ。ここに旧きに別るる悽しびは、心の中に鬱結れ、なみだを拭ふ袖は、何を以ちてか能く旱かむ。因りて悲しびの歌二首を作りて、式ちて忘らえぬ志を遺す。その詞に曰く、

あらたまの年の緒長く相見てしその心引忘らえめやも（十九・四二四八）

石瀬野に秋萩凌ぎ馬並めて初鷹猟だにせずや別れむ（同・四二四九）

右は、八月四日に贈れり。

越中を去るに際して「心引」が用いられているが、東国方言である。心引かれることであるが、それを方言と言ってよい言葉で表したのである。家持にとっては、広縄が示してくれた数々の好意が忘れがたいのである。岩瀬野で秋萩が咲くころ馬を並べて鷹狩をしたした事もあったのであろうが、今年は初鷹狩もせずに別れることの無念をうたっている。鷹狩は、越中では許されたのであろうが、都では許されないものであったであろう。家持は鷹狩が趣味であった。越中では、鷹を主題にする長歌を二首も創作するほどの打ち込みようである。久米広縄は、池主の後任である。池主は隣国越前に赴任した。広縄は天平二十年春三月に橘家の使者として田辺福麻呂が越中に来たおりの宴席歌が初出になる。三月二十五日の事であるが、翌日は掾の館で福麻呂を招待して宴が開かれた。家持とは四年年ほど越中で下僚として過ごしたことになる。大伴と久米とはちかしい氏族であり、また池主ほどの文才を示すことはなかったが、万葉集に長歌一首と短歌八首の歌を残している。

便ち、大帳使に付きて、八月五日をとりて京師に入らむとす。此に因りて、四日を以ちて、国厨の饌を設け、介内蔵伊美吉縄麻呂の館に餞す。時に大伴宿祢家持の作れる歌一首
しな離る越に五年住み住みて立ち別れまく惜しき初夜かも（十九・四二五〇）

家持のこの歌には背景がある。憶良が詠んだ次の歌である。

天ざかる鄙に五年住ひつつ都の風俗忘らえにけり（五・八八〇）

憶良と家持が歌う内容はまったく逆である。憶良は早く都に帰りたいというのである。都の風俗に早くしたみたい、というのであるから筑紫の人はどう思ったであろう。家持は大貴族の出身であるから、その点は上品である。わざわざ漢文表記の四二四八番序では、六載といいながら、和歌では憶良を意識して「五年」といい、惜別の気持ちを表白した。
家持は天平十九年春三月三十日に「二上山賦」（十七・三九八五）を作った。万葉五賦、家持三賦の始まりである。山の名前が大和にある名と同一のこともあるが、その短歌に「古思ふ」がある。さて、万葉集には「古思ふ」という歌語は、次の如くに使用されている。

①……旗薄　小竹をおしなべ　草枕　旅宿りせす　古思ひて（一・四五　人麻呂）
②阿騎の野に宿る旅人打ち靡き眠も寝らめやも古思ふに（一・四六　人麻呂）
③磐代の野中に立てる結び松情も解けず古思ほゆ（二・一四四　意吉麻呂）

④淡海の海夕波千鳥汝が鳴けば情もしのに古思ほゆ（三・二六六　人麻呂）
⑤み吉野の滝の白波知らねども語り継げば古思ほゆ（三・三一三　土理宣令）
⑥玉くしげ見諸戸山を行きしかば面白くして古思ほゆ（七・一二四〇　古集中の一首か）
⑦……　処女らが　奥津城どころ　われさへに　見れば悲しも　古思へば（九・一八〇一　福麻呂）
⑧……　朝宮に　仕へ奉りて　吉野へと　入り坐す見れば　古思ほゆ（十三・三二三〇）
⑨渋谿の崎の荒磯に寄する波いやしくしくに古思ほゆ（十七・三九八六　家持）

以上の用例からは、過去にあった姿形、心情、自然を想定して昔のことを思うのが「古思ふ」の意味である。昔といっても恋愛感情を想定して「古おもふ」と言うことはない。葦屋処女をうたった田辺福麻呂歌の⑦にしても、勇ましい男どもが先を競って妻問した昔であって、恋情を対象にしていない。

例えば、大宰府で小野老が、

あおによし寧楽の京師は咲く花の薫ふがごとく今盛りなり（三・三二八）

うたう平城京に対して、大伴旅人が「故りにし郷し」（三・三三三）というのは、

わすれ草わが紐に付く香具山の故りにし里を忘れむがため（三・三三四）

とあるのは明日香である。

地方官である貴族が願うことは、帰郷であった。旅人も神亀四年頃から天平二年までが大宰府の長官であった。彼が奈良ではなく、明日香に故郷を求めているのも平城京での不遇に原因があるかも知れないが、故郷として登場している場所は、「象の小河」(三三二)「香具山」(三三四)「わだ瀬」(三三五)等である。家持は、赴任して翌年春には、京が恋しくてたまらなかったらしい。足掛け六年の任期が終わった。帰任の旅が開始された。その途中の越前で偶然に出会った。

　正税帳使掾久米朝臣広縄、事畢りて任に退り、適ま越前国の掾大伴宿祢池主の館に遇ふ。よりて共に飲楽す。時に久米朝臣広縄の、萩の花を矚て作れる歌一首

君が家に植ゑたる萩の初花を折りて插頭さな旅別るどち(十九・四二五二)

　大伴宿祢家持の和へたる歌一首

立ちて居て待てど待ちかねて出でて来し君に此処に遇ひ插頭しつつ萩(同・四二五三)

越前の国府では、前の越中掾大伴池主、さらに朝集使として二月に出発して帰任途中に久米広縄と家持は再会する。初花の萩を頭に挿すのは、花の命を付与する呪術的な行為である。しかも家持は萩が好きな歌人であった。池主は家持の好みを知っていてわざわざ庭に植えていたのかもしれない。萩と言えば、長逝した書持を悼む挽歌に「はだ薄　穂に出る秋の　萩の花　にほへる屋戸を」(三九五七)とあって、佐保の邸宅であろうが、庭にたくさんの萩が植えられていた。広縄の歌は、君が家で池主を取り上げ、さらに旅で別れる友として家持と広縄を表している。ここに集う三人が萩を簪にして集った事になった。家持が池主の好意に感謝した事は間違いないが、広縄の宴席歌にこころ和んだであろう。越中で掾広縄の館に惜別の歌を残してきているのであるから、越前での

出会いまでも想定する事はなかったであろう。万葉集にはいろいろな交遊がある。この三人の交遊には身分を越えた歌の贈答が取り持つ友情があったのである。それにしても家持も広縄もやさしい気持ちにみちた歌を作っている。一点池主の歌がないのが惜しまれる。

家持は、五年の越中守を終えて、無事に平城京に戻った。京に戻ってからは、歌の場も宴席で披露されるものが多くて、自ら一人居てうたう歌も少ないが、天平勝宝五年の三十六歳の時に、絶唱三首（十九・四二九〇から四二九二）をものしている。京では、過ぎ去った越中などは歌の世界になじめないものであったのであろうが、防人の歌を収集したりして、鄙に全く関心がなかったわけでもないであろう。しかし、歌には、彼の地方風土に対する関心を直接しめす地名はほとんど登場しない。難波、筑紫等が登場していても、東国の地名も、難波から筑紫までの地名も関心の的にはない。勿論、習作時代は、聖武天皇に従い、紫香楽、久迩、難波などにも旅している。その時はその時なりに妻大伴大嬢に相聞歌を送っていて、否応なく鄙の地名を歌にうたうのであるが、越中守帰任後は、鄙に対する興味を示す地名がうたわれない。彼の伝記では、地方官を長く歴任しているが、越中の守時代のような歌に新鮮な感動をもたらすことがなかったのである。薩摩守、伊勢守、相模守、陸奥按察使を経験するのであるから、その時にも越中で歌を作った感動のほんのわずかにでも残っていれば、万葉の豊かさは計り知れないことになったかも知れない。

結び

ここで簡単に地方官を中心に略年譜を紹介したい。家持は官人としては、ほぼ半分以上が地方官で過ごしている。強いてそのことを強調してしまうと、家持が中央官吏の実態を見逃してしまうものであるが、次のような地方官の人生であった。

年	年齢	出来事
七三八	二一	（内舎人任官）
七四六	二九	越中国守
七五八	四一	因幡国守
七六四	四七	薩摩国守
七六七	五十	大宰少弐
七七四	五七	相模国守
七七六	五九	伊勢国守
七八二	六五	陸奥按察使鎮守将軍
七八五	六八	家持死　家持種継事件に連座して除名
八〇六		家持従三位に復する

大伴家の総領として家持の六十八歳の人生を伝記で語ろうとすれば悲劇である。獄死は免れたが、人並みに幸せな人生などとはいえない。しかし、越中国守家持を支えた身近な人に彼が示したやさしさを知れば、かけがえのない上司であったことは間違いない。研究家には四十二歳以降、歌を作らなかった、と断定する人がいる。家持にとって歌とは、悲しき玩具であった。その楽しみまでもが許されないという人生が天平宝字三年からの家持

なのである、という。越中での五年間は、作家活動においては一番幸せな時代であった。至福な時に、家持がいて、池主がいて、そして広縄がいた。

注

(1)『万葉の歌　人と風土　北陸（十五）』（保育社）「一、しなざかる越　越という名」

(2)『万葉歌人大伴家持　作品とその方法』「Ⅱ　第一章第一節　八月七日の宴」一二六頁

(3)『大伴家持（1）』　一六〇頁

(4)山柿論については、研究史を含めて、芳賀紀雄氏が「越のふたり――家持・池主と『山柿之門』――」（『上代文学の諸相』所収）が詳しい。また、内田賢徳氏が「未だ山柿の門に逕らず」（『セミナー万葉の歌人と作品大伴家持（一）』所収）で精緻に論を展開している。いずれにせよ、定説はないと考えている。

(5)『日記文学概説』第二章第一節　二七〇頁

(6)『大伴家持（3）』　二三七から二三八頁

(7)「国守巡行の歌――大伴家持天平二十年諸郡巡行歌群をめぐって――」（「上代文学」第六十四号）

第二節　山川異域

一　「山の歌」と「川の歌」

「山の歌」と「川の歌」とは、「山、峰、岳、丘」などの歌語と「川、瀬、天の川」などの歌語が詠み込まれた歌を指す。丘を含ませたのは、雷丘を雷山とも呼ぶ場合もあるからである。一方、甘南備山は、丘と呼ばれずに山に限定される場合もあって、小高いところであると言う丘も山と同じでありながら、固有名詞によっては微妙な使い分けがある。家持にも「丘」の歌は、一例である。

また、天の川を川としたことも、奈良時代の一般的な発想でもあり、家持は天空を海として見るからである。それは地上の川も最終的に海に注ぐからであろうか、或いは太陽や月を船に譬える人間の感性からであろうか、普遍的なものである。また、歌の解釈等で数は変わるが、一応以上の配慮を試みた上で、山の歌と川の歌が、それぞれ特質とする内容があることを明らかにしたい。

まず山の歌、川（「やまがは「谷川」」を含む）の歌、そして山と川の意味がある「山川（やまかは）」の語を含めて一首で山と川をうたう歌ということで三つに分類出来る。また、山川の歌は、習作時代（百五十八首中二十六首）、越中時代（二百二十三首中六十四首）、少納言時代（八十二首中十二首）である。そこで山川の歌番号だけで示せば、次の表になり、歌は百二首が対象となる。

大伴家持山と川の歌

習作時代

山	川	山と川
1554. 1568. 1447. 1494. 739. 466. 471. 474. 1629. 3911. 1602. 1603. 765. 1464. 1632. 769. 779. 476. 477. 478.	715. 1035. 3854. 1635.	1037. 475.

越中時代

山	川	山と川
3962. 3969. 3978. 3981. 3983. 3987. 4001. 4013. 4015. 4026. 4076. 4089. 4097. 4111. 4122. 4136. 4145. 4151. 4152. 4154. 4164. 4166. 4169. 4177. 4178. 4180. 4185. 4192. 4195. 4225. 4239.	3953. 4002. 4021. 4022. 4023. 4028. 4100. 4106. 4125. 4126. 4127. 4146. 4147. 4150. 4157. 4163. 4189. 4190. 4191.	3957. 3964. 3985. 3991. 4000. 4006. 4011. 4024. 4094. 4098. 4116. 4156. 4160. 4214.

少納言時代

山	川	山と川
4266. 4281. 4305. 4395. 4397. 4398. 4481.	4288. 4309. 4468.	4360. 4465.

ここで山と川を取り上げるのは、東征伝に鑑真の言辞に長屋王が千の袈裟を造り、その縁に「山川異域も、風月は天を同じくする」と刺繍したということも配慮している。即ち、この山と川が風土の象徴であるからで、同様に天平二十一年三月の越前掾大伴池主の贈歌（四〇七三）に「山こそば君があたりを隔てたりけれ」とあり、越中国守家持の答歌（四〇七六）に「あしひきの山はなくもが」とある。共通は月が同じ里と国を照らすことである。池主も家持もここでは山が越中と越前を隔てる、という。これは、川が例として登場していないが、越前と越中という国の違いということで風土を踏まえた内容にある。

『時代別国語大辞典上代編』で「やま」の項目を見ると、山・山岳、採木地、そして墳墓とある。又、『万葉集総索引』によれば、「山」の表記が圧倒的であるが、万葉仮名の例も若干ある。さらに固有名詞としての小倉山などの例も多いが、出田和久氏の研究によれば、筑波山が二十二首で一番多い。続いては大和の国になり、春日山が十八首、三笠山が十六首、平城山が十四首、竜田山が十三首が目立つ。富士山と香具山が十一首、そして吉野山が三首ということである。(2)

川は、『時代別国語大辞典上代編』に語釈として川とあるのみである。しかし、熟語は圧倒的であるから、わざわざ細かく枝分けして説明する必要もないのであろう。万葉で一番多く詠まれた固有名詞の川は、明日香（の）川が二十六首である。吉野（の）川が十六首、その他、泊瀬（の）川が十一首と目立つ。複数でうたわれた固有名詞をともなう山も川も例外があるにせよ、明日香と平城京を中心とした七、八世紀の人々に親しまれた名前がほとんどである。

万葉全般で山と川という意味で「やまかは（山川）」もある。川を濁音で読む「やまがは」は、山を流れる谷川の意であり、解釈によって若干相違があるであろうが、十二首の例があるだけで限定された言葉である。家持も一首（四四六八）谷川の意味で「山川」を用いているが、山と川を「山川」として同時にうたうことも万葉集の特徴である。それは、川の源流としての山の存在にも由来していると考えている。即ち、矢釣山と八釣川、或いは多武（多武峰）と細川などであるが、そのことは触れたことがある。(3)

風土と呼ぶ内容を山と川とで代表させているが、家持全歌数四百七十三首中で百二首が対象であれば、家持歌の特質とする意味がある。

二　習作時代（十五歳から二十九歳）

万葉一般でいう山歌の第一としては、引用した巻十三歌のように人を守る山がある。甘南備山、香具山、三輪山などが典型的なその範疇に入る山であり、日本という国を守るのが富士ということになる。また、筑波山も当然この山の範疇に入る。家持では、越中時代の二上山、立山が相応する。また、富士山、筑波山、香具山、三輪山、甘南備山は、信仰の対象になる山である。

三諸は　人の守る山　本辺には　あしび花咲き　末辺には　椿花咲く　うらぐはし　山そ　泣く子守る山
（十三・三二二二）

次に第二の例としては、相聞歌などで恋の障害としての山の存在があって、人麻呂石見相聞歌（二・一三一）や三二四二番は、靡けと山に叫んでいる。しかし、これは一般的に通行の障害としての山の存在である。このことは、旅人が遙か遠い異国に来たことを、或いは生国でない他国を確認する山の存在でもある。これは、隔ての山としての存在ということになる。

ももきね　三野の国の　高北の　くくりの宮に　日向かひに　行靡闕矣　ありと聞きて　我が行く道の　奥十山　三野の山　なびけと　人は踏めども　かく寄れと　人は突けども　心なき山の　奥十山　三野の山（十三・三二四二）

また第三の例としては、墳墓としての山ということがある。大伯皇女が大津をの埋葬された二上山をうたっている。これは家持も安積皇子と亡妻の葬られた山をうたうことで知られる。

うつそみの人なる我や明日よりは二上山を弟と我が見む（二・一六五）

第四の例として巻十の季節分類に注目したい。山の歌は、秋の部に収められている。そこでは、黄葉が取り合わせで目立つ。また、植物だけではなくて、鳥類を中心に動物なども組み合わされている。

山を詠む

春は萌え夏は緑に紅の斑に見ゆる秋の山かも（二一七七）

山に寄する

秋されば雁飛び越ゆる龍田山立ちても居ても君をしそ思ふ（二二九四）

とすれば、山に居る、或いは生えている動植物との組み合わせがある。

第五の例としては、巻十でも秋という季節に拘る山の存在があった。主題として季節に拘ったのであれば、春山（十首）、秋（の）山（十九首）の存在がある。夏山は家持にも一首（一四九四）がある。冬山はまだ誕生していないが、春秋と夏の山は存在していた。これは、百人一首で有名な持統天皇歌にある「春過ぎて夏きたるらし」（一・二八）などの表現にも関わる山の歌の存在である。

一方、川の歌として第一は、井戸と同様に日常生活の場であり、水のよりどころとして農業、或いは炊事等で欠かせない。とりわけ大和では、固有名詞の泊瀬山と泊瀬川、三輪山と三輪川、巻向山と巻向川などのように山と川とが一対になっている場合がある。或いは吉野川（十六首）であれば、吉野山（三首）というよりも、象山と御船山という組み合わせもある。固有名詞の山と川を除く普通名詞で用いられた山の例は、約二百首、川の例は約七十首であり、万葉集の一般的な特徴は、山の例が圧倒的に多い。しかし、固有名詞の用例は、泊瀬川、飛鳥川、吉野川、佐保川であり、大和以外では宇治川が十三首に用いられていて案外目立つ。とりわけ明日香川の存在は明日香万葉では日常的である。

固有名詞の山として、甘南備山が甘南備川を圧倒しているようなものもあるが、一般的に川が山よりも日常生活的に近い存在であった、と考えてよい。或いは、聖地吉野の歌は八十首を越えているが、吉野川（十六首）が圧倒的であり、吉野山（三首）の例が乏しい。

第二の典型的な川乃至山川としては、「きよし」「さやか」という歌語と結びつく例が多いことの特徴を指摘したい。それは、川が清浄な場所とかかわるということである。

泊瀬川木綿花に落ち激つ瀬をさやけみと見に来し我を（七・一一〇七）

夕去らずかはづ鳴くなる三輪川の清き瀬の音を聞かくし良しも（十・二二二二）

鳥や蛙が鳴く川、或いは恋歌に登場する清い瀬、早い瀬、あるいは藻の生えている、乃至植物が繁茂しているなどとうたうのが川の一般的な歌である。巻七には、山（丘を含め）の歌が七首（一〇九二から一〇九九）、河の歌が十六首（一一〇〇から一一一五）収められている。川の歌は、四首に「さやか」「さやけし」が用いられていて、「きよし」一首に使用されている。又、川は、巻十には、春雑歌と秋雑歌に一首ずつ載せられている。秋雑歌は、二二二二番であり、既に引用している。

川を詠む

今行きて聞くものにもが明日香川春雨降りて激つ瀬の音を（一八七八）

雨が降れば増水する。心配は尽きない。川の音に配慮が必要であった。しかし、川には、河原もあり、瀬もあり、滝もある。それらに植物が添えられたり、鳥が描かれたりするが、川音を含めて「さやけし」というのが川の歌の本質である。即ち、さらに川の瀬音に惹かれるのは、川の音を清くてよしとする前提があって誕生するのであろう。ここは、行って聞きたいと願うのは、遠くにいて歌われたからであろうから、作者は明日香にいなかったことになる。二二二二番の三輪山の裾を流れる川を初瀬川ともいう。其所に鳴く河鹿をうたうが、この一首だけであり、同じ蛙と言うことであれば、吉野川のかじかが一般的である。この歌でも主題は、当然清き瀬にあるが、清浄な土地であることを述べることと関わり、広い意味での土地誉めである。

藤田加代氏によれば、「清し」は、月夜が十七例、浜が十二例、河原が七例、瀬が六例、河内が五例としてとりあげている。月と水や川と関わる言葉が「きよし」である。[4]

第三の例としては、川の幸に触れる歌がある。としてとりわけ鮎に拘った川の存在がある。「鵜川立つ」などという表現とも関係するが、夏という言葉と結びつきが皆無であるが、川は鮎の結びつきがあって、十三首に見られる。人麻呂の吉野賛歌（一・三八）には、川の幸を「行き沿ふ　川の神も　大御食に　仕へ奉ると　上つ瀬に　鵜川を立ち　下つ瀬に　小網さし渡す」とある。

第四の例としては、障害としての川の存在がある。但馬皇女が夫高市皇子から穂積皇子に代える意志をうたった、

人言を繁み言痛み己が世にいまだ渡らぬ朝川渡る（二・一一六）

等もこの例であり、交通の傷害として川の存在と重なる。山で述べた言葉を使用すれば、相聞歌では人を、旅では国を隔てたりする川の存在である。

さらに特殊な川としての存在が第五の例になる。厚見王の歌一首は、山吹の咲いている場所とは生命復活の水のある場所であるとすれば、次の歌などは特殊な歌である。

かはづ鳴く神奈備川に影見えて今か咲くらむ山吹の花（八・一四三五）

山を五例、川を五例に分類した。これを習作時代の家持歌二十六首に当てはめたときどうなるのであろうか。家持は平城京での山と川では、習作時代で目立つのは天平十一年の亡妾挽歌で用いられている「山道」（四六六）「山隠し」（四七二）「佐保山」（四七三、四七四）である。佐保山は、亡妻が葬られた処でもあった。また、天平十六年の安積皇子挽歌で墓所である「和束山」（四七五、四七六）、或いは皇子がかつて遊猟した「活道山」（四七八、四

七九）である。平城京の東に位置する三笠山、さらに邸宅近くを流れる佐保川などは、普段の生活の環境として、黄葉、千鳥、ホトトギスといった景物と結びつけている。その景物としては、墓地、或いは死者の山に行くという他界感で登場するのが、「佐保山」「和束山」「活道山」である。

言語芸術においては初期の作品に、その後の諸々の言語活動で試みたことが内在しているという。万葉の山歌、或いは川歌の概略で特徴とした、その他の例として川の清浄をうたう、山と動植物の組み合わせをよむ、山と川が恋、或いは交通の障害として嘆く等など、習作時代の家持にも取り入れられた。目立つのは、家持の山川歌二十六首（長歌四首を含む）中で七首の挽歌に詠われた山の存在である。その一方で明日香川のような存在の川が佐保川である。また、「山川」という伝統的な歌語は、川の幸をも表現して久邇京を讃える表現としている。これは、柿本人麻呂の吉野賛歌の伝統の庶幾でもある。

習作時代の纏めとして言えば、七夕伝説で天の川に生じる霧ではなくて、特殊である雲をうたっている歌（十七・三九〇〇）もあるが、家持独自であるという山川を歌に詠うということはない。しかし、万葉の山川の一般的な特徴は、習作時代に試みられていると言っていい。山全体の桜花の繁栄と人間の死を比喩として表現した安積皇子挽歌と一重山を隔てとして寂寥をうたう妻大嬢への相聞歌とが代表作である。

あしひきの山さへ光り咲く花の散りぬるごとき我が大君かも（三・四七七）

一重山隔れるものを月夜良み門に出で立ち妹か待つらむ（四・七六五）

四七七番は、沢瀉久孝氏につとに評価されている。(5) 期待の皇子の突然の死を山に咲く桜の繁栄とその落下に委ねられて家、桜の歴史からも評価されていい山の歌である。或いは、妻大嬢と一緒にいられない寂しさをうたうが、三重、乃至七重八重ともしないで、最小単位である一を用いていて、かえって慎ましくも障害としての山の存在を遺憾なく発揮した心情表白が感動的な一首が七六五番である。また、伊藤博氏は、妹を訪ねる条件としてよい月がこの場合障害の一重山と対照的になっていて、かえって家持の寂寥が深まっているとする。(6)

三　越中風土（二十九歳から三十四歳）

家持の越中時代とは、二十九歳から三十四歳までの五年間である。その間に山の歌三十一首、川の歌二十首、山川の歌十三首を創作している。越中の全歌二二三首に占める割合は二十八パーセントであり、習作時代や少納言時代の遙かに超えた高い比率である。

越中守として赴任の最大の目的に東大寺建立という経済的な要望を橘諸兄から求められていたらしい。しかし、直接的な内容を示す越中時代のものとして、天平感宝元年五月五日に東大寺の占墾地使の僧平栄と宴をした巻十八・四〇八五番題詞がある程度である。

しかし、越中国守として都のお土産とする三十歳に作られた二上山の賦（十七・三九八五）は興により作歌したとあり、個人的な場で作られていても、都の人を意識した内容もある。それは、和歌を作ることが宴席で行われて、歌の主題がそれぞれの立場から志を述べることであり、その一方で宴席といいながら風流と言うべき主題には雪月花が素材に選ばれるからでもあろう。ここでは、家持の研究では習作時代、越中時代、さらに少納言時代の三区分して考察するが、山と川という歌語に注目するとき、特に越中の風土が興味深く思われる。

即ち、家持は宴席で歌を作ることも多いが、その一方で極めて個人的な風流の感興で創作していて、その越中には北アルプスとその山を源とする都と対照的な「山河異域」がある。

山や川の歌としては、家持の習作時代や少納言時代に見られない特質がある。それは、風流な都と対照的な越中という三千メートル級の山々が存在する北アルプス立山とそこに源をなし、数十キロで富山湾に注ぐ川の存在という越中ならではの風土があった。さらに都と異なる北国であるために雪の多い、春の訪れが遅い気候も加わって、貴族には珍しいことであるが、赴任地に興味を持ったためでもある。越中の山では、二上山九首　立山六首が目立つ。

天平十八年七月に赴任したであろう家持は、そのとき越中の掾であった池主の存在が作家活動でひときわ刺激を与える存在になった。しかし、池主は越前に赴任してしまう。後任は久米広縄であり、天平二十年三月から知られる。しかし、天平二十一年三月十五日越前掾大伴池主から歌が三首贈られてきた。一方翌十六日家持は応え贈る四首を創作する。

今月十四日を以て、深見村に到来し、彼の北方を望拝す。常に芳徳を思ふこと、いづれの日にか能く休まむ。兼ねて隣近なるを以て、忽ちに恋を増す。加以、先の書に云はく、暮春惜しむべし、膝を促くること未だ期せず、生別の悲しび、それまたいかにか言はむと。紙に臨みて悽断し、状を奉ること不備。

三月十五日、大伴宿祢池主

一　古人の云はく

月見れば同じ国なり山こそば君があたりを隔てたりけれ（十八・四〇七三）

万葉集には、池主歌に類型的な人麻呂歌集の歌（十一・二四二〇）がある。池主は、人麻呂歌集の歌と比較して「妹」を「君」、「同じ国なり」を「同じ国そ」、「山隔り」を「山こそば」、「隔りたるかも」を「隔てたりけれ」とうたう。

この国は山で境界としていること、さらに月は天が同じという発想をさらに川と風を加えて四字熟語風月同天でまとめるのは、鑑真の伝記『東征伝』である。

越中時代では、家持も風土が異なることから、積極的に土地の山川がうたわれた。固有名詞を伴う山は、二上(の)山(峰)(十七・三九五五等九首)、立山(十七・四〇〇〇等三首)、須加の山(十七・四〇一五)、能登の島山(十七・四〇二六)、陸奥の山(十八・四〇九四等二首)、砺波山(十九・四一七七)などがある。家持三賦には、立山と二上山が登場しているし、山の帯としての射水川と片貝川がある。越中富山の風土からは、北アルプスと富山湾に注ぐ川が意識されたのであろう。平城京や大和の人々にとって恐らく想像を超えた存在であろう。

立山を代表とする北アルプスは海岸からも視野に入る。射水川(小矢部川)は、八世紀には小矢部川と高岡市の郊外で合流していて、国衙のあった伏木辺りでは大河であったであろう。また現在の神通川、早月川、片貝川に匹敵する激流も平城京付近では適当な類似する川も見出しがたい。せいぜい平城山を越えて泉川(木津川)が大河の趣を見せている。その意味では宮滝と吉野川などは、奈良貴族にとって山紫水明の桃源郷であった。

越中守赴任後初めての宴席で披露された歌が十三首記録された。天平十八年八月七日の日付をもつ三九四三番から三九五五番である。そのなかでは家持は六首を創作しているが、二首を引用する。

秋の田の穂向見がてりわが背子がふさ手折りける女郎花かも　(三九四三)

馬並めていざ打ち行かな渋谿の清き磯回に寄する波見に　(三九五四)

この宴席では、大伴池主、秦八千島、土師道良の名前も知られが、そもそも歌の素材として家持が創作した六首全てに「秋の田の穂向き見がてり」(三九四三)「雁」(三九四七、三九五三)「天ざかる鄙に月経ぬ」(三九四八)「家にして結ひてし紐を」(三九五〇)「渋谿の清き磯回に」(三九五四)と表現するのは、越中を強く意識している証である。これが都であれば、稲の収穫が話題にならなかっただろうし、来雁も、鄙での月日はと形容されることもないし、さらに奈良で過ごすので紐も結ばなくていい。形式的なお開きの挨拶歌であってもわざわざ「越中渋谿の清き磯回に行こう」と誘うこともないのである。とりわけ、雁と川の組み合わせ(三九五三)も越中でここだけである。

海を身近にしていない大和の人にとっては、難波にいくか、和歌の浦にいくか、とにかく海は簡単に見られない。ここで注目したいのは池主の土産にオミナエシがあったことである。オミナエシは、万葉全体でも秋の七草に憶良が加えているが、その表記は、多面的である。おみな善しとい語感もあってか、「女郎花」「佳人部為」「美人部師」「娘子部四」「娘部志」「姫部思」などとも記されて、いかにも可憐な雅花である。ここでの女郎花はあきらかに京師と鄙越中との対比が含まれる。鄙を意識させるというよりも、稲の生育を調査するという仕事と対照的な雅な名称を持つオミナエシの贈り物は、家持をほっとさせたであろう。池主の土産に感激して家持が越中を意識してそれを歌に表したのである。

オミナエシは、越中では一首だけであるが、都に戻ってからも歌二首に花として選ばれている。むしろ、越中でもっと詠まれていいはずであるが、越中ではここの場以降にはうたわれない花である。

ところが七年後の天平勝宝五年八月十二日に高円の野に登って池主、中臣清麻呂、そして家持が歌を作っている。池主は尾花をうたい、さらに「紐解き開けな直ならずとも」(四二九五)とくつろぐ気持ちをうたう。家持ははぎに添えて四二九七番でオミナエシをうたう。そこに越中で歌友であった池主の存在があったことが感じられる。即ち、ここにオミナエシをうたうのも、鄙での思い出の植物であったあたからでろう。清麻呂もはぎをうたうがオミナエシはない。四三一六番は、翌天平勝宝六年に家持が「独り秋の野を憶ひて」（四三二〇　左注）とあり、前年での三人による聖武天皇狩猟地であることを、一人思い出しているのである。そのことがオミナエシをうたわせているのであるが、池主と過ごした越中守時代を思い出し、さらに聖武天皇の故地であることがいっそうオミナエシをうたわせたのであろう。

女郎花秋萩しのぎさ雄鹿の露別け鳴かむ高円の野そ（二十・四二九七）
高円の宮の裾回の野づかさに今咲けるらむ女郎花はも（同・四三一六）

家持にとっては、オミナエシは特別な花になったのは、越中国守として初めての宴席で大伴池主がお土産にいっぱい手折って来たことにはじまる。ほっとしている間もないほどの九月二十五日に弟書持の死が知らされた。

（略）朝庭に　出で立ち平し　夕庭に　踏み平げず　佐保の内の　里を行き過ぎ　あしひきの　山の木末に　白雲に　立ちたなびくと　我に告げつる［佐保山に火葬す。故に「佐保の内の　里を行き過ぎ」といふ。］（十七・三九五七）

引用を一部省略しているが、弟書持とは、平城山を越えた木津川で馬上の別離をしたといい、続く越中までの道のりとは、奈良山と泉川の名前だけであり、その後の山城、近江、若狭、越前にある具体的な名称はなく、総括的に山川の隔てる地であったとあり、川や山は鄙の地であることを形容する歌の表現であっても、都での山と川に奈良山と泉川を具体的に述べているのに対して、ここでは抽象的である。さらに歌にある如く、佐保の里を過ぎて山（佐保山）に埋葬されたとうたう。

家持が越中へ赴任したときの道を想像してみれば、越中で初めての出挙でも、能登の船旅を想像してみても案外船に弱かった武人であったらしいので、琵琶湖や若狭から越前まで船を用いたとも考えられない。山城から近江、さらに敦賀から越前を経て越中に陸路を利用したであろう。高島、比良、新発の関も、若狭から越前に入る山道の名称も、或いは倶利伽羅峠、さらに現在名で言えば九頭竜川、日野川、犀川も越え渡ったのであろうが、それはすべて「山川の　隔りてあれば」（三九五七）とする。

四　越中の山

風土への関心は、山の名前、あるいは川の名前となって具体的に表白されていく。俄然越中の山に興味を示したのは、家持三十歳になった翌天平十九年からである。家持の山に関わる歌の越中の代表は、二上山賦と立山賦である。しかし、前年の冬か、或いは天平十九年正月早々であろうか、家持は重い病気になっていた。その回復につれて創作を熱心に試みている。たまたま四月末か五月に家持が税帳使として上京の予定もあった。そこで越中の風土を歌で紹介する試みもあってか、独りで詠んだ二上山の賦（三九八五から三九八七）に触発されて、布勢の水海の賦（三九九一、三九九二）、立山の賦（四〇〇〇から四〇〇二）を三月から四月にかけて創作している。注目するのは、越中の風土を天平十九年には都を意識したとき、家持が二上山、布勢の水海、立山で代表させていることである。

二上山は、大和にも同名の山が存在する。頂上が二つになっていて筑波山も同様の形態である。平城京からは案外見えにくいのであろうが、とりわけ明日香に住む人には西に位置していて落日の山である。家持も京師ではないこの鄙越中にも二上山があることを、また国庁の背後をなす山であるから、国の護り山として親近感を抱いていたであろう。布勢の水海は、現在はわずかな池であるが、家持が国守であった頃は、豊かな湖沼であった。船遊びをしても、その界隈の風光にしても愛でるべき内容があった。立山は、具体的に立山連峰のどの山を指すかといった議論もある。国司館があった高岡からは剣岳、大日岳などが直接的に見えていて、現在立山の中核と考える雄山などは大日岳の背後にあって見えにくい山である。

まず巻十七にある二上賦に注目したい。小野寛氏は、「今まで歌ったことのなかった『山ぼめの歌』を伝統に従って作ってみようという意識、そういう心の働き、それを『興』として試作」したという理解を示している。[7]

二上山の賦一首　［この山は射水郡に有り］

射水川　い行き巡れる　玉くしげ　二上山は　春花の　咲ける盛りに　秋の葉の　にほへる時に　出で立ちて　振り放け見れば　神からや　そこば貴き　山からや　見が欲しからむ　すめ神の　裾回の山の　渋谿の崎の荒磯に　朝なぎに　寄する白波　夕なぎに　満ち来る潮の　いや増しに　絶ゆることなく　古ゆ　今の現に　かくしこそ　見る人ごとに　かけて偲はめ（三九八五）

渋谿の崎の荒磯に寄する波いやしくしくに古思ほゆ（三九八六）

玉くしげ二上山に鳴く鳥の声の恋しき時は来にけり（三九八七）

右、三月三十日に興に依りて作る。大伴宿祢家持

越中時代の山と川の歌は、風土を踏まえた歌が多い。それは、宴席であれ、周囲にある地名を含めた歌の素材が越中なのであるが、一方ではそれは都と鄙との対比がもたらしたものでもある。

この二上山の賦は、興で作ったとあり、守の言葉が用いられず大伴宿祢家持とあることも、一人で感興の赴くままにつくったのであろう。これは、他の二賦である布勢の水海（三九九二）と立山賦（四〇〇〇）とは、池主の敬和が試みられているから、贈答が意識されている。その意味では家持三賦中でも最も他者を意識しないで、むしろ自然な自己の感情をうたっているのであろう。

まず、「春花の　咲ける盛りに　秋の葉の　にほへる時に　出で立ちて　振り放け見れば　神からや　そこば貴き　山からや　見が欲しからむ」という十句を費やして二上山は「すめ皇の　裾廻の山の」という。これは、二上山の賛美がそこに君臨する天皇賛美と同質になっている。越中も大和も同様な甘南備山があるのであろうが、たまたま越中では二上山が甘南備山であったことになる。大和にある香具山、雷の丘、三輪山が甘南備山としてうたわれるが、鄙の国でありながら、大和にも同名のある越中の二上山が天皇支配の讃仰から言えば甘南備山になった。越中の二上山は天皇が国見をする山、即ち額田王に惜別の歌を代作させる神の住む三輪山や香具山と同質であるというのである。しかも、春の花、秋の紅葉それは、美しい景色というよりも、天皇が出で立ち国見する山という。ここにあるのは、越中も大和も天皇が国見する土地であるという家持の意識である。美しい越中二上山の春の花と秋の黄葉をうたうものではない、天皇賛美として国見する場所として位置づけている。

また、山につきものの帯としての川は、初句と第二句で「射水川　い行き巡れる」であるが、さらに海岸まで「渋谿の　崎の荒磯に　朝なぎに　寄する白波　夕なぎに　満ち来る潮の　いや増しに　絶ゆることなく」と描写している。海と山、そして帯としての川、それを天皇賛美の二上山の賦で試みたのである。そこにあるのは、二上山という越中ならではの風土というべきであろう。

この歌の特質としてさらに興味深いのは、海を川と同列に扱っていることである。短歌の初めは、渋谿の崎に寄せる波に比喩して「しくしくに古思ほゆ」である。ここの「古」とは、人麻呂の吉野賛歌（三六から三九）が川と山も天皇に[illegible]するというが、そんなよき時代を思っている「草枕　旅宿りせす　古思ひて」（四五）の軽皇子に期待する人麻呂と重[illegible]、[illegible]想である。異なるのは、家持は河川と海を必ずしも弁別していないことである。このことで興味深いのは山上憶良の[illegible]品である。

彦星は　織女と　天地の　分れし時ゆ　[illegible]なむしろ　川に向き立ち　思ふそら　安けなくに　嘆くそら　安けなくに　青波に　望みは絶えぬ　白雲に　[illegible]は尽きぬ　かくのみや　息づき居らむ　かくのみや　恋ひつつあらむ　さ丹塗りの　小舟もがも　玉巻きの　[illegible]櫂もがも〈一に云ふ「小棹もがも」〉　朝なぎに　いかき渡り　夕潮に〈一に云ふ「夕にも」〉　い漕ぎ渡り　（八・一五二〇）

「青波に　望みは絶えぬ」「朝なぎに　いかき渡り　夕潮に〈一[illegible]云ふ「夕にも」〉　い漕ぎ渡り」とあるのは、天の川というよりも天の海である。七夕で登場した天の川を海とし[illegible]描く憶良がそこにいる。家持は、二上山の帯としての川を海として描いているのである。ここには、伝統的な山[illegible]川を共時的に描くことから、山と海を描く手法を取り入れた原点があるのであろう。憶良に学ぶ手法であった。

次にやはり巻十七にある立山賦（四〇〇〇から四〇〇二）を話題とする[illegible]北アルプス立山を最初に紹介したのが家持であった。その意味では有名であるが、立山自身の表現は「新川の[illegible]その立山に　常夏に　雪降り敷きて」（四〇〇〇）と四句だけであり、山部赤人の富士山の歌で試みられた雪の高[illegible]の伝統を踏まえていても山の形容に不満が残る。片貝川も長歌と短歌（四〇〇二）に登場するが、北に偏りすぎて[illegible]て立山（雄山を中核とする）にふさわしいかどうか、むしろここで言う立山は立山連峰ではないかという疑義の残[illegible]名称である。歌の本質は、立山という名称を都に住む人に伝えることであり、「万代の　語らひぐさと　いまだ目[illegible]人にも告げむ　音のみも

名のみも聞きて　ともしぶるがね」ということにあったのであろう。

しかし、どこまで北アルプスの三千メートル級の山々が布勢の水海、或いは渋谿の海岸から海を隔てて見えることの特異性が伝わっているのであろうか。その意味では、山の歌としては賦などの言葉に注目があつまるが、独自の個性まで指摘する内容が難しい。

平成十九年高岡市万葉歴史館では、「越中万葉の山――二上山と立山――」と題する特別展示を行っている。そこでは、立山が狭義立山（雄山を中心）と立山連峰と二つあったと紹介していることが注意される。(8) ちなみに越中時代では、川の歌が十九首、山の歌が三十一首、山と川をうたう歌が十四首ということからも、川にも注目していた守家持がいたのである。

五　越中の川

三千メートルのアルプスに降り注ぐ雨が流域二、三十キロで富山湾に注ぐ川が片貝川であり、延槻（の）河である。それよりははるかに流域が長大であるにせよ、現在富山市を流れる神通川、常願寺川なども急流と洪水との戦いがあったはずで、富山平野の新田開発は国守の頭痛であったであろう。平地は砺波平野が越中の中核であり、現在の富山市付近はなかなか古代の土木技術では治水がむずかしい。川は六首にうたわれた射水川が家持の身近な存在である。新田の開発にこころを痛めていた家持は、その新田に欠かせない水のこともあってか、越中では川の歌も多い。登場回数からいえば、射水川が六例であり、片貝川、辟田川と叔羅川（越前日野川）がそれぞれ二例である。その他は一例である。固有名詞でうたわれた川は、越中と能登という家持の国守の支配地にある川が基本である。射水川は、古くは国守館近くを流れる大河であり、一般的に川としかいわないこともある。

山口博氏は、「第七回万葉みやびをうたう・小矢部川」という講演をしている。[9]そこでは、万葉集でうたわれた富山県の八河川にふれ、とりわけ小矢部川（万葉射水川）に触れているが、雪解け水による増水の恐怖が歌から読み取れるとして、さらに新田開発に地方豪族を含めた複雑な対立があったりもした、としている。射水川（小矢部川）、雄神川（庄川）、宇奈比川（宇波川）、売比川（神通川）、鵜坂川（神通川）、延槻川（早月川）、可多加比川（片貝川）として現代の川の名前も紹介しているが、この当時は能登も含めて越中であるので、この論では饒石川（仁岸川）を含める。

赴任して三年目の春であった。三十一歳の国守が初めて出挙に出かけたときには、九首の羇旅歌（四〇二一から四〇二九）中で初めの歌から始まる越中の四首全てと後半として能登での一首に川の名前が歌われている。この歌群については、後の第二章第四節で詳しく述べる。[10]

越中では、家持の山と川の歌では、むしろ川の歌に本質的な風土を踏まえた内容がある。そこで家持の代表的な川と関かわる歌としては、越中巡行に詠まれた歌を取り上げたい。そこでは、「雄神川」（四〇二一）「鵜坂川」（四〇二二）「婦負川」（四〇二三）「延槻川」（四〇二四）「饒石川」（四〇二八）が固有名詞の川をうたった。

まずはじまりが「雄神川」（庄川）であるが、昔雄神村が東砺波郡にあったのであるから、そこを流れる川をいうのであろう。もちろん明治以前には小矢部川も雄神川に合流して富山湾に注いでいたというから、国衙近くでは別々の川ではない。「鵜坂川」「婦負川」は、ともに現在神通川である。順番からは「婦負川」を常願寺川とも考えられるが、上流にイオウの鉱床があるので鵜飼いに適当ではないとして、神通川といわれる。「延槻河」は、現代名が早月川であり、「饒石川」も現在仁岸川と呼ばれていて名称の変化がないか、無いに等しい。

以上の川は、初めての出挙という国守が自分の支配する国を巡行しているためか、あまたある川の中でもとりわけ印象的な川を取り上げているのであろう。一般的であるが、越中は北アルプスと立山連峰を源とする川に特徴がある。山と川に風土の特徴があるのであるが、現在立山と呼称されるアルプスの一部を源とする川は、常願寺川と黒部川が著名である。しかし、このどちらの川もうたわれていない。理由は、常願寺川は、鵜飼いに適さなかったことがあるのであろうし、黒部川はそこまで春の出挙で至っていないのかもしれない。

ここで言う出挙とは、春に種籾を貸し出し、秋の収穫時に利息を付けて返納させる制度であり、国守が視察のために巡行したのである。[11] 家持は、天平十八年秋に赴任していて、翌十九年は病気であったので、三年目にして初めての出挙の為の視察であった。距離は三百キロほど、期間は三週間ほどであろうか。時期は巻十七の巻末であるので、伊藤博氏の家持歌日記と呼称された巻十七の構成からは二月であろう。[12]

巡行としては見慣れた川であっても新鮮なのであろう。雄神川は国衙から近いこともあるし、今次は「葦付(みるの類)」という食料に興味を持っている。日常の川であっても、川の特産品に触れたところが特異な存在である。次の、鵜坂川(神通川)も国府から比較的近いところであるので、初めての渡河とも思われない。アルプスは真っ白であっても、平野を流れる川は確実に雪解け水で増水していたのであろう。

むしろこれまで渡河の経験があって、馬の足掻きで衣を濡らしたことにむしろ興味を示したというべきである。この春の出挙が旧暦の二月か、三月かで議論の分かれるところであるが、意外な川の水量に驚きを持っていたことになるので、歌からも雪解けを表面的に感じさせない立山の姿を連想するので、二月説に賛同する。

家持の川の歌として殊に特徴的な内容を示すのは、延槻河である。この上流を立山としているが、正しくは立山連峰の剣岳を源とする。しかし、川の源流に雪を頂く高山を川の増水でうたうのは、万葉集でもこの歌だけである。野田浩子氏は、「一首全体の理解から『来らしも』とした」と述べるが、この理解の根本は、立山に中心があるのでなくて川に雪消の水を感じているところにある、としている。[13] もちろん下流の増水から、上流の風雨を思い至った歌は、すでにある。

ふさ手折り多武の山霧繁みかも細川の瀬に波騒きける（九・一七〇四）

細川とは現在冬野川と呼ばれ、祝戸で飛鳥川にそそぐ多武峰を源とする小川である。飛鳥川まで二、三キロの流れであるが、標高五六百メートルから一気に流れ落ちる谷川であるから、上流で雨が降ればたちまち細川の瀬も川音をはげしくたてる波が出来るのであろう。下流の瀬波から上流の山を思いやって詠んでいる人麻呂歌集の歌である。そもそも「立山の」の家持歌は、類型のない雪消の増水を自らの鐙に載せた足で感じている一首である。

ただし、第二句の「雪し来らしも」が雪解けを認めたのか、雪解け水がやって来たのか、で解釈が分かれる。雪解け水で立山の雪解けを感じたのであれば、人麻呂歌集歌にいっそう類似するといえる。

結　び

少納言として都に戻った三十四歳から四十二歳までは、天平勝宝三年十月二十三日にうたわれた歌が都での創作開始である。山川のうたは、十一首であり、その内訳は「山川」と詠まれたのは三首で、山の歌が七首、川の歌が一首である。山といっても庭の築山を「島山」と呼び、あるいは竜田山を歌う例があるが、山の歌としては、天孫降臨にちなむ表現が族を喩す歌（四四六五）で「ひさかたの　天の門開き　高千穂の　岳に天降りし」とうたわれるのが目につく。

日本書紀の一書に大伴の祖天忍日命は来目部の祖天槵津大来目を率いたという神話がある。家持は、三十九歳であり、大伴一族の由来を天孫降臨から武勇をもってお仕えしてきたと祖先の清き名前を大切にする丈夫であると宣言している。この歌とよく比較されるのが、越中での天平感宝元年五月十二日に作った陸奥から黄金が出土したことを言祝ぐ歌（十八・四〇九四）である。族を喩す歌と同じ日に作られた「病に臥して無常を悲しび、道を修めむと欲ひて作る歌二首」の一首には、次の歌があり、むしろ独りの心情が吐露されている。

うつせみは数なき身なり山川のさやけき見つつ道を尋ねな（二十・四四六八）

都に戻ってから因幡の国守として赴任する約八年間は、さらに引用したい歌がない。そこで家持の作品を編年体に並べて、習作、越中に分けて山と川の歌を見ていくとき、それぞれに特徴がある。とりわけ初期である習作時代には挽歌にうたわれた山の歌が個性的であるが、その一方で相聞にも紹介したい山の歌があった。

あしひきの山さへ光り咲く花の散りぬるごとき我が大君かも（三・四七七）
一重山隔れるものを月夜良み門に出で立ち妹か待つらむ（四・七六五）

越中では二上山と立山が山の代表である。川は鵜飼いに興味を示して、「鵜川立つ」という表現が多いのも特徴である。また、個性的な作品は、越中時代に山川の代表作が誕生している。家持の個性ということで川の歌で家持を代表させる歌を選べば、それは越中時代の初めての出挙があげられる。山の歌では、やはり越中時代の立山賦と二上山賦ということになる。但し、この代表的な山の歌は、都の人に越中を紹介するとともに、山誉めの伝統である国土繁栄を祈るものである。また、そこに登場する帯としての川は、国土に恵みをもたらす貴重な水である。山と川とは、川の源流としての山の存在があったのであるから、唇歯輔車ということになる。

私は山川の代表的な歌としては、家持三十一歳になった天平二十年の立山と延槻の川を同時にうたう一首、次に川の歌として水占いうたう一首であると考えている。

立山の雪し来らしも延槻の川の渡り瀬あぶみ漬かすも（四〇二四）
妹に逢はず久しくなりぬ饒石川清き瀬ごとに水占延へてな（四〇二八）

「立山の」の歌を代表として取り上げることには、異存がないであろう。しかし、「妹に逢はず」の歌は疑義を抱かれるかも知れない。

ちなみに伊藤博氏は饒石川（仁岸川）のある故地に昭和五十九年に一度訪れたとして、「読み直してみるべき歌なのではなかろうか」とする。[14] むしろ川の名前の豊穣と妹に久しく会っていない嘆き、それを第五句「水占延へてな」という万葉唯一の歌語を用いているのであるから、悲しさも私にはつのる。いったい水占いとは、いかなる内容のものなのであろうか、具体的な占い方法は解っていない。しかし、川という流転に任せる占いに、神頼みということよりももっと重い独りを感じる。それを、孤愁というのであろう。現在の剣地にある仁岸川を眺めれば、伊藤氏の反省も納得できる。

大和で育ち、さらに平城京を中心に、せいぜい聖武天皇に従い、大和周辺の副都で過ごしたのであり、名門大伴氏出身であって、高位高官ともなるべき身分であり、幼少に大宰府で短期間生活したであったにせよ、家持が鄙であった越中・能登をどう考えていたかは、山川に限定しても興味深い。彼ほど鄙の風土に関心を持って作歌した貴族歌人が古代に、或いは中世にいたのであろうか。

個性的ということからは、山川と川の歌には万葉歌人の何人も至らなかった心情表現に昇華している越中歌があったことを述べた。

注

（1）『古事記注釈（一）』の六九頁に「地上の地すなわちearthであり、したがってこの地は海をもふくみ」とある。とすれば、当然地に対応する天にある高天の原にも海も陸もあったことになる。高天の原、天の川、天の岩戸などがその例証になる。
（2）「万葉歌に詠まれた山――その景観認識をめぐる覚書――」（「万葉古代文学研究年報」四号）
（3）『続明日香村史（中巻）』（第三章第一節十八、二十）で源流としての山の存在に触れた。
（4）『きよげ』『きよら』再考その1．万葉集における「きよし」の意義を中心にして」（「高知女子大保育短大紀要」十六号）
（5）沢瀉久孝氏は、四七七番歌を、『万葉集注釈（巻三）』六四九頁に「年僅か十七歳で薨去された皇子を悼む言葉としてふさわしい譬喩である」とする。
（6）伊藤博氏は、七六五番歌を、『万葉釈注二』六七五頁で「山は妻どいの頑強な隔て」と述べる。また、月明かりは妻どいのための最良の条件とされた。その対立二つの取り合わせが断絶感を深めた、とする。
（7）万葉五賦、或いは家持三賦については、研究史としても長い歴史をもっている。とりわけ最近参考とすべき文献がある。『セミナー万葉の歌人と作品大伴家持（一）』（和泉書院）であるが、二上山賦については針原孝之氏が、布勢の水海賦については島田修三氏が、また立山賦については原田貞義氏が研究史を踏まえて精緻に論じている。但し、最も穏当な説と思われる小野寛著『孤愁の人大伴家持』（新典社）の一四六頁から引用した。
（8）高岡市万葉歴史館ホームページ http://www.manreki.com/ 参照。
（9）富山県ホームページ http://www.tkc.pref.toyama.jp 参照。
（10）論文としては「家持天平二十年出挙の諸郡巡行歌の特質」（「広島女学院大学日本文学」第十二号）で触れた。歌群としては、構造を持つと言うよりも、日記風の内容であって、「当時、当所に属目して作れり」ということが九首の歌の基本であることを指摘している。

(11) 出挙については舟尾好正氏（『日本の古代国家と農民』春夏二季出挙の意義）と宮原武夫氏（「出挙の実態に関する一考察――備中国大税負死亡人帳を中心にして（「史林」五十五巻五号）」などを参照している。実際の越中・能登を巡行するこの出挙期間と距離については、山口博氏が『万葉の歌（十五）北陸』（保育者）の一九三頁に「全行程少なくみつもっても三百キロ、一日約二十キロ平均とし十五日間の長旅」と記す。私は、行程三百は認めたいが、二週間は三週間に改めたい。根拠は、能登が厳しい船旅であったということで、陸路の倍の日数を費やしたからと考えるからである。

(12) 二月説の伊藤博氏は、万葉集の家持日記巻十七、十八、十九がそれぞれの巻が二月で終えて、巻頭が三月から始まるという基本があったとしている。詳しくは、『万葉集全注巻十八』（有斐閣）の巻十八概略頁二から三で紹介しているが、当然この論理からは巻十七の巻末に近い出挙が二月に行われたことになる。

(13) 「立山の雪し来らしも」（『万葉集の叙景と自然』所収）三六〇頁

(14) 伊藤博氏『万葉集釈注（九）』三四五頁

山と川の句は、参考資料として表（二七八頁）として載せた。

第三節　立山賦

一　家持立山賦

大伴家持は三十歳の天平二十年の夏に北アルプス立山をうたう。家持が最初に立山を歌にうたった歌人である。

　立山の賦一首并せて短歌　この立山は新川郡にあり

天離る　鄙に名懸かす　越の中　国内ことごと　山はしも　繁にあれども　川はしも　多に行けども　皇神の　領きいます　新川の　その立山に　常夏に　雪降りしきて　帯ばせる　片貝川の　清き瀬に　朝夕ごとに　立つ霧の　思ひ過ぎめや　あり通ひ　いや年のはに　外のみも　振り放け見つつ　万代の　語らひ草といまだ見ぬ　人にも告げむ　音のみも　名のみも聞きて　羨しぶるがね（四〇〇〇）

立山の降り置ける雪を常夏に見れども飽かず神からならし（四〇〇一）

片貝の川の瀬清く行く水の絶ゆることなくあり通ひ見む（四〇〇二）

　四月二十七日に、大伴宿祢家持作れり。

まず立山がどうして歌の素材になったのであろう。その一つは、家持が税帳使として恐らく五月上旬に上京することが考えられる。弟書持の挽歌で、越中の荒磯の波を見せたかった、といっている。とすれば山田孝雄氏の言う都にいる人々へのお土産の気持ちがあったであろう。[1]具体的には妻大嬢、叔母であり義母坂上郎女、また橘諸兄等は家持歌を心待ちにしていたであろう。家持が山を素材に歌を作ったのは、既に国府近くの二上山賦があった。三月三十日に作っていた。そもそも「賦」ということも、また漢詩の贈答、書簡のやり取り、文学論の開陳等も中国趣味に基づくものである。池主との交遊がかかる中国趣味を倭歌に取り入れさせていったのであろう。二上山の賦の創作から二十七日後にやはり山を素材にしている。この間には、布勢の水海賦が四月二十四日に作られている。国衙に近い名所はこれで網羅された。さらに立山の賦が創作されたのであるが、橋本達雄氏は、名勝立山がないのは片手落ちとの批評があったのであろうと推量する。[2]伊藤博氏は布勢の湖を挟んで、近景の二上山賦、遠景の立山賦となっていることと、結果的に山に挟まれた河内になっていることを指摘する。[3]

これら二上山と立山の賦には、共通する特質が見られる。それは、山と川がセットで歌われていることである。さらに山が主題になりながら、赤人や虫麻呂の富士山をうたった歌よりも、本質が人麻呂や赤人にうたわれた吉野讃歌に類似していることもある。

山をたたえる歌は、二種類に分けられそうである。一つが赤人の富士の歌に代表される山を中心にした山讃歌と言う形式、一つが人麻呂の吉野讃歌に代表される山川讃歌という形式である。山讃歌は神の支配している自然をうたう。山川讃歌は、聖なる河内として天皇もしくは国土の繁栄を主題にしてうたうものである。家持の立山の賦には、神が支配する山の讃美というよりも天皇が支配する神聖な土地とする賛嘆の感情が勝っている。それは、全体が三十一句のうちで立山の具体的な表現は、「常夏に　雪降りしきて」という二句のみであることにもよる。山部赤人は長歌歌人として平均十九句で一首を創作しているが、富士の長歌（三・三一七）も十九句からなりながら、富士山の形容には十四句を用いている。家持がうたう立山の賦は、明らかに山と川を含めた皇神が支配する越中の立山聖地という捉え方である。

四月二十七日は、新暦六月上旬であろうから、立山にはまだ数メートルの積雪があって、白山であったであろう。家持が立山をどう考えていたかは、歌にうたわれた。長歌が「常夏に　雪降りしきて」とうたっているし、第一反歌に立山に降り積もった雪を夏の間見ていても飽きないのは、「神からならし」（四〇〇一）とある。この「神からならし」が大事であろう。

万葉集には、「神から」とは、数首の歌に用いられているが、なかんずく人麻呂と、また養老七年の吉野行幸に従って従駕歌をうたった笠金村にそれぞれ、

玉藻よし　讃岐の国は　国柄か　見れども飽かぬ　神柄か　ここだ貴き（略）（二・二二〇）

（略）み吉野の　蜻蛉の宮は　神柄か　貴くあらむ　国柄か　見が欲しからむ（略）（六・九〇七）

とあって、讃岐の国や山川の清い吉野の宮を「神柄」としている。「神柄」とは、神自身をいうのであるが、国や聖なる土地を支配しているのは、神である。その神の性格が土地の聖性も決定しているのである。人麻呂・金村と同様に家持も立山が神であると強調する。土地誉めの様式である山はたくさんあるがという形で山を誉めている長歌は、「皇神の　領きいます」といった時、神としての山はさらに強調されていることになる。この「皇神」とは、立山の神であるが、皇祖でもある。やはり二上山賦にも「皇神」が用いられているが、ここでも山の神であるばかりか、皇室との関わりが意識されている。鉄野昌弘氏は山が皇祖としてあることがここを王土であるとする。(4)その「皇祖神」という皇室との関わりが意識されている山の神であるから、「皇神」が二度も用いられるのである。

ところが立山をのみ誉めているのではない。山と同様に川が登場している。土地誉めで有名なのは、舒明天皇

御製であるが、そこには「大和には　群山あれど　とりよろふ　天の香具山」（一・二）とあって、山に集中している。多くある山から一つの山を選び取ってくるが、家持の創意は山と川をセットとして選び取ってきた。立山の賦といいながら、立山と片貝川を不即不離のものとしている。山と川をセットとして聖性を語るのは、人麻呂の吉野讃歌が代表である。ここにも家持の創意があった。山の歌といいながら、その聖性は中西進氏の言う立山を神奈備山とするために川を参加させることで表現したが、家持は立山と片貝川で聖地立山の河内としている。(5)

作品としては、長句と短句というバランスを欠くとしても山と川との対比、さらに橋本達雄氏の分析する自分と他人との対比が「あり通ひ　いや年のはに　外のみも　振り放け見つ（自分）　万代の　語らひ草と　いまだ見ぬ　人にも告げむつ（他人）」という対応で表現されている。(6)しかし、具体的な山を形容することのない集中力を欠く表現になっていること、高峰立山連邦であっても北に偏った毛勝三山を源としてわずか二十キロ程度で富山湾に注ぐという急流で有名な片貝川の描写を「清き瀬に」と片づけてしまったということも山の歌としては不満である。

但し、そこには山の聖性と言うよりも、神聖な山と川を含む広大な河内を聖なるものとして捉えようとした意図があったとすれば、欠点ばかりともいえない。

次に特徴としては、万年雪をいただく立山の姿にある。夏でも雪をいただく山は、神の支配する聖地だからというのであるが、ここには山部赤人がうたった富士山の歌が踏まえられている。長歌にある「時じくそ　雪は降りける」（三・三一七）を反歌では、

田児の浦ゆうち出でて見れば真白にそ不尽の高嶺に雪は降りける（三一八）

とあって、雪降る季節でもないのに雪がある白い霊峰富士を描いている。

家持も季節でもないのに雪が降り続くと長歌に言い、さらに反歌で夏中雪を見ても飽きないのはその神によると言う。家持の中には赤人の富士山と越中の立山が重なっていたはずである。霊峰立山が白雪によって確立したのである。

家持は伝統に繋がろうとする意識が強い。反歌が二首あるが、山と川に分けてそれぞれ詠まれている。赤人の吉野讃歌（六・九二四、九二五）と同様の構成である。人麻呂の吉野長歌の影響を受け、さらにそれを受け継いだ宮廷歌人の金村・赤人の影響が見られるのである。讃美の方法として長歌と第二反歌にある「あり通ふ（ひ）」も人麻呂歌（三・三〇四）や赤人歌（六・九三八）などに使用された伝統的な讃美表現である。「万代の　語らひ草と」ということも赤人の富士山歌を意識しているから「語り継ぎ　言ひ継ぎ行かむ」（三・三一七）と結びつく表現になったのである。最後に長歌の結びも「音のみも　名のみ聞きて　羨しぶるがね」とあるのは、人麻呂の明日香皇女への挽歌に「音のみも　名のみも絶えず　天地の　いや遠長く　思ひ行かむ」（二・一九六）を意識させる表現であるが、旅行がままならなかった万葉人には、共鳴させる結論である。以上の如く見てくると家持が伝統をいかに重んじて作歌していたかがわかる。しかし、山の伝統に関して言えばむしろ個性的である。吉野讃歌の影響がそうさせたのであろうが、聖地として山と川を描き、山に集中してはいない。

立山を皇祖神がいます山という家持歌は、伝統的な表現をとりながら、そこに個性がある。即ち、片貝川を含めた立山河内が聖なる大地というのである。吉野讃歌の伝統を庶幾して、さらに赤人富士山歌を踏まえていた。類型的な表現といいながら、それは伝統的な讃歌に限定される。おめでたい歌は、おめでたい歌で用いられた言葉で表現するのだ、という意思が働いている。ただ、現代的な評価から見ると、立山と片貝川の表現が平板で簡潔すぎるのが問題であるが、簡潔であることが類型的な表現に満ちながら個性として山川の聖地立山を描くことになったし、また結論の名前、噂で羨むほどの霊山というのも、越中という都から遠く鄙びた土地を配慮すると好ましい表現である。立山賦とは、立山を吉野と重ね合わせる意図で創作されている。山を契機に立山河内であることをうたった。

二　池主立山賦

池主は、文学論でも詩作でも積極的である。とりわけ詩文においては、七言詩を最初に家持へ贈り、家持が後でその漢詩に答えたりしている。ここでも短歌を「絶」と表記している。年齢的にも若干年長者であったろうし、奈良においても家持二十一歳の天平十年十月に橘奈良麻呂が若い友人貴族を集めた宴で二人は次の歌を披露した。

十月時雨に逢へる黄葉の吹かば散りなむ風のまにまに（八・一五九〇　池主）
黄葉の過ぎまく惜しみ思ふどち遊ぶ今夜は明けずもあらぬか（八・一五九一　家持）

散る黄葉の風流を両者がうたうのであるが、そのはかなさを知る故にさらに遊ぼうとしているのである。越中での出会いにおいても、両者は風雅の連帯を深めるものであった。天平十九年の二月三月は、家持・池主の山柿をめぐる贈答詩で盛り上がったが、家持は引き続き三月二十日に「京にいる妻を思う歌」（三九七八～三九八二）、同月二十九日に「立夏になっても霍公鳥が鳴かないことを恨む歌」（三九八三、三九八四）をうたう。「近江路、奈良の吾家」（三九七八）に地名が登場しているが、越中の地名はない。しかし、家持は病後の回復が順調になってくるにしたがって、正税帳で上京するために歌を作りはじめる。越中の風土を都にいる人に知らせる意図である。

池主もこのことは理解していたであろう。そういう状況で立山の賦に答えたのが次の歌である。

敬みて立山の賦に和へたる一首并せて二絶

朝日さし　背向に見ゆる　神ながら　御名に帯ばせる　白雲の　千重を押し別け　天そそり　高き立山　冬夏と　あり来にければ　こごしかも　巖の神さび　たまきはる　幾代経にけむ　立ちて居て　見れどもあやし　峰高み　谷を深みと　落ち激つ　清き河内に　朝去らず　霧立ち渡り　夕されば　雲居たなびき　雲居なす　心もしのに　立つ霧の　思ひ過ぐさず　行く水の　音も清けく　万代に　言ひ続ぐ行かむ　川し絶えずば（四〇〇三）

立山の降り置ける雪の常夏に消ずてわたるは神ながらとそ（四〇〇四）

落ち激つ片貝川の絶えぬ如今見る人も止まず通はむ（四〇〇五）

右は、掾大伴宿祢池主和へたり。四月二十八日

池主の立山賦は家持の立山賦とどのような違いがあるのであろうか。立山をうたう作品としての完成度は、家持のそれに比較してはるかに高い。それは立山を聖なる山として、讃歌の伝統的な表現を用いながら、立山を個性的な内容で描いているところにある。例えばまず第一に、窪田空穂氏、沢瀉久孝氏、中西進氏が指摘する「逆光の立山」ということがある。詳しく説明しているのは中西進氏である。中西氏は、四〇〇三番長歌の初句と第二句が「朝日さし　背向に見ゆる」とあることで、池主が国衙に居て立山が東に見える時、朝日が昇って来た時には、山の稜線がくっきりしても手前が暗くなることを「背向」と表現した、と想像している。(7) これなども越中に居て、立山を日々見ている歌人のなせる技であると共に観察力と表現力の結びつきを思わせる詩作のなせる技

でもあろう。また、長歌の構成は、家持歌に類似しながら、そこで試みられていない神話的な時間をも歌で表している。神話の時間を導入しながら立山を「白雲の　千重を押し別け　天そそり　高き立山」といった時には、天孫降臨に対応する山の存在がある。天孫降臨した高千穂の峰を、逆に地上から天上界に向かって説明した高い山の存在がそこにある。そして家持歌と最も対照的なのは、その立山を描く具象性である。

家持が初句から十二句もついやして新川郡にある立山を提示しているのに対して、そこは八句で処理している。にもかかわらず、逆光の立山、神の山、雲を押しのけて立つ山、「天そそり」する高山とあって、具体的な立山の描写がある。さらに家持が二句しか用いていない「常夏に　雪降りしきて」とある立山の具体的な描写も、「冬夏と　あり来にければ　こごしかも　巖の神さび　たまきはる　幾代経にけむ　立ちて居て　見れどもあやし　峰高み　谷を深みと」と充分な展開を示してから、川と関わる立山渓谷が登場している。

家持長歌の構成は①立山の提示、②立山描写、③川の描写、④叙述の展開、⑤結び、ということになる。しかも家持長歌は、全体三十一句からなり、①が十二句、②が二句、③が六句、④が八句、⑤が三句からなる。池主長歌は全体が三十七句からなり、①立山の提示が八句、②立山の描写が十二句、③川の描写がゼロ、④叙述の展開が十二句、⑤結びが五句である。直接的な意味での川は、⑤の長歌収束部で登場させている。池主は徹底的に立山を山麓の深い渓谷から天高くそびえ立つ頂上迄を描写していて、直接の川は結論部で主題と結びつけ「万代に　言ひ継行かむ　川し絶えずは」ということになっている。伊藤博氏は、全体を好意的に評価しているが、この結論部に不満を示している。山が中心の描写からは川が副次的にならざるを得ず、家持の歌と構成的に類似しているのであれば、川をどこかで登場させなければならなかったのであり、結論部の表現の弱さはやむを得なかったのかもしれない。(8)

池主は家持歌を意識しながら、山の描写を大切にして、さらに高山に相応しい渓谷を描き、最後に川を結束部に加えて立山賦をものしたのである。山の描写も具体的で詳細でありながら、とりわけ叙述の展開は「落ち激つ　清き河内に　朝去らず　霧立ち渡り　夕されば　雲居たなびき　雲居なす　心もしのに　立つ霧の　思ひ過ぐさず」は、吉野讃歌でうたう吉野の激しく、しかも清明な河内をも連想させていて、これも讃歌の伝統を踏まえている。第一首目の反歌には、常夏でも雪が消えない山であることがうたわれていて、また第二首目には片貝川が登場していて、家持の反歌構成に全く等しい。家持歌の「片貝川の　清き瀬に」とある表現は、池主歌では「峰高み　谷を深みと　落ち激つ　清き河内に」とあって、立山に相応しい深い渓谷を伴う河内の表現になっている。家持歌同様に吉野讃歌の伝統を踏まえ、優れた長歌歌人として評価される内容であるが、分析して得られるのは、池主歌の具象的な、しかも適切な山川の表現ということになる。

三　万葉五賦

天平十八年七月に越中に赴任していた家持は、翌天平十九年死を自覚するような大患を患った。病気の悲しみをうたったものから展開して万葉五賦が作られた。ここで日付を中心に歌を整理すれば、次のようになる。

※三月三十日　家持　二上山の賦（三九八五～三九八七）
四月十六日　家持　夜に霍公鳥が鳴くのを聞く歌（三九八八）
※四月二十日　家持　正税帳で上京するための宴で披露した別れの心情をうたう歌（三九八九、三九九〇）
※四月二十四日　家持　布勢の水海に遊覧する賦（三九九一、三九九二）
※四月二十六日　池主　布勢の賦に敬和する賦（三九九三、三九九四）

※四月二十六日　家持、内蔵縄麻呂、古歌
　掾の館で開かれた餞別で披露された歌（三九九五～三九九八）
四月二十六日　家持　国守館で開かれた宴席歌（三九九九）
※四月二十七日　家持　立山の賦（四〇〇〇～四〇〇二）
※四月二十八日　池主　家持立山賦に敬和した賦（四〇〇三～四〇〇五）

米印は、越中の地名を歌に登場させているものである。病中病後のある時期（二月二十一日から三月二十九日）までは、家持も池主も越中の地名とは、全く無縁で歌を贈答している。ところが三月三十日二上山賦が作られてから一変する。また天平十九年でまず越中の地名が登場するということから興味ある作品は、万葉五賦と呼ばれている歌である。越中での初めて開かれ前年の八月に開かれた宴席では、二上山と渋谿が登場していた。二上山は、大和にも類似した山がある。渋谿のある越の荒海は、高波で有名な玄界灘を知っている家持にも驚きの海であったであろう。どちらも都の人間には興味ある山であり、海である。しかし、家持の三賦には、二上山の賦には、「この山は射水郡にあり」、布勢の水海に遊覧せる賦には、「この海は射水郡の旧江村にあり」、或いは立山の賦には、「この立山は新川郡にあり」とあって、わざわざ土地の注記がある。歌に詠われた地名の所在を、「郡」と「村」のレベルで注記して紹介するのは、天平二十年春の出挙でも同様である。ここから家族レベルに贈るだけではなく、もっと地名の所在などを加えて贈るべき人の存在があったのかも知れない。しかし、歌の創作と言うことでは、山柿に触れた三月上旬も五賦が作られた三月下旬からも、都から使者が来ているわけでもないし、特別敷居を高くする、或いは低くする原因が越中にはなさそうである。

　ところが地名と言うことでは、明確な違いがある。これは、越中を強く意識する都にいる人の存在があるからではないか。即ち、都にいる妻や叔母やその他橘諸兄等有力な貴族の存在である。四月二十日の日付を持つ三九九〇番の左注には、家持が正税帳で都へ行くことが記されている。歌がお土産になる。弟には見せられなかった越中の風土が歌で紹介出来るのである。お土産としての歌の存在が越中の地名登場になったのであろう。さても五賦はこの越中に於ける山紫水明と言う視点がある。国府傍にある二上山、さらにその眼下に広がる布勢の水海、そして白い屏風として広がる遠景の立山が登場している。

最初の賦は家持の二上山の賦（三九八五〜三九八七）であり、三月三〇日に作られた。この歌から越中の地名が積極的にうたわれる。続いて四月二十四日と二十六日に、家持布勢の水海賦と池主の敬和布勢水海の賦が作られた。さらに四月二十七日に家持が立山の賦を詠むと、池主は翌二十八日には、敬和立山の賦をうたっている。

まず天平十八年六月任命され、恐らく七月に赴任していたのであろう。そして九月には弟書持の訃報が伝えられた。家持は、挽歌として長歌一首と短歌二首を詠んでいるが、その短歌には、

かからむとかねて知りせば越の海の荒磯の波も見せましものを（十七・三九五九）

とあって、この越中の風土を見せたい、知らせたい、と願う気持ちがうたわれている。この越中の風土をうたい、そして伝えたいという心情は、望郷の気持ちと共に歌を作る契機になっている。しかし、積極的に越中の風土を伝えているかと言えば疑問である。むしろ、越中の風土を意識してそれを伝えたい時には、地名が歌に登場している。そのような例は、案外少ない。天平十九年の家持三賦、或いは天平二十年の春の出挙でうたわれた歌（十七・四〇二一〜四〇二九）が代表であって、独り居て孤独に沈む心を慰めたり、或いは越中に後ろ向きで望郷の歌を創作したり、また宴席で披露される歌を作ることが多い。

越中での歌友大伴池主は、大帳使の任を終えて天平十八年十一月に帰還している。家持は待ち焦がれたものであった。喜びの気持ちを二首の歌（三九六〇、三九六一）に表白した。さらに家持は翌天平十九年春に「忽ちに枉疾に沈み、殆とに泉路に臨めり」（十七・三九六二　題詞）とあって、死を自覚する病に倒れていた事を知る。この天平十九年の春二月二十一日から九月二十六日までの四十四首は、玉井幸助氏が『日記文学概論』で最も日記的な個所として指摘したのである。[9]家持と池主の書簡題詞を含めた歌の贈答が繰り返されている。

二月二十一日と二十九日に、家持は、病に臥したことを悲しむ歌（三九六二〜三九六四）と病の苦しみを池主に訴えた歌（三九六五、三九六六）を作る。すると翌月の二日に池主は、二十九日の返礼歌（三九六七、三九六八）を贈る。すると三月三日に、家持は、「山柿の門」に触れた書簡と池主の示した二日の心情に謝した歌（三九六九〜三九七二）をよむ。[10]即翌日、池主は、三月三日をたたえた七言律詩を創作する。また、三月五日に返事が行き違いになっていたのであるが、池主は、「山柿」などは、家持の才能から比べるべくもないと言い、家持を賛美する歌（三九七三〜三九七五）をうたう。すると三月五日に、家持は四日の詩に応えた七言詩と歌（三九七六、三九七七）をよむのである。

家持が中心になって歌作が行われているが、とりわけ三月には家持・池主が文学論を開陳して、三、四月には万葉五賦といわれる創作をしていることが注目される。病気によってもたらされた寂寥を家持は池主に訴えた。天平十九年は、二月二十九日から五月二日まで書簡を含む和歌、そして漢詩が家持を中核にほぼ全てと言ってよいほど池主との贈答がなされている。まず「山柿の門」に触れた書簡を引用する。

三月三日家持書簡題詞（池主宛）

含弘の徳は恩を蓬体に垂れ、不貲の思は陋心に報へ慰む。来肩眷を戴荷し、喩ふるに堪ふること無し。ただ幼き時に遊芸の庭に渉らざりし以ちて、横翰の藻はおのづからに彫虫に乏し。幼き年にいまだ山柿の門に逕らずして、裁歌の趣は詞を聚林に失ふ。爰に藤を以ちて錦に続く言を辱くし、更に石を将ちて瓊に間ふる詠を題す。固より是俗愚にして癖を懐き、黙已をること能はず。よりて数行を捧げて、式ちて嗤笑に酬ふ。

三月五日池主書簡題詞（家持宛）

昨日短懐を述べ、今朝耳目を汚す。更に賜書を承り、且不次を奉る。死罪々々。下賤を遺れず、頻に徳音を恵む。英霊星気あり。逸調人に過ぐ。智水仁山は既に琳瑯の光彩をつつみ、潘江陸海は自からに詩書の廊廟に坐す。思を非常にはせ、情を有理に託せ、七歩章を成し、数篇紙に満つ。巧みに愁人の重患を遣り、能く恋者の積思を除く。山柿の歌泉は此に比ぶれば蔑きが如し。彫龍の筆海は燦然として看るを得たり。方に僕が幸あることを知りぬ。

家持は、貴方の広大な徳が私の貧しい身に与えられ、心が慰められたと謝辞を述べ、続いて幼い時に文を学ばず、同様に山柿の風も修めていない。私は俗愚であるので、歌を差し上げるが、お笑い種としてください、という趣旨である。一方、池主は、序として拙い文章であることを言い、家持の文章の優れていることを潘岳や陸機に肩を並べるとして、憂いを持つ人の心を晴らし、山柿など問題ではない、という。何故に「山柿の門」が話題になるかといえば、家持という歌人が万葉集の歌人をどう考えていたか、或いは七世紀から八世紀の理想歌人を誰と考えていたのか、文学史の興味と結びつくからである。柿本人麻呂や山部赤人などの単独説、人麻呂と山上憶良の二人を指す等の諸説があるが、定説は未だにない。

しかし、この爆発的な創作意欲の原点に、文章や歌の徳が計り知れない慰めになったのである、と家持は言い、憂いを持つ病を癒し、晴らすのが詩文である、と池主が言う。このやり取りからは、二人の呼吸がぴったりと一致していることを知る。単に歌を贈答するだけではない、両者は文学論でも共通の理念を抱いていたのである。実作においても、家持が池主に贈った長歌が「大君の　任のまにまに　級離る　越を治めに　出でて来し　大夫われすら　世間の　常し無ければ」（三九六九）と歌い出せば、池主の返歌は「大君の　命畏み　あしひきの　山野障らず　天離る　鄙も治むる　大夫や　何かもの思ふ」（三九七三）という。家持が大夫であるわたしですら、世の中が無常であるといえば、天皇のご命令で遠い鄙を治める大夫である貴方は、物思いなんかしません、という。さらに池主は丁寧に家持が物思いしないことを理由づけるのである。

この歌の贈答でも阿吽の理解があった。しかも、ここで触れた二月二十一日（三九六二）から三月二十九日（三九八四）までの両者の贈答歌二十三首には、越中の地名は一カ所もうたわれていない。これもまた見事な対応である。

四　伝統の庶幾

家持が長歌を創作する時は、伝統を庶幾する気持ちがとりわけ強かったはずである。挽歌に顕著に現れている。家持の挽歌は天平十一年六月の人麻呂亡妻挽歌（二・二〇七〜二一六）に連なろうとする亡妾挽歌（三・四六二、四六四〜四七四）、人麻呂殯宮挽歌に類似する天平十六年二月、三月の安積皇子挽歌（三・四七五〜四八〇）、そして笠金村が志貴皇の薨去に作った挽歌（二・二三〇〜二三二）に影響された天平十八年九月の弟書持挽歌（十七・三九五七〜三九五九）がある。その意味では、立山賦は、山部赤人の富士山歌（三・三一七、三一八）と高橋虫麻呂の富士山歌（三・三一九〜三二一）と人麻呂吉野讃歌（一・三六〜三九）の影響が考えられる。

立山賦の最後は「言のみも　名のみも聞きて　羨しぶるがね」とあるが、これは類型と言っていい。人麻呂挽歌「音のみも　名のみも絶えず」（二・一九六）にある表現に近似していて、さらに立山賦の創作主題に関わる。噂、或いは名前でけ聞いても魅力に満ちているのである。即ち、ここに家持が試みた伝統を庶幾する方法があるのである。表現は、類型的でありながら、それを越えようとする意図があることである。噂、或いは名前をと言うが、挽歌では永久に慕う手段としての名前と噂であるが、立山賦では人が羨む噂であり、名前である。越中という都の人に鄙としてしか存在しない名勝が噂であれ、名称であれ、語られることは貴重である。

池主と家持が山柿について共通の理解があったことは、前述したし、二人の贈答は上司と下僚でありながら、心温まる心情の表現が試みられている。一方池主は、上司の欠点を配慮して立山賦に和しているのであろうか。とりわけ池主で評判がよいのは、立山の具体的な描写の表現の多面的なことにもある。「背向」に見える、神の山の名前をもつ、白い雲が重なりあうのを押しのけてそそり立つ「高き立山」、一年中真っ白に雪が降り積もって年月を経てきたので、磐も神らしくなっている、さらに「立ちて居て　見れどもあやし」とまでいう。この立山の形容は、家持歌の雪の立山、清なる瀬とある山川を補完する表現を試みているかのごときである。しかし、家持が長歌の結束部三句でうたった内容は、噂と名前だけで羨ましく思う、ということである。果たして家持は、池主のいう、逆光の深山、万年雪を頂く高山、雲を押し分けてそそり立つ岩峰、さらに深山幽谷と言った具体的な立山を描こうとしていたのであろうか。

要は、その中から万年雪である立山と清き河内と言えば、家持には充分な形容であるという意識があったはずである。それが立山賦の方法であったからである。そのことを、多田一臣氏は、三つの原因を指摘する。[11]　一、国土讃美は、王権讃美でもあり、常套的な表現の枠組みがある。二、家持の知覚が、この鄙の風土を認識し得ない。三、土地誉めは、みやびな世界の枠組みがある。ここで言う、一と三は、国土讃美は伝統的な表現の範疇で表現するということで括られるかも知れない。問題が二にある。池主と家持が同じ理念でありながら、池主が鄙である越中をそれなりに具体的に表現しているとすれば、家持も当然それなりに捉える能力がなかったとも言えない。即ち、家持が立山賦で述べたかったのは、具体的な立山の雄姿と激流の河内を描くことではなく、高山と清なる河内であることを前提にして、立山讃歌が成立することを考えていたのである。

例えばあまりにも有名な人麻呂の、

大君は神にし座せば天雲の雷の上に廬らせるかも（三・二三五）

が天皇に対する讃仰と言うことで、類型的な他の歌よりも優れているのは、神と言うだけで具体的な業績も事業も評価も述べていないからである。

荒れ地に都を造った、山中に池を造った等は、大君だから出来るのであるという天皇観がある。しかし、大君即神であるということとは、同質ではない。圧倒的な讃仰の精神は、天皇即神にある。この図式を家持が立山賦で踏襲したものである。立山は万年雪であることが図式として富士に匹敵する山になるのである。従って、具体的な描写はむしろ最小でいいのである。万年雪であると言う共通の特質で立山即富士となる。即ち、この立山に富士の姿が重なればいいのである。

雪、或いは雪が降ることは、お目出度いものであった。天平宝字三年元日の「今日降る雪のいや重け吉事」（二十・四五一六）の例を取り上げるまでもなく、吉事である。そしてもう一つの工夫である川が加われば、家持の意図は充分達せられたのである。立山が聖地吉野と同質になったのである。山、川、そして河内がそろったのである。むしろ、立山の饒舌な具体的描写などは、言わずもがなである。

要は、万年雪の立山といえば、富士の雄姿に重なり、落ち激ぎつ河内と言えば、吉野に重なり、それでさらに様々の姿を描かなくても立山が聖なる地域となるのである。彼が試みたのは、名前だけでは、噂だけではイメージが生まれるべくもない川を山とを平等の立場で描写することで、大和吉野たる越中立山を創造することであった。それが唐突な対句として、「山はしも　繁にあれども　川はしも　多に行けども」になるのである。

ここに至れば、家持と池主とは、微妙な違いがある。長歌を比較すれば、既に家持の立山賦が存していたし、また池主の力量が家持をある意味で凌駕していたのであるから、立山の描写が貧困すぎることは即判断できたであろう。これまでも池主は、年輩者の余裕があるのであろうし、さらに漢文・和歌創作における到達度においても家持に勝っている面もある。しかも、家持の創作意図が今回も理解できたのであるから、家持が川と山とを一対にして提示、さらに川の展開が試みられていることにも配慮があったはずである。それは、直接川の表現を取らないが、「峰高み　谷を深みと　落ち激つ　清き河内に　朝去らず　霧立ち渡り　夕されば　雲居たなびき」という深山の渓谷を描きながら「清き河内」として、さらにその河内に「雲居なす　心もしのに　立つ霧の　思ひ過ぐさず」と言ってまた立山を偲ぶのである。池主は、家持の山と川の対句が川清き河内に結びつく事と理解して、立山の描写を試みているのである。しかし、立山の描写が具象的であるだけに、家持の如く「いまだ見ぬ人にも告げむ　音のみも　名のみも聞きて　羨しぶるがね」という事にはならない。その意味では立山の具体的な説明があるわけであるから、池主の歌が立山の紹介としては相応しいが、讃歌としては家持の意図とずれも見せていることになる。

ここで一つ考えなければならないことがある。片貝川が家持歌と池主歌にうたわれていることである。立山から流れる川は、立山の範囲をどうするかで異なって来るにせよ、富山湾に注ぐものでは、片貝川、延槻川（川早月川）、鵜坂川・売比川（神通川）そして万葉集に登場していないが黒部川、常願寺川である。片貝川は万葉集で登場する越中の最北の川であり、立山連峰でも北のはずれに位置していても標高二千数百メートルもある毛勝山、釜谷山、猫又山などを源にしている。『大伴家持と越中万葉の世界』所収の「越中万葉の地理」によれば、片貝川と立山の信仰上のつながりがあって、常願寺川等をさしおいて登場したであろうとする。(12)

家持は布勢の水海賦でも、湖からも離れた場所にあり、その意味でもかなり唐突に「宇奈比川　清き瀬ごとに」（十七・三九九一）と国府から二〇キロも離れた氷見市の北にある現在名宇波川を詠んでいて、これもまた布勢の水海賦の評判を悪くしている。これは、国守家持の地理認識のなせることではあるまいか。即ち、布勢水海とは、家持にとって宇奈川を含みもつ空間の広がりの中で捉えているということである。家持は、我々の常識を越える土地の広がりの中で布勢も立山も捉えているのであるまいか。即ち、立山では、立山連峰の中核と言うよりかなり北のはずれである毛勝三山までもが視野にあって、さらに片貝川までを含む地域の広さが立山賦にうたわれる範囲なのではないか。即ち、剣岳、あるいわ雄山と言った山よりも、広大な立山連峰を根底にして歌が作られていると言うことである。ちなみに立山を最大にうたうのであれば、当然黒部川がうたわれるべきであるが、立山の東の黒部渓谷などを流れてくる川であっても、黒部までは彼の立山という範疇には入らないのであろう。

立山の代表的な川は、雄山などを源とする常願寺川であり、また剣岳を源とする早月川もある。これは家持の考える地域的な広がりから言えば立山の中核をなす川であっても、立山の山川と言うことからは広がりが狭くなる。その点北に偏った片貝川を登場させる時、山も毛勝三山にまで拡大し、さらに神奈備山としての立山の範疇が北に拡がるという効果がある。片貝川が立山から流れる川の北のはずれに位置するだけに山麓も北の限界まで拡がる。神奈備川には、中核である常願寺川・神通川よりも、その山麓の広大さと言う視点からは、北のはずれにある片貝川が相応しいものだったのであろう。

いやしくも家持は、越中の風土に鋭敏であった。国守として初めての経験であったであろう春の出挙では、現在の富山県に関わる四首歌では、全てに川をうたう。雄神川（四〇二一）鵜坂川（四〇二二）婦負川（四〇二三）延槻川（四〇二四）である。それほど越中の河川が風土と結びつくのである。三千メートルの屏風から、一気に水が流れ落ち、大河として富山湾に注ぐのである。立山連峰、奥飛騨、或いは白山等が源である越中にある暴れ川は、どれほど家持の統治を苦しくさせたのであろうか。その意味でも家持にとっては、川が持つ問題は身近なものであった。川の流域、或いは川を描かない山は、山の歌とは考えがたかったのであろう。こと越中では、山と川は車の両輪である。[13] 家持には、彼独自の山意識があって、それは片貝川を含む立山と言うことになる。そう考えれば、立山を具体的に剣である、雄山である、等と考えるよりも、立山山塊として考えるべきことにもなるし、越中国守であることが越中という風土からも川にも拘らせたのである。

結び

家持と池主の立山賦は、両者に統一した理念があり、創作されていることを知る。但し、そこには、家持独自の個性もある。川と山をほぼ同一なレベルで登場させて、霊山立山河内を描くのが家持である。立山と片貝川の表現は、雪の立山、清き瀬の片貝川とあるだけで具体的な描写に欠ける。しかし、雪の立山と清明なる片貝川の瀬で越中吉野たる立山山川の誕生が試みられていたのである。しかも、富士と吉野の像が立山山川の表現に重ねられるのである。池主は、家持の短所を補う具体的な山と渓谷を描いて、聖地越中立山を誕生させた。家持歌の地域的な大きさは、片貝川の登場で立山連峰の北に位置する地域にまで拡大していることで理解される。即ち、長歌のまとまりと言う点ではやや疑問を残しているが、片貝川という北のはずれの川をうたうことで聖地立山が最大限に拡がったといっていい。

注

（1）『万葉五賦』には、「都人士に語らひ草として見せむの下心もあり」としている。一六頁
（2）『万葉集全注（巻十七）』四〇〇〇番　作歌事情
（3）『万葉集釈注（九）』巻十七　二八六から二八七頁
（4）「『二上山賦』試論」（『万葉』第一七三号）
（5）『大伴家持（3）』立山賦　二三一頁
（6）『万葉集全注（巻十七）』四〇〇〇番　考
（7）窪田氏『万葉集評釈』四〇〇三番　語釈
沢瀉氏『万葉集注釈』四〇〇三番　訓釈
中西氏『大伴家持（3）』立山賦　二三七から二三八頁
（8）『万葉集釈注（9）』二九二頁
（9）『日記文学概説』第二章第一節　二七〇頁
（10）「山柿」については、未だに定説はない。しかし、芳賀紀雄氏が「越のふたり――家持・池主と『山柿之門』――」（『上代文学の諸相』所収）と内田賢徳氏が「未だ山柿の門に逕らず」（『セミナー万葉の歌人と作品大伴家持（一）』）で詳細にして精緻な論を展開している。
（11）『大伴家持――古代和歌表現の基層』第5章越中の風土　一三六頁
（12）『大伴家持と越中万葉の世界』第5章越中の地理　一一〇頁
（13）山と川が深く関わることは、第二節「山川異域」で触れている。

第四節　天平二十年出挙の諸郡巡行

一　越中の出挙

天平二十年、家持は三十一歳になっていた。守として三年目を迎えていたが、昨年の春には死を意識する病気との闘いもあった。最初の年は秋七月の着任であり、二年目も春の出挙のことは話題にも上らなかったようである。今年は守として本格的な初めての巡行が試みられた。

五年間越中で国守の任にあったのであるから、毎年このような諸郡を巡行する旅があってもいいのであろうが、出挙の旅についてはは天平二十年春と天平勝宝二年二月の記録があるのみである。

天平二十年の出挙で詠まれた九首の歌は、作品としても興味深いものが多い。全体は越中での四首と能登での五首に別けて二段構成として考察が可能である。真下厚氏は、越中での四首と能登での五首とを、前半は①から④の「馬による巡行」、後半は⑤から⑨の「船による巡行」を印象付ける、とする。(1)

礪波郡の雄神川の辺にして作れる歌一首

①雄神川紅にほふ少女らし葦附〔水松の類〕採ると瀬に立たすらし（四〇二一）

婦負郡の鵜坂川の辺にして作れる歌一首

②鵜坂川渡る瀬多みこの吾が馬の足掻の水に衣濡れにけり（四〇二二）

鵜を潜くる人を見て作れる歌一首

③婦負川の早き瀬ごとに篝さし八十伴の緒は鵜川立ちけり（四〇二三）

新川郡の延槻川を渡りし時に作れる歌一首

④立山の雪し来らしも延槻の川の渡瀬鐙浸かすも（四〇二四）

気太の神宮に赴き参り、海辺を行きし時に作れる歌一首

⑤之乎路から直越え来れば羽咋の海朝凪ぎしたり船梶もがも（四〇二五）

能登郡の香島の津より発船して、熊来村を指して往きし時に作れる歌二首

⑥鳥総立て船木伐るといふ能登の島山　今日見れば木立繁しも幾代神びそ（四〇二六）

⑦香島より熊来を指して漕ぐ船の梶取る間なく都し思ほゆ（四〇二七）

鳳至の饒石川を渡りし時に作れる歌一首

⑧妹に逢はず久しくなりぬ饒石川清き瀬ごとに水占延へてな（四〇二八）

珠洲郡より発船して治布に還りし時に、長浜の湾に泊てて、月の光を仰ぎ見て作れる歌一首

⑨珠洲の海に朝びらきして漕ぎ来れば長浜の浦に月照りにけり（四〇二九）

右の件の歌詞は、春の出挙に依りて、諸郡を巡行し、当時当所にして属目してつくれり。大伴宿祢家持

出挙とは、春に種籾を貸し出し、秋の収穫に利子をつけて返納させる制度である。家持は国守であるから、視察のために諸郡を巡行しなければならなかった。越中・能登それぞれ四郡からなっていた。前年には上京の折のお土産として二上山賦、布勢の水海賦、立山賦を創作した。これは、都の人に見せる意識があり、病後の回復が

すすみ、さらに正税帳使として上京するという諸々の創作意欲から生まれた、と考えられる。勿論、今次の春の出挙での創作は、越中に対する興味だけから歌が詠まれたのではない。また、都の人に公表されればそれなりの評価がなされるのであろうが、さしあたって都へのお土産ということも天平二十年のこの時には考えがたい。とすれば前年に大伴池主と五賦を作ったことと同質ではない。人々に披露するということもあったであろうが、もっと国守家持といいながら自己の内面に基づく私的な創作意欲が大きな力になっていたのであろう。即ち、これらの巡行歌は、都と対比される鄙越中という風土に対する明確な創作意欲にもとづく面もかなり強かったということである。

歌に示された題詞によれば、家持が視察した処は、今日でいうところの越中と能登の国のほぼ全域にあたる。四〇二九番の左注には「当時当所にして属目して作れり」とあるように、歌もある特定の地域に偏らずにしっかり目にしたところが詠まれている。地名などは羇旅の進行にそっていると考えられる。また、正確な日時は知られないが、春の出挙の歌が詠まれた前後に正月二十九日（四〇二〇　左注）と三月二十三日（四〇三一　題詞）の日付もある。また、天平勝宝二年二月十八日（十八・四一三八　題詞・左注）に開墾を許した田地を検察するために砺波郡に出かけていること、或いは天平勝宝二年三月九日に出挙で出かけたことを記す歌の注記もあるので、二月説と三月説がある。

時期、行程について触れた文献として昭和五十年以前の諸説については、大越寛文氏が詳しく紹介されている。[(2)]家持の国内巡行については、大井重二郎氏が考察している。[(3)]大井氏は、巡行についやした日数が一ヶ月を越えただろうとした。伊藤博氏が巻き十七・十八・十九が二月で終わっているとしていて、「おそらくは、天平二十年（七四八）二月一日から始まる、二十日程度は要したであろう」という。[(4)]葦附のり、鵜飼いなどはこれらの歌が作られた季節に関わらないのであるから、その他の条件を参考にしても出挙の時期は、二月説が妥当であろう。

出挙の研究では、舟尾好正氏と宮原武夫氏が詳しい。[5]即ち、公出挙は、春と夏にそれぞれ行われ、種まき用の種子貸与、食料としての貸与、等の意味があった。天平九年の但馬国は、春・夏十八日、天平十年の駿河国は春・夏二十一日、周防国は、春・夏二十一日、それぞれ出挙に費やした日数である。家持は越中と能登の二国を出挙で巡っているのであるし、能登では船旅を主としていたようであるので単純な比較はできないが、一気に越中と能登を巡ったのではなかったか。加えて雪解け水に初めて気がついたと思われる歌などもあって、二月中旬を核とした三週間程度、また延べ行程三〇〇キロメートル程度であった、と考えたい。

まず春の出挙で最初にうたわれたのは、①「雄神川」（四〇二一）の歌である。題詞にある「礪波郡」にあるとする。砺波とは高岡市の南に位置している平野であり、その付近を流れる現在の庄川が万葉集の雄神川である。この歌について、第四句にある「葦付（水松の類）」を、「川もづく」か「あしつきのり」とするかで意見が分かれている。わざわざ注を付け、藻を特定させようとしたことに意味もあるのであろうが、越中の特異性がこの注によって増したことも事実である。

さて、これから歌についての考察で指摘する注釈書については、略称をもちいる。[6]歌に対する評価としては、次の如くである。窪田評釈は、村の娘たちが河へ入つて葦付を採つているのを見ての興、という。土屋私注は、巻七・一二一八の影響を指摘する。武田全註釈は、全体に巻七の歌との類似をいう。沢瀉注釈は、巻七の一首を模倣したもの、とした。橋本全注は、家持の脳裏には諸注が指摘する歌が浮かんだとしても、地方色豊かな印象の鮮明な歌とする。中西家持は、紅という歌語の使用から雄神川の歌が幻想的な風景であるとする。伊藤釈注は、この一首について積極的に評価していて、「筆者は、一首を家持の代表的な短歌の一つに加えるのにやぶさかではない」という。

これまで諸注が引用する一首とは次の歌である。

黒牛の海紅にほふももしきの大宮人し漁すらしも（七・一二一八）

中西・伊藤説の中核をなすのは、幻想と言うことにある。中西説では、雄神川が紅に染まっている風景を、赤裳の少女によって川全体が紅色に染まっているとして、人麻呂・旅人の例を引用している。

嗚呼見の浦に舟乗りすらむ少女らが玉裳の裾に潮満つらむか（一・四〇　人麻呂）

松浦川川の瀬光り鮎釣ると立たせる妹が裳の裾濡れぬ（五・八五五　旅人）

雄神川の瀬に立っているのは鄙の女性であって、都の晴れやかな衣装に着飾った赤裳の官女ではない。松浦川の瀬で鮎釣りする女性も都の官女ではないはずであるが、都風の女性に見立てている。人麻呂は、持統天皇の伊勢行幸に従わず、都に居て想像してうたった一首である。裳の裾が濡れることがいかに妖艶なことになるのかがこの二首の歌で知られるし、また実際見ているとかいう写実ということよりも、想像に基づく、或いは幻想をうたうことの華麗な響きがこの人麻呂と旅人の歌にはある。同様に家持は、川面が紅に輝くというのであるから、鄙びた処に場違いの官女が多数いたことになる。もうここにあるのは現実の光景でもなく、幻想である。現実は鄙の女性が葦付を瀬で採集している。それを官女集団の雅な若菜摘みの如くに描いたのである。幻視であるだけに華やぎの表面とは裏腹に、家持のうら悲しい心情が根本にある。その意味では、表面だけではない孤愁の人である家持の内面にある真実をも表白した一首ということになる。

第二首の②は、鵜坂川の瀬を渡る時にうたったものである。鵜坂川とは現在の神通川のことと考えられている。題詞にある「婦負郡」とは、砺波より東隣であり、国府のあった射水郡より南隣に位置していて、富山市の南部

ることを指す。第二首の問題の一つが、第三句にある。「この吾が馬」が「この馬」と「吾が馬」を併せ持つ表現であることを、中西家持は指摘する。一見表面的なものでありそうで、存外に侘しい心情が表白されている、と言うことであろう。沢瀉注釈は、風格を指摘する。また、窪田評釈・伊藤釈注が「衣濡れにけり」ということに注目する。伊藤釈注は、当時の人々が旅先で衣が濡れることをことさら忌んだとして、衣を干すのが妻の仕事であったことから、濡れることで妻を偲んだとし、さらに巻九の、

あぶり干す人もあれやも濡衣を家には遣らな旅のしるしに（一六八八）

を指摘している。

旅人は雨で衣が濡れることを家に帰らせようとする使いと理解している。その意味では、衣が濡れているのであるから、家にいる妻の使いとして馬の足掻を考えてもよいのであろうが、心情の中心は春の増水に驚いているということである。

第三首目③は、第二首と同じ婦負の郡で詠まれているが、川が鵜坂川から婦負川になっている。この婦負川については、常願寺川が立山のイオウを含むところから鮎漁に適さないのであろうか、鵜坂川、即ち神通川の下流であろうとする意見が圧倒的である。季節的に北国の遅い春であるのに、鵜飼をしていることに対する疑問もある。橋本全注は、旅の一夜を慰めるために特別に催したものとする。伊藤釈注もほぼ同様に、結句「けり」の存在も配慮して特別の饗応とする。中西家持は、鵜飼が大和朝廷の人々にとって珍しいとして、さらに「八十伴の緒」が朝廷の役人を指すのにこの鵜飼集団を、かく天皇に奉仕する役人として表現したことに対して、都と鄙の二重構造とする。

第四首④は、家持を代表する短歌として有名な作品である。富山県の東部に位置する「新川郡」の延槻川とするが、現在滑川市と魚津市の境を流れる早月川を渡るときの詠まれたものである。窪田評釈は、「手に入つた」技巧を指摘する。土屋私注は、「調の徹つた歌」という。武田全註釈は、「雪消の水で、河水の増しているその河を渡る姿が、よく浮かび出している」とした。伊藤釈注は、「訓詁は歌がよくなるかどうかを基底においてなされてはならない」として、第二句にある「雪し消らしも」ではなく「雪し来らしも」と言う判断である。また、「雪し来らしも」の訓みが表現が圧縮されて詩情が高いようだという。

そもそも立山の雪解け水がやってきて鐙を濡らすのか、はたまた鐙まで増水していることから立山の雪解けを想像するのか、と言うことである。この「立山の」の歌は、春の出挙に素材を得ている第一首から第四首目まですべてが「瀬」を歌語にもっている。「瀬に立たすらし」「渡る瀬多み」「早き瀬ごとに」そして「川の渡瀬」ということである。ここに家持の意図があったのである。これら四首は、題詞でいうところの「川の辺にして作れる」ということであり、春の増水した瀬を背景にうたっているのである。

万葉集では、人麻呂が吉野讃歌で「上つ瀬に　鵜川を立ち　下つ瀬に　小網さし渡す」（一・三八）であったり、笠金村も神亀二年の吉野讃歌で「落ち激つ　吉野の川の　川の瀬の　清きを見れば」（六・九二〇）とその聖地を描いている。田辺福麻呂は、三香の原の久迩京が荒廃しているのをうたう長歌で、「三香の原　久迩の都は　山高く川の瀬清し」として、さらに「住みよしと　人は言へども　在りよしと　われは思へど」（六・一〇五九）とうたう。家持は、まさしくここで越中を聖地として、さらに住み良く、居住すべき土地であることを踏まえて歌作しているのである。即ち、清い瀬に立つ乙女、多くの瀬がある土地、雅な鵜飼がなされる瀬、水量の豊かな瀬、何れも吉野と同等であるし、かって都があった「久迩」とも同質な立場なのである。さらにここでは都会風の幻想であるが乙女もいる。豊かな幸をもたらす雅な鵜飼もいる。加えてあの大和ではなかなか見られない急流で豊富な水量を誇る川もあまたあるのである。家持は清き「瀬」が豊かな実りと収穫をもたらすことを踏まえつつ、さらにここには越中ならではの風土もうたっている。

④立山の歌は、②鵜坂川を渡る歌と共通の主題がある。それは、春の到来に感動していることである。この雪解け水に春を見つめているのである。古今集でいえば、紀貫之は凍った水をとかす風に春を感じる心であろうか。藤原敏行は、秋の到来を風で知ったのである。家持は、水で春を感じているのである。

以上の四首には共通した素材が扱われている。「川」と「瀬」である。一般的に讃歌で瀬が問題になるときは、早い瀬か、或いは清い瀬である。この越中出挙歌では、早い瀬が一例用いられているだけであり、後は場所としての瀬が問題になっている。一例早い瀬があるといったが、早い瀬が中心の話題にあるのではない。あるのは、この歌でも「婦負川の早き瀬」で行われる鵜飼いである。

富山県は三千メートル級の北アルプスが屏風として県境をなしている。富山湾の海岸から立山連邦が眺められるが、富士山を除けば海岸線から三千メートル級の山を眺められるところは無いであろう。しかも立山に降った雨も雪解け水も川として一気に流れ降り、富山湾にそそぎこむ。ことさら家持と必然的に結びついてくるのは、治水であろう。

越中の風土が家持をして川に拘らせたのであろう。日本中で海岸から三千メートル級の山が屏風のように連なって見る事が出来る地域は、越中をのぞいて無いのであろうし、川は一気に海まで突き進んでいる。春は洪水の季節でもあったであろう。その安全祈願を含め、秋の実りまでも祈願しているのであろうが、表面的には呪術的な内容を感じさせないところに讃歌としての新鮮さがある。

二　能登の出挙

第一首①から第四首④までは、越中での創作であった。第五首⑤は、能登の国に入ってからの創作になる。歌の内容も変化が見られる。越中の川瀬をうたうことで国誉めや土地誉めの意味も含ませていたが、能登ではさらに風土に対する率直な驚きが主題になって発展している。

第五首⑤「之乎路から」の歌であるが、題詞に「気太神宮」とあって、現在「気多大社」と呼称される能登一宮に参拝かたがた訪ねた時の詠作である。家持は一度国府に戻って旅の再準備をしたのであろうか。国府に立ち寄ったかどうかは不明でも、現在の氷見にある臼が峰近くの山越えをして能登に入った、と考えられている。「之乎路」については、針原孝之氏と『大伴家持と越中万葉の世界』に詳細に紹介されている。それを参考にした二つのルートが考えられる。(7)

①氷見　小久米　三尾　走入　向瀬　石坂　志雄

②氷見　小久米　床鍋　臼が峰　深谷　下石　志雄

①のルートは、現在の幹線道路氷見志雄線であり、三尾越えという名称が与えられている。②のルートが床鍋越えといい、現在は山道であるが、もともと官道であったとしている。

臼が峰の標高、或いは日本海までの距離を考えた時、歌にある「羽咋の海」とは、現在その名残のみになっているが、古代の邑知潟とするか、或いは羽咋付近の日本海とするか、議論が分かれていても、外海説は古代の邑知潟が現在のそれに比較してそれほど大きくなかったとする考えでなければ成立しないであろう。邑知潟説は、沢瀉注釈、古典全集、橋本全注が指摘する。犬養孝氏は、『万葉の旅』で邑知潟に賛同している。(8) 羽咋付近の日本海というのは、窪田評釈、土屋私注、伊藤釈注、中西家持などが採る説である。

そもそも臼が峰を経たかどうかも問題になるが、その臼が峰から日本海までは、およそ最短距離でも直線八キロメートル程ある。峰の標高が二七〇メートルと地図に記されている。その頂上から日本海を仰ぎ眺めた状態から、「之乎路から直越え来れば羽咋の海」さらに「朝凪したり」と言う表現は、遠くに感じる日本海よりもっと身近な光景でなければならないのであるまいか。伊藤釈注は、集中では、「朝凪」の語がほとんど海に関して用いられているとして、歌は国見・土地誉めの型を踏むので、実用と結びつける必要もない、と言う見解を示している。また、題詞には「海辺を行く」とあっても、「感慨は山道を越え、外海を視野に納めたとこの如し」ともいう。

一方邑知潟説としては、橋本全注が、歌の「之乎路から直越え来れば」と言う条件は、山越えしてきて、第一に眼前に広がって見えた邑知潟と見ることを支持している、という。どちらにせよ、峠や山を越えて眼下に広がる日本海か古代邑知潟か、どちらかを見て詠んだと言う点では共通するのである。さらに中西家持は、次の歌を引用する。

相坂をうち出でて見れば淡海の海白木綿花に波立ち渡る（十三・三二三八）

山を越えると海が見える場所は、畿内では相坂山である。越えると琵琶湖が見える。家持は、引用した「相坂を」の歌を知っていたとしている。この「相坂をうち出で見れば」に匹敵するのが「之乎路から直越え来れば」と言うことになる。峠を越えて、或いは山を越えて眼前に広がる海ということであれば、やはり風土を背景に配慮せざるを得ない。また、朝凪が海にのみ用いられる言葉ではない。巻八にある憶良の七夕歌に、「朝凪に　いかき渡り」（一五二〇）とあって、天の川を船で渡る描写に用いられているし、池主の布勢の水海賦に「射水川　湊の州鳥　朝凪に　潟にあさりし」（十七・三九九三）とあるが、湊となっている河口の潟を表現している。朝凪は、主に海で用いられていると言うことであるが、海のみに限定されるということではない。次に問題になるのが古代の邑知潟の規模や位置であろう。

黒川総三氏は、一九七三年刊行の『羽咋市史』を引用して、邑知潟が「現在（人口干拓以前）の約二倍くらいの広さ」としていることに賛同している。[9] ここで鴻巣全釈が「今なほ口碑の伝ふるところによると気多神社南方の水田がつくられてゐるあたりまで、上代は湖水が浸入してゐたとのことである。家持はこの水路によることの便利を痛感して、この歌を作ったものに違いない。」という。このことに対して批判を展開して、黒川氏は「朝凪」という歌語をも参照して、海上の労働に危険を感じさせる風波が邑知潟ではめったに立たないとして、外海との関連で用いられた言葉である、とも指摘する。ここに至れば作品の鑑賞にもかかわるのであるが、外海だから凪が船出のよい機会でもあるとして「船梶もがも」とうたった、とする。船の出帆に適した朝凪、さらにその気持ちが船と梶への希求になったとする。気多神社への便利な船旅の気持ちが朝凪と船梶になったのか、出帆するために好都合な朝凪と船梶になっているのか、いずれがこの歌の真の姿であろうか。

万葉歌の用例からは、朝凪とは一般的に外海で用いられている。琵琶湖等の湖水で用いられていない。しかし、川の河口の潟等では、用いられている。黒川氏の論文で指摘したのは、広大な湖水ではなかったということであり、現在の気多神社界隈の地形までも一気に解決してしまったものでもない。とりわけ志雄町を流れる子浦川の流域付近に潟があった可能性までも否定していない。そもそも現在の地名にも「子浦（しお）」「深江」「柳瀬」「敷波」等が子浦川の流域に見られる。また、この歌が出帆の絶好の機会をうたったという解もどうであろうか。中西家持が指摘する峠を越えて発見したことへの感動であろう。小野寛氏は、『羽咋の海』を外海とする説もあるが、一首の感動は、志雄峠を越えて最初に目に飛び込んで来る広大な邑智潟をおいでないだろう」という。[10]さらに、山口博氏は、二月だとすれば雪もあってこの峠越えが馬も人も難渋したであろうから、「だれも静かな海の船行を思うだろう。『船梶もがも』はその気持ち」という。[11]馬によっても難儀な峠を越えた家持の船旅に対する憧れがこの一首をうたわせたのである、とする。

さて、山部赤人の「田児の浦ゆうち出で見れば」（三・三一八）にしても、薩埵峠を越えて瞬時の視野の広がりの中で富士を見てうたった、と言われる。家持も峠等を越えて瞬時の視野の広がりに羽咋の海を発見したのである。その海は朝凪であると言うのであるから、経験的に八キロメートル以上も離れている日本海を考える必要はない。眼下に広がっていたのは古代の邑智潟であって、日本海ではなかったはずである。邑智潟の彼方に気太神宮があったのである。その意味からも、船と梶があったら願う心情も率直なものとなる。しかし、古代邑知潟でなかったとすれば、我々は家持という歌人によって、新しい自然が創造された、ことを認めなければならないのであるまいか。自然が芸術を模倣したのかも知れない。

第六首⑥は、旋頭歌である。しかも船旅であった。家持は万葉集の一割以上が彼の歌で占められているが、旋頭歌はこの歌一首である。題詞にある「香島」とは、現在の七尾市であろうという。中西家持をはじめ諸注釈書は、熊来の旋頭歌が万葉集巻十六・三八七八、三八七九番にあるので、旋頭歌の収集とこのときに旋頭歌を作ったことの関連性を指摘している。この歌の特徴は、下句にある。「今日見れば」とある普通一般的な表現も、船材として有名な能登島をはじめて見て起きた感動として表されている。伊豆・熊野等が船材の産地であった。能登が船材の産地であることはこの一首で知られるのであるが、家持もうわさを知っていたであろうが、はじめて見る光景である。しかも、初句に「鳥総立て」という樵の宗教的儀礼をあらわす言葉を用い、いやがうえにも畏敬の思いもつのっている。「幾代神びそ」とは、今日見て伝聞で得た想像を越える畏怖を能登島の森に感じているのである。

第七首⑦は、道行で上句をいい、鄙の旅であることと望郷と言う下句の対照が一首の骨格である。能登では二首の望郷歌をうたう。次の第八首⑧もそうである。第八首は、能登半島東の海岸から反対の西海岸でうたわれている。旅もそろそろ答えが見え始めてきたのであろう。国守の責任もそれなりに果たしてきたのかもしれない。緊張の糸も緩める必要があったのであろう。都の妹をしきりに恋しく思うのであろう。鄙を感じさせる土地の名前や川の名前に「香島」「熊来」「饒石川」を歌語に取り入れ、さらに「水占延へてな」といった特殊な占いであろうか、連続して鄙の気配を強調して、対照的な都の妹を浮き立たせている。

第九首⑨は、有名な歌である。この歌の特質としては、恐らく総距離三〇〇キロメートル、延べ日数として三週間程の任国での旅であったが、春の出挙という任務も終わろうとしているその開放感が認められるところにある。

問題点の第一は、題詞にある「治布」と「長浜」とにある。まず「治布」は、元暦本による。類従古集には「治郡」とある。新編全集は、元暦本・類従古集本の本文でも意味をなさないとしているが、一般的にはどちらの本文を採用しても、国府の意味にとっている。残るのは「長浜」の問題であるが、国府付近の麻都太江長浜と七尾市付近の浦と言う説に分かれる。解決の根本にあるのは、珠洲市から高岡市近郊まで直線で八十キロメートル程あるということである。この距離を一日の船の行程として認められる立場の人は、国府近くの麻都太江長浜説になり、現実的に無理と考える立場からは七尾市近郊長浜説と言うことになる。一番いいのは、実験考古学的に古代船で確かめてみるしかないのであろう。しかし、船を作っても、その当時の航海技術までも復元できるか、或いは風や波までも再現してと言うことになっては真の解決に何事もならない。

出発は、歌に朝とあるのであるから、空が明るくなった夜明けの時であろうし、着いた時は、月が照っていたと言うのであるから暗くなっていたのであらう。旧暦の二月と考えれば夜明けとは午前四時より早いこともないであろうし、暗いのであるから午後六時前と言うこともないであろう。一日の行程十四時間でどの程度進むのであろうか。外洋であるから梶ばかりか風の状態も気にかかる。

平安時代の成立になるが、詳しい行程については問題がないわけではないが、土佐日記の例を示したい。土佐からの帰任の旅五十五日の記録でもあるが、冬から早春の外洋の船旅でもあって、同じ国司の立場も加味されてよい参考になるであろう、と考える。一番の難所であり、行程も長かったのが一月二十一日の件、室戸岬を越えて高知県と徳島県の県境に近い停泊地にたどり着くまでであろう。土佐日記では、一日の行程として距離に換算して直線四十キロメートルを越えることはない。萩谷朴氏は、『土佐日記全註釈』で「時速二キロメートル」として船旅を計算している。(12) 富山湾・日本海と土佐湾・太平洋という違いがあるにせよ、また帰任であるから大量の荷物がある貫之の旅であるにせよ、土佐日記は参考になる。珠洲から一気に富山湾を横切り、さらに直線で八十キロメートルもある氷見市や新港市までの航海を一日で出来るとする根拠は何であるのか。むしろ、その証明が待たれる。

家持は長い春の出挙の旅を終えようとしていた。越中の四郡全てを巡っている。能登もやはり四郡であり、出挙には射水郡を除き、基本的な地名がこの旅で表記されているといってよい。早朝に出帆した。長浜（七尾市付近の適当な場所）まで帰ってきた時、既に月が出ていたのである。まだ旅が終わっているわけではないが、責任ある任務もほぼ終了して、危険に満ちた船旅も無事に終わろうとしている。そして、もうすぐ国府に帰られるという安堵に満ちている。月が照っていれば翌日も天気はよいはずである。明日には国府に帰るつくのである。その月に対する率直な気持ちがこの歌の創作動機にある。

三　望郷歌

越中での四首は、「川」と「瀬」が歌語として共通に用いられている。このことについて考えてみたい。巻十五の遣新羅使の歌に次の一首がある。

山川の清き川瀬に遊べども奈良の都は忘れかねつも（三六一八）

山から流れる川の清らな瀬に遊ぶと都が忘れがたいというのだが、国守巡行の最初は、少女が瀬で葦付を採っていたが、紅の裳が宮廷の女官を連想させていると共に清き山から流れる川瀬で遊ぶ事が都会風なのである。都会風であることも国土の誉め言葉である。鄙にはまれな雅な光景から一転して、越中の風土そのものが登場している。第二首の鵜坂川とは、現在神通川と呼称されている。季節は雪解け水が増水しているので旧暦の二月であろう。北陸を代表する大河の姿が「渡る瀬多み」として描かれている。水量の豊かさが国土の誉め言葉になる事は、当然である。第三首目も「速き瀬」がうたわれている。第四首目も「川の渡り瀬鐙漬かすも」と増水に触れている。川の水量が多いことも国土の誉め言葉である。家持が試みた事は、越中では日本海に注ぐ旧暦二月の川が持つ特質を踏まえてうたをつくり、なおかつ馬での旅である事を基本にして国土讃美をも歌っていることである。川瀬に拘っているのは、国土讃美の方法であるし、しかもとりわけ越中の川が北アルプスの春の雪解け水で増水している特質を踏まえているのである。この中では富山湾の海岸から三千メートルの立山連邦の山々が見られる事から第四首目の延槻川が話題になるが、国府を流れる射水川にせよ、源は奥飛騨である。「川」「瀬」に拘る事は、国土讃美の方法である清き川、清き瀬を描くことに結びついていくが、その背景には雪解け水で増水する越中の川の特質がある。家持は、越中の川瀬で遊ぶことがあっても、それを踏まえて望郷歌を作ることはない。しかし、遣新羅使と同様に、能登の船による船行では二首の望郷歌を作る。

さて、能登の五首は、「ば」が歌語として鍵になっている。文法的には確定条件を示す已然形接続の接続助詞ということである。但し、新編全集は、「反予期性が強く、逆説に近い」という。即ち、能登の旅で家持が体験したことは、予想に反していることが多々あったという事である。その一つに船旅もあったはずである。

さて、越中での行路には、基本的に馬を用いている。一方能登では船旅が基本である。また、その事を意識して「之乎路」の歌が詠まれた。神堀忍氏は、海の朝凪を見ての感動が一首を生んだとして、『船梶もがも』は、以下二首の舟航を自然なものとし、さらに饒石川での一首（⑧四〇二八）までのリズムカルな展開を意図してのもの」という[13]。天平二十年春の出挙の歌とは、越中での四首は、馬での旅を基本にして、川と瀬を歌うことで国土讃美も程々に描き得た。しかし、能登での五首は、船の旅を基本として創作されたために、望郷までもが加わっている。その越中から能登への橋渡しをするのが第五首目の「之乎路」の歌である。船旅とは、之乎路を越えるまでは憧れであったであろうが、旧暦二月の外海の日本海、乃至富山湾においても船旅は危険きわまりないものであろう。原因は風と波である。船旅に対する批評はないが、望郷を募らせていることと妹を思い出させていることで旅の苦労も知るのである。

まず、之乎路越えでは、眼下に広がる古代邑知潟を、能登島は年輪を経た樹木に覆われた神神しい姿に圧倒され、珠洲からの航海では長い航海の果てに予期しない月に感動したのである。越中の創作には風土に対する感動にも、土地誉め・国誉めという意味を附加して「瀬」を登場させ聖地を描いた。能登では明らかに予想外の感動があったのである。それが三首ものうたに「ば」を使用させたのである。「ば」を用いない二首は、表面的には鄙を強調して都にいる妹を思い出させ、望郷をうたう。

能登での作品には讃歌の伝統を根本にして創作するという事を指摘できない。そこに特徴的に試みられているのは、一つが発見の「ば」の使用である。例えば赤人歌で手有名な、

田児の浦ゆうち出でて見れば真白に不尽の高嶺に雪はふりける（三・三一八）

の第二句にある「ば」は、文法的にいえば已然形接続で順接の確定条件を示す接続助詞のばである。さらに時代別上代編には、「ある事柄に従って偶然にもう一つの事柄の起こる関係をあらわす」とあるが、むしろ赤人歌でいえば、確定条件を示すのではない。意味も「何々をして何々を見つける」ということである。家持の歌には、

沖辺漕ぎ　辺に漕ぎ見れば　渚には　あぢ群騒き（十七・三九九二）
真櫂懸け　い漕ぎ廻れば　乎布の浦に　霞たなびき（十九・四一八七）

などに見られるが、この二例はいずれも布勢の水海での遊覧でうたわれたものである。

「ば」を発見のばと呼称するのであれば、まさしく発見してうたうというのが能登での創作であった。「能登の島山今日見れば」は、その「今日見れば」が興味深い。

皆人の恋ふるみ吉野今日見ればうべも恋ひけり山川清み（七・一一三一）
もの思ふと隠らひ居りて今日見れば春日の山は色づきにけり（十・二一九九）

家持以前に歌われていたであろう二首と家持が用いた四一一七番にしても、今日見て気がついたことをいう。家持が能登島に見たのは、「木立繁しも幾代神びそ」である。即ち、能登を支配する神の偉大さであるが、このことは能登で作られた他の四首に結びつくことはない。この歌は、讃美の性格がある。

巻十六には能登に関わる民謡三首が納められている。立派な新羅斧を沼に落としてしまった男と浮き上がってくるかも知れないと慰める男の歌（三八七八）、酒屋で働き怒鳴られている奴と何とか連れ出してやりたい奴の歌（三八七九）、香島の机島の巻き貝を塩でもんで、高坏にもって、かわいい奥さん父母にさし上げたか、と問う気遣いの夫の歌（三八八〇）、をうたっている。この民謡を知っていたから、旋頭歌という方法にも興味をもったのであろう。上の句の「鳥総立て舟木伐る」という特殊な樵の風習にも興味を持ったのであるが、神の偉大を感じている一首である。

もう一つの特質として第七首⑦と第八首⑧の望郷歌の存在がある。能登での歌は、越中での創作とは異質である。それは、遣新羅使が航海途中で詠んだ歌の世界に結びつくことにもなる。望郷の歌を頻繁に創作する態度である。船を漕ぐ梶ではないが、波の間断なく寄せることと妹を思う気持ちを結びつけて、

　　神さぶる荒津の崎に寄する波間無くや妹に恋ひ渡りなむ（十五・三六六〇）

とうたうが、さらに下の句に「都し思ほゆ」が用いられている例も参考になる。

　　石走る滝もとどろに鳴く蟬の声をし聞けば都し思ほゆ（十五・三六一七）

第八首目の⑧に関しては、山口博氏の説が興味深い。(14)なぜここで急に水占をしたのであろうか、と疑問を提示して、家持も何かに触発されて妻を思い水占をした、としている。その触発されたのは、第八首の表記にある「饒」が原因とする。饒は、豊かに繁栄する意味だが、そのニギと慣れ親しむニキ（和、柔）とが通い合うとして、饒石川から妻を想起したとする。能登の巡行は、船旅が基本である。家持が遣新羅使の心境と同じでも不思議ではない。日本を代表する遣新羅使ですら、望郷と妹を思う歌を主に作っていた。国守家持がことさら土地誉めの歌を作る必要はない。陸路の旅と船の旅とを同列に扱うことはできない。恐らく船旅の二月は、危険なことに満ち満ちていたのであろう。

天平二十年の巡行歌は、春の出挙ということで一連の作として作られた。しかし、陸路馬による巡行は、官人家持が国土を讃美する気持ちが歌に表現されていた。能登の巡行歌は、官人家持の私的な心情の発露が主なものになっている。これは、船旅ということに由来すると同時に、国衙近くの風土と異なる能登に強く触発されたからであろう。それが発見の「ば」の三例になったのである。また、時と所によっては生死をも危うくする船旅ということが自由な創作を可能にして、望郷の気持ちを高めたともいえる。心境に近い存在を伺わせる遣新羅使の歌と同様に、国守家持というよりも奈良貴族としての心情を歌に詠っているのである。二首の望郷歌の存在がそれを物語る。

結び

天平二十年の巡行歌を二部構成として考察できるが、そこに立体的な構造を認めるわけにはいかない。例えば、一番と九番の歌には緊密な対応があるのであろうか。或いは馬での旅と船での旅に時間と空間の連続という以外に作者のいかなる意図が試みられているのであろうか。国守家持の心情が九首にあることは当然であって、積極的な意味で馬による旅で詠まれた越中での四首は、馬上の国守という視点から「川」と「瀬」で国土讃美を試みていた意図がある。一方、能登に於ける五首にも、一部に国土讃美の意図があっても、全ての歌が讃仰の精神で貫かれているわけではない。むしろ、歌を作る主題は遣新羅使人の場合と同様であって、旅での発見と望郷という主題が主なものである。船旅の苦労がそうさせるのであろうが、命がけの場合もこの航海にあったであろう。その場合巻十五にある天平八年遣新羅使同様に、私情の発露を歌に求めるのではないか。ここに巡行歌九首の統一的なテーマを見いだすのはいかがであろう。むしろ、その場その場での心情を大切にして、とりわけ能登では歌を作っている。家持が試みた羇旅歌は、まさしく基本としてその土地の山川異域という風土を踏まえて作る、ということである。国守巡行による讃歌という統一テーマで全作品を貫くことはしていなかった。ただし、当初は馬の旅、船の旅ということでさらに構成に配慮しようとしていたのかも知れないが、現在伝えられている春の出挙歌は、その意味では旅の進行にそって歌が配列されている日記的な要素があっても、構造と呼ぶような内容はない。春の出挙で家持が試みた羇旅歌は、官人家持を全面に打ち出すのではなく、左注にあるように「当時、当所に属目して作れり」とある立場である。即ち、旅でのその時その場の景に触発され、新鮮な感動を得て歌作したのである。結果は、家持を代表する何首かの歌が誕生していた。

注

（1）「国守巡行の歌――大伴家持天平二十年諸郡巡行歌群をめぐって――」（「上代文学」六十四号）
（2）「天平二十年諸郡巡行時の歌」（『万葉集を学ぶ第８集』）昭和五十三年
（3）「国司巡行と四度使――越中に於ける大伴家持――」（「園田国文」第五号）

（4）伊藤博著『万葉集釈注（9）』　三五〇頁
（5）舟尾氏「春夏二季出挙の意義」（『日本の古代国家と農民』所収）四八二頁
宮原氏「出挙の実態に関する一考察　備中国大税負死亡人帳を中心にして」（「史林」五十六巻五号）
（6）略称を用いてで引用した注釈書は、以下の通りである。
鴻巣全釈　鴻巣盛広著『万葉集全釈』　大倉広文堂　昭和九年
土屋私注　土屋文明著『万葉集私注（十一）』　筑摩書房　昭和五十二年版
窪田評釈　窪田空穂著『万葉集評釈（八）』東京堂出版　昭和二十七年版
武田全註釈　武田祐吉著『増訂万葉集全註釈（七）』　角川書店　昭和三十二年
岩波大系　『古典文学大系万葉集（四）』　岩波書店　昭和三十七年
沢瀉注釈　沢瀉久孝著『万葉集注釈（十七）』　中央公論社　昭和四十二年
古典全集　『古典文学全集万葉集（四）』　小学館　昭和五十年
古典集成　『新潮古典集成万葉集（五）』　新潮社　昭和五十九年
中西口訳注　中西進著『万葉集全訳注原文付』　講談社　昭和五十九年
橋本全注　橋本達雄著『万葉集全注（十七）』　有斐閣　昭和六十年
中西家持　中西進著『大伴家持（3）』　角川書店　平成六年
新編全集　『新編古典文学全集万葉集（四）』　小学館　平成八年
伊藤釈注　伊藤博著『万葉集釈注（九）』　集英社　平成九年
（7）『大伴家持研究序説』二　越中万葉　三〇一頁
『大伴家持と越中万葉の世界』（高岡市万葉のふるさとづくり委員会）　越中万葉の地理
（8）『万葉の旅（下）』　羽咋の海　二二四頁
（9）「羽咋の海考」（「上代文学」五十五号）
（10）『孤愁の人大伴家持』（日本の作家4）　春の出挙　一五八～一五九頁

(11)『万葉の歌人と風土（北陸）』　一八二頁
(12)『土佐日記全注釈』　「その航海速度は大体一時間二キロメートル弱であったと思われる」　二一〇頁
(13)「国守大伴家持の巡行——天平二十年の出挙をめぐって——」（「国語と国文学」七十一巻七号）
(14)注(11)に同じ。　一九〇〜一九一頁

第三章　愛別離苦

序節

家持二十二歳である天平十一年（七三九）夏六月からそれほどさかのぼらないであろう頃か、或いは伊藤博氏が想像する天平八年頃のことであろうか、家持は妻を喪った。[1]この亡妾の存在は、習作時代の相聞歌の新しい展開ということにもつながる。即ち家持が正妻を得ることになったからである。

また、天平十六年には、この当時聖武天皇唯一の皇子であった安積皇子がいた。齢十七という若い皇子の死は、家持に人麻呂の模倣とも思えそうな荘重な宮廷挽歌を作らせた。この亡妾、皇子の挽歌はいずれも習作時代に属している。安積皇子の薨去した天平十六年は、一月と閏一月があるが、皇子は閏一月に死去する。その一月前に、家持は活道の岡で、次の歌をうたって祝福していたが、偶然であろうか、はたまた暗示するような何かがあったのか。皇子の脚気による唐突な死にも毒殺説もあり、病死に疑問がもたれている。

たまきはる命は知らず松が枝を結ぶ心は長くとそ思ふ（六・一〇四三）

家持は挽歌で二つの伝統があることに配慮している。即ち、それは宮廷挽歌と私的挽歌である。亡妾を悼むのは、私的なものである。廣川晶輝氏が指摘しているが、人麻呂、父旅人によって試みられていた亡妻挽歌を伝統として庶幾することが試みられた。(2) そこで家持の亡妾挽歌に見られる特質を指摘して、天平十一年以降の作歌に深く関わっていることを確認する。

研究史を整理して紹介したものには、小野寛氏が精緻である。(3) また、倉持しのぶ・身崎寿両氏が平成のものも含めて紹介する。(4) 本論は、定説になっている万葉集巻三亡妾挽歌群十三首を三区分して考察する。

さて、家持は、孤愁という言葉が鍵になっている。近代人にも匹敵する繊細な、そして一人でうたう歌は、孤独をいつも漂わせている。しかし、父旅人にはじまり、妾、安積皇子の死去は、習作時代、或いはそれ以降にどんな歌の特質になっていくのであろう。

家持二十七歳の天平十六年早々のことである。将来を期待した安積皇が閏一月に亡くなられた。家持は、仏教的な行事と結びつけて二月と三月にそれぞれ挽歌をうたう。将来を皇親政治に期待していただけに、その落胆も理解できる。この同年年四月に作られたホトトギス歌群（三九一六から三九二一）は、全体が憂鬱な心情に満ちているが、一首引用する。

あをによし奈良の都は古りぬれど本ほととぎす鳴かずあらなくに（三九一九）

家持二十九歳であった越中守赴任後の九月にもたらされた弟書持の訃報のことは、さらにホトトギスをうたうことにつながる、と考えられる。とりわけ越中時代は盛んにホトトギスがうたわれた。越中の守時代に、全体の七割に及ぶ四十六首ものホトトギス歌をうたったことを配慮して、ホトトギス歌に注目すると、家持ホトトギス歌の特質は独詠歌にあるし、またホトトギスが死者と関わることも歌の特質にある、と考える。

都にもどってからは、橘諸兄、橘奈良麻呂、そして同族池主との永別があった。家持が繊細な感性、或いは社会から距離を置いた孤独だけで説明できない政治家としての逞しさが奈良麻呂による謀反計画の参加を思いとどまらせたのであろう。しかし、政略的な官人であることを忘れさせる程心優しい下層の人への思いやりをも認めたい。家持は、その意味では権門貴族でとらえられない人柄を含み持つ。

例えば天平十一年の九月頃から坂上大嬢と再度親密に交際して、結婚に至った。亡妾との悲しみを乗り越えて、結婚に至るのは大伴家の問題もあったであろうが、そこには家持の精神力の逞しさを認めたい。また、相聞歌には、大嬢という新妻への愛情も細やかに見られる。恐らく生涯忘れられなかった妾の死すら乗り越えて新しい人生のスタートを歩む家持の逞しさと新妻への愛情が歌に見られる。

一方同族、皇親政治という枠組みからは、家持四十歳の天平勝宝九歳に橘奈良麻呂事件が起きている。そこでは、広い視野からよく自分の立場を踏まえて軽挙妄動に至らなかったことから家持の人間としての辛抱強さと冷静な判断も認められる。政治的に理性的な家持がそこにいた。その判断は、家持に親しい人々との悲別がもたらした証跡を残したとせよ、大伴池主、大伴古麻呂、橘奈良麻呂が謀反人で処刑されていることから、客観的な成算がなかったのであろう。そこにあるのは、大伴氏という古代名門の没落を認めつつ、さらに日は又昇るという将来に期待したいと願う高度な政治的な判断であろう。これまでの人生に学んだ叡知に裏打ちされた生き方が反乱への荷担を選ばせなかったのである。

しかし、その事件の直前である天平勝宝七歳の家持は基本的に庶民に心優しい。彼は、防人にも同情している。防人歌を記録させたのは、その当時家持の上官、あるいは時の朝廷の力であったかもしれないが、拙劣な歌は除くなどとあって、募集と編集は家持が積極的に関わったことが知られる。

即ち、橘奈良麻呂事件に先立つ兵部少輔大伴家持は、三十八歳の二月に防人の心情の述べる長歌をうたう。巻二十にある四三三一番、四三九八番、四四〇八番の長歌三首である。それぞれには合計八首の短歌も添えられている。これらの歌は、防人の歌を読んでいるからうたえ得るのである。家持が歌を読むことで防人、残された家族に同情しているのである。いったい誰が家持と同じ心情を生じさせたのであろう。

防人には、次の歌がある。

布多富我美悪しけ人なりあたゆまひ我がする時に防人に差す（二〇・四三八二）

作者は、下野国那須郡の上丁大伴部広成である。那須郡は、現在の栃木県那須郡、さらに大田原市、黒磯市をいう。上丁は、一般兵のことである。解釈の問題箇所は、初句にあるが、意味不明とするのが正しい。しかし、武田全註釈は、「布多」を下野の国府のあった都賀郡の郷所在地であり、「ほがみ」を長官として、下野国守の意とする。伊藤釈注は、「布多富」を郷の地名として「がみ」を里長、即ち村長と解釈する。古典大系は、「布多」が「フツ」で「全く」の意として、「ふたほがみあしけ人」とは、「全く腹（心）の悪い人か」とする。これらが参考とすべき説である。さらに第三句の「あたゆまひ」は、賄賂、潔斎などの解釈もあるが、現在古典大系・古典全集・古典集成・中西全訳注・木下全注・新編全集・釈注が大野晋説[5]の「急病」の意としている。即ち、「あた」が急の意で「ゆまひ」が「病」の方言とする解釈である。

ちなみにこの歌の本質を単なる防人が愚痴としてうたったか、はたまた直接的な怒りを詠んだものとするかでは、研究者の理解にも相違がある。愚痴としているのは窪田評釈であり、怒りをうたっているとするのは全註釈・古典集成・釈注である。防人の任命が国守の仕事であるならば、初句の布多の長官、即ち下野国守と解する全註釈が最も適当である。批評の対象が不明であっても、とにかく急病にも関わらず防人に任命されたことへの怒りを「悪しけ人なり」とうたっているのであるから、大伴家持がこの歌を拙劣とせずに採用したのは、官人として英断である。伊藤博氏には第二次大戦で出征していく人々が「目下の歌や四三八九番の様な歌を詠むことは絶対に許されなかった」と指摘する。(6)自由で素直な怒りの表白は防人歌の魅力である。

家持がある感興により持続的に多作することはしばしばある。しかし、それは自己に直接の関わりをもたらす憂鬱な心情を創作で解放する時や、大伴池主という歌の良き理解者が居てのことであった。なぜ防人の心情を詠む長歌を持続的に三首も詠んだのであろう。そこには神亀から天平にかけて筑前国守であった山上憶良にも似た弱者に対する視線がある。

注

(1)『万葉集釈注(2)』に、天平八年に嬰児であれば結婚が可能な年齢に家持の娘がなっているとして、天平九年に大嬢も十五歳程度になっていたであろう、とも言う。三三四頁

(2)「I　第二章　悲傷亡妾歌」(『万葉歌人大伴家持作品とその方法』所収)

(3)「大伴家持亡妾悲傷歌」(『万葉集を学ぶ』第三集所収)

(4)「亡妾を悲傷しびて作る歌」(『セミナー万葉の歌人と作品』第八巻所収)

(5)「万葉集訓点断片」(『万葉』3　昭二十七・四)但し、注釈書については、注を省略した。

(6)『万葉集釈注(十)』四三七三から四三七八　五二五頁

第一節　亡妾挽歌

一　悲傷の歌群（四六二から四六四）

十一年己卯の夏六月、大伴宿祢家持、亡ぎにし妾を悲傷びて作る歌一首

①今よりは秋風寒く吹きなむをいかにかひとり長き夜を寝む（四六二）

弟大伴宿祢書持即ち和ふる歌一首

②長き夜をひとりや寝むと君が言へば過ぎにし人の思ほゆらくに（四六三）

また家持、砌の上のなでしこが花を見て作る歌一首

③秋さらば見つつ偲へと妹が植ゑしやどのなでしこ咲きにけるかも（四六四）

家持亡妾挽歌に通し番号を付ければ、①～③までが悲傷の歌群である。二十二歳の家持がうたい、弟書持が和して歌を詠む、さらにまた家持がうたう、という構成である。ここで言う妾とある女性は、家持の相聞歌に登場するどの女性であろうか。それなりの身分で名前が知られるのは、坂上大嬢・笠女郎・山口女王・大神女郎・中臣女郎である。娘子としては、巫部麻蘇娘子・日置長枝娘子・河内百枝娘子・粟田女娘子がいるし、名前のない娘子もいる。残念ながら妾ということだけであり、それ以上のことは分からない。亡妻の存在が虚構でない限りは、名前の知られない一人である。家持の相聞歌は、普通坂上大嬢を参考にすると、親しくなり始めとか、通い

が始まる当初をすぎて懇ろになればなるほど歌が途絶えている傾向があるので、残された歌だけで親密度を判断することも難しい。或いは、歌の贈答だけを交わして終わっている場合も多々ありそうである。歌だけでは、交際の程度を判断できない要素がある。しかし、この最初の歌群は、妾が亡くなっているのでありながら家持の冷静な態度が気に掛かる。

悲傷歌群は、②弟の歌を除き、案外冷静である。それは、①では、独り寝の寒さと重ねて言うのであるが、一般的には独り寝が相聞の常套句である。勿論独り寝は、万葉集でも挽歌に用いる。例は家持①、書持②以外では、旅人の挽歌（三・四四〇）、そして古い挽歌（十三・三六二五、三六二六）である。他の二十例ほどのほとんどは相聞歌である。しかもほぼ時代的には重なり合うであろう冬の相聞歌にも、家持は歌語として利用する。

沫雪の庭に降り敷き寒き夜を手枕まかずひとりかも寝む（八・一六六三）

家持と再度相聞を贈答しあうようになった坂上大嬢の相聞歌でも独り寝はうたわれる。

春日山霞たなびき心ぐく照れる月夜にひとりかも寝む（四・七三五）

また、人麻呂亡妻挽歌に試みられている「すべをなみ　妹が名喚びて」（二〇七）「妹を求めむ山道知らずも」（二〇八）といった死を認めたくないという希求の表現もこの悲傷歌で用いられていない。小野寛氏は、亡妾への思いをあからさまにうたわないことを、「あまりに生々しく切実である場合には、ことばには出ないであろう」と理解する。(1)この把握した前提は、天平十一年六月死去でその月にうたわれた挽歌ともちろん解している。

③の歌は、弟の歌にある妹に家持も思いが至り、撫子のことが思い出されたことでうたわれた。この歌は、解釈にも問題がある。それは、「見つつ偲へ」とある意味が賞美するのか、偲ぶことなのか、ということである。一般的には何かを見て、今目の前にないものを思いやる意である。家持もこの歌以外に、

布勢の海の沖つ白波あり通ひいや年のはに見つつしのはむ（十七・三九九二）

（略）しくしくに　恋は増されど　今日のみに　飽き足らめやも　かくしこそ　いや年のはに　春花の　繁き盛りに　秋の葉の　もみたむ時に　あり通ひ　見つつしのはめ　この布勢の海を（十九・四一八七）

八千種に草木を植ゑて時ごとに咲かむ花をし見つつしのはな（十七・四三一四）

とあって賞美する意味が適当である。

なでしこは家持によって女性の比喩として用いられている。単なる鑑賞の花ではない。とすれば、意図は形代とか比喩としての花であるから、亡妻が賞美しなさいとして植えたところで、この挽歌では妾が花に仮託されているると見なさなければならない。

直に逢はば逢ひかつましじ石川に雲立ち渡れ見つつ偲はむ（二・二二五）

高円の野辺の秋萩な散りそね君が形見に見つつ偲はむ（二・二三三）

我が形見見つつ偲はせあらたまの年の緒長く我も思はむ（四・五八七）

雲、萩、形見は、死者の形代である。植えた時は賞美する意味であるが、撫子には女性の意味が込められてい

るのであるから、結果は偲ぶ花にもなる。わざわざ死を自覚していたという前提で植えられていないのであろうが、思い出としては偲ぶということにつながる。

そこで妻がいったいいつ死去したか、と言うことである。六月も考えられる。また、伊藤博氏の嬰児の存在から天平八年頃とする説もある。(2) 亡父旅人も亡妻挽歌を連作で詠んでいる。巻三に収められた歌は、三群から成り立つ。その最初の歌群である神亀五年のA群「故人を思ひ恋ふる歌三首」（四三八〜四四〇）にも創作年代のずれがあり、「別れ去にて数旬を経て」と左注する四三八番がある。大宰府から京に向かう死後二年以上経るのであろう天平二年冬十二月のB群（四四六から四五〇）、さらに都に着いてからのC群（四五一から四五三）である。A群にある「数旬」とは、数十日の意であろうから、仏教的な七日と関わる二十一日・三十五日のことかも知れない。

家持はBとC群にある旅人ほどの年月を経た作という理由は、娘の藤原二郎との婚姻とも関わらせて考証した伊藤博氏の天平八年説があるが、天平十一年夏とおおむね考えている。天平十六年の安積皇子挽歌にある「逆言の　狂言とかも」「こいまろび　ひづち泣けども」（三・四七五）とか、皇子の将来に期待する気持ちを「やまさへ光り咲く花」（三・四七七）という一瞬にして全山の桜が散ってしまうと言う儚さで表現するものは亡妾挽歌にない。冷静であるのか、或いはあまりに生々しくて愛別離苦の表現にならなかったのかも知れない。

そもそも撫子は、撫子を若い女性に例えている。初出の例は、巻八に記載されている天平四、五年に贈った坂上大嬢への歌にある。

大伴宿祢家持、坂上家の大嬢に贈る歌一首

我がやどに蒔きしなでしこいつしかも花に咲きなむなそへつつ見む（一四四八）

大伴家持が石竹が花の歌一首

我がやどのなでしこの花盛りなり手折りて一目見せむ児もがも（一四九六）

天平十一年秋以降としては、次の歌が巻八にある。

大伴家持、紀女郎に贈る歌一首

なでしこは咲きて散りぬと人は言へど我が標めし野の花にあらめやも（一五一〇）

まずこの第一群の歌の特質として「秋風」がある。秋の風が寒いと結びつくのは、家持亡妻挽歌の二首を加えて万葉集で八首ほどにうたわれるのである。

家持のほぼ同一の頃の作品では、次の歌がある。

大伴宿祢家持、久邇の京より奈良の宅に留まれる坂上大嬢に贈る歌一首

あしひきの山辺に居りて秋風の日に異に吹けば妹をしそ思ふ（一六三二）

と、秋風を大嬢との相聞歌でも使用している。秋風は家持の好きな歌語であり、三十三首中で六首が家持作である。この歌語使用にも、天平十一年に挽歌と相聞で用いたらしいこともあって、心情が冷静であるとの批評も肯定される。その主たる原因は、秋風と撫子の使用にある。亡妾の歌を詠んで居たであろう頃とそれほど時期に隔たりがない時に、大伴坂上大嬢との交際が始まっていた。そこでは、「我がやどのなでしこ」（八・一四九六）と「やどのなでしこ」とが類似している。また「秋風の日に異に吹けば」（八・一六三二）と「秋風寒く吹きなむを」とも

あって、亡妾挽歌と大嬢相聞との表現の類似が指摘できる。

青年貴公子にとっては、試練の時であろう。一方で死と向き合いながら坂上大嬢との結婚という大問題もあったのである。大納言大伴旅人の子供であるから、一族の期待もあったであろう。一族に期待されているだけに、諸事とにかく冷静にならざるを得なかったのであろう。節度ある立場で異質なことを共時的に実行に移していたのである。結婚と永別という二つが同時進行していたのが家持の天平十一年夏から秋であった。亡妾瞿麦は、新妻瞿麦にもなるのである。

二　悲嘆の歌群（四六五から四六九）

朔移りて後に、秋風を悲嘆して家持が作る歌一首
④うつせみの世は常なしと知るものを秋風寒み偲びつるかも（四六五）
また家持が作る歌一首〈并せて短歌〉
⑤我がやどに　花そ咲きたる　そを見れど　心も行かず　はしきやし　妹がありせば　水鴨なす　二人並び居　手折りても　見せましものを　うつせみの　借れる身なれば　露霜の　消ぬるがごとく　あしひきの　山路をさして　入り日なす　隠りにしかば　そこ思ふに　胸こそ痛き　言ひも得ず　名付けも知らず　跡もなき　世間なれば　せむすべもなし（四六六）
反歌
⑥時はしもいつもあらむを心痛くい行く我妹かみどり子を置きて（四六七）
⑦出でて行く道知らませばあらかじめ妹を留めむ関も置かましを（四六八）

⑧妹が見しやどに花咲き時は経ぬ我が泣く涙いまだ干なくに（四六九）

夏の歌でありながら秋を予想して独り寝の寂しさを風の寒さに託してうたっていた①の心情を、悲嘆の歌④では現実のはかなさとして秋風で実感しているとする。類歌は旅人の次の一首である。

世間は空しきものと知る時しいよよますます悲しかりけり（五・七九三）

悲傷の挽歌から持続した心情であると同時に、創作主題から言えば「うつせみの世は常なし」という悲嘆である。そして、その心情は、家持の初出長歌に結びついているが、一般的には無常観を基礎とした内容である。そもそも知識と実感とは異なるところから来るのが歌であろう。無情を知ったのであるから悲しさはないのが、当たり前の心情であるはずである。ところが知識として無情を知ったとしても、知識とは異なる経験から歌が生まれたのである。家持は、将来を嘱望された天平の知識人であった。悲嘆を主題とする一連は、知識人でありながら心情はますます悲しいというのである。当然亡父でもあった旅人の悲しみが連想されたのである。そして、ほぼ連作の形式であるのは、歌語として「やど」の継承がある。さらに「やど」と「なでしこ」の組み合わせは、万葉集に八首がある。その中で家持五首、笠女郎、丹比国人、大原今城それぞれ一首であり、家持の身辺に限られる。であるから⑧にある「やどに花咲き」とは、撫子の連想が強く働く。

⑤の長歌は、二段構成をとる。前段が二十句で、後段が五句である。その後段は、「言ひも得ず　名付けも知らず　跡もなき　世間なれば　せむすべもなし」と結ばれる。世間なのであればしょうがないという詠嘆は、憶良の世間に住が難きを哀しむ歌・貧窮問答歌にある「世間の　術なきものは」（八〇四）「かくばかり　術なきものか

世間の道」(八九三)に歌語として結びつく。また、「水鴨なす　二人並び居」にしても、やはり憶良の日本挽歌の「鳰とりの　二人並び居」と類似している。個性的なのは、長歌の冒頭が「我がやどに　花そ咲きたる　そを見れど　心も行かず　はしきやし　妹がありせば」とあり、秋に咲く家の庭に咲くナデシコに拘りつつ、花一般に表現をひろげていることである。花を挽歌の表現に取り込んで死を悼むのは、家持の方法として展開していく。例えは、安積皇子挽歌では、桜のはかなさと皇子の死を結びつけて、

あしひきの山さへ光り咲く花の散りぬるごとき我が大君かも（三・四七七）

とうたう。

また、この長歌の特質は、区切れが多いことがある。第二句、第四句、第二十句、第二十一句、第二十二句、そして最後二十五句ということになる。この区切れに家持の千々の乱れを感じる。

反歌では、⑥に登場する「みどりご」がある。原文が「若子」とあり、「みどりご」と訓んでいるが、万葉集で一例の表記である。亡妻挽歌で子供が登場するのは、人麻呂の泣血哀慟歌（二・二一〇）に登場している。「みどりご」は、三歳以下の子供をいう。従って、ここの幼児を天平十一年の事実としては藤原二郎と家持の娘との結婚が不可能であろうと伊藤博氏は想像する。[3]⑦は、額田王の一五一番、⑧は、憶良の七九八番が類歌である。

天平十一年は、家持が内舎人に任官して二年目であろう。年齢も二十二歳であるが、憶良の「士（をのこ）」（五・九七八）が意識されていたはずである。

即ち、天平九年の藤原四兄弟が疫病で死去してからは、橘諸兄が政治の中枢に居ることになる。天平十年十月十七日に橘諸兄の旧宅に橘奈良麻呂、県犬養吉男・持男、弟大伴書持、大伴池主が集った宴会があった。期待し

た皇親政治の復活である。その翌年に妻に死別して悲嘆しながら、さらに正妻になる大嬢との交際が同時進行していくのである。亡妻挽歌の創作と矛盾しない妹との相聞が試みられているところに、家持の苦渋もあったのであろうし、寂寥も慶賀も併せのんでいるのであるから、長歌の創作も意図的なものであろう。

丈夫として天武天皇時代の再来を願い、そして官人としての人生を歩むことである。そのためには、歌の世界でも挽歌のみならず長歌の復活が欠かせない。人麻呂亡妻泣血哀慟歌（二・二〇七から二一六）、旅人亡妻挽歌（四三八から四四〇、四四六から四五三）、さらに憶良日本挽歌（五・七九四から七九九）などは、当然配慮している。一方、長歌の「わがやどに　花そ咲きたる」は、

我がやどの時じき藤のめづらしく今も見てしか妹が笑まひを（八・一六二七）
我がやどの萩の下葉は秋風もいまだ吹かねばかくそもみてる（八・一六二八）
右二首天平十二年庚辰夏六月往来

という大嬢への相聞でもうたう。ここにも相聞と挽歌の類似が指摘できることが、慶事と共存していた哀傷であったことを物語る。

三　悲緒の歌群（四七〇から四七四）

悲緒未だ息まず、さらに作る歌五首
⑨かくのみにありけるものを妹も我も千歳のごとく頼みたりけり（四七〇）

⑩家離りいます我妹を留めかね山隠しつれ心利もなし（四七一）
⑪世間し常かくのみとかつ知れど痛き心は忍びかねつも（四七二）
⑫佐保山にたなびく霞見るごとに妹を思ひ出で泣かぬ日はなし（四七三）
⑬昔こそよそにも見しか我妹子が奥つ城と思へば愛しき佐保山（四七四）

長歌の創作を試みたが、さらに五首の悲緒をうたう短歌を作る。一つは、長歌と反歌でも心情が尽くしうたわれていない。それは歌語で言えば、「やど」から離れることになる。視界が屋外に向くのであり、奥津城としての「佐保山」になった。

まず⑨の初・二句「かくのみにありけるものを」は、

天平三年辛未の秋七月に、大納言大伴卿の薨ずる時の歌六首
かくのみにありけるものを萩の花咲きてありやと問ひし君はも（三・四五五）

の余明軍の初・二句と同じである。四五五番の「かく」とは、旅人が萩の花を見ないで死んだことであるが、家持の「かく」とは、妻が早世したことを指す。家持が妹とのことを千歳を頼むとしているのは、誇張として用いる齢の鶴・亀の類であろう。

⑩の歌は、「家離りいます」は、日本挽歌七九四番の、そして「心利もなし」は、余命軍の旅人を悼む挽歌四五七番の、

鳰鳥の　二人並び居　語らひし　心背きて　家離りいます（五・七九四）

遠長く仕へむものと思へりし君しまさねば心利もなし（三・四五七）

の語句を学んでいる。この歌の個性は、山の中に家持が妻を「山隠しつれ」ということで、妹が死よって山中に行くということではない。表現としては、おかしいが、大事なものを失うと言うよりも、わざわざ山中まで行って手放すと言う発想に近いのであろう。この気持ちは、大伯皇女が伊勢で弟大津との別れに、

我が背子を大和へ遣るとさ夜ふけて暁露に我が立ち濡れし（二・一〇五）

と詠んだ心情を思い出させる。つたなくてもここに至れば、家持の悲傷がいかなるものであったのかが吐露されている。喪いたくないものを、手放したくないものを、自分の許から遣ったということである。

⑪の歌は、やはり旅人の、

世間は空しきものと知る時しいよよますます悲しかりけり（五・七九三）

を思い出す。

すなわち、知識で考えることと経験で感じることとは別なのであると。

⑫の歌は、この歌も常識的ではない。まず、句切れの多いことが一つある。また、霧と霞の問題がある。中西進氏も指摘しているが、霧の発生時期と霞の時期とは弁別されている。[4]一般的には、秋の時期であろうから、霧

である。それを霞としているのは、翌年である天平十二年の春の歌である可能性がある。
⑬の歌は、愛しき佐保山をうたう。佐保山に妾の墓所があるのであろう。佐保山は万葉集に四首に歌われた。家持挽歌二首を除けば、巻七と巻十二である。

佐保山をおほに見しかど今見れば山なつかしも風吹くなゆめ（七・一三三三）
思ひ出づる時はすべなみ佐保山に立つ雨霧の消ぬべく思ほゆ（十二・三〇三六）

一三三三番の佐保山は、女性の寓意でもある。三〇三六番は、佐保山を日常目にする人がうたったものであり、霧が登場している。

霞、雲、霧が挽歌に用いられて亡き人を追慕する形代になっている。形式的に用いられることもあるのであるが、霧などが遙かに一般である。ここで霞が登場していることは、季節が春になっていることをものがたっていると考えるべきである。

そもそも霞が挽歌に用いられるのは、用例が少ない。全体で八十首ほどある霞の例のうちで、家持に限定されるのである。

一般的に霞は、比喩的な慣習として用いられる形式以外ほぼ春に限定される。例外は、家持（十九・四一八七）と池主（十九・四一七七）にそれぞれあるが、いずれも越中の夏四月である。ここでは、秋であるならば同様な言葉として霧、あるいは雲が登場してしかるべきである。にもかかわらず、霞をうたっているのは、創作時期が秋でなかったからである。春に入っていたのである。天平十二年春、その時にこの歌はうたわれたのである。

ちなみに年代がかなり近いと思われる家持に贈られた大嬢の相聞歌でも霞を、

春日山霞たなびきこころぐく照れる月夜にひとりかもねむ（四・七三五）

とうたう。

天平十一年夏に妻に死別した。同年秋に悲嘆の歌を詠む。その後で九月には、相聞歌を作る。

坂上大嬢、秋稲の縵を大伴宿祢家持に贈る歌一首

我が業なる早稲田の穂立作りたる縵そ見つつ偲はせ我が背（八・一六二四）

大伴宿祢家持が報へ贈る歌一首

我妹子が業と作れる秋の田の早稲穂の縵見れど飽かぬかも（八・一六二五）

また、身に着る衣を脱きて家持に贈りしに報ふる歌一首

秋風の寒きこのころ下に着む妹が形見とかつも偲はむ（八・一六二六）

右の三首、天平十一年己卯の秋九月に往来す。

大伴宿祢家持、時じき藤の花と萩のもみてると二つの物を攀ぢて、坂上大嬢に贈る歌二首

我がやどの時じき藤のめづらしく今も見てしか妹が笑まひを（八・一六二七）

我がやどの萩の下葉は秋風もいまだ吹かねばかくそもみてる（八・一六二八）

右二首天平十二年庚辰夏六月往来

以上巻八には、坂上大嬢との贈答が納められている。天平十一年秋九月、そして十二年夏六月の贈答である。

これらを踏まえれば、家持の亡妾挽歌の三群は、Ⅰ悲傷が天平十一年夏六月、Ⅱ悲嘆が同七月、家持・大嬢贈答が同九月、天平十二年春Ⅲ悲緒、同夏六月家持・大嬢贈答ということになる。家持は、亡妾を追慕しながら数年ぶりである大嬢との再会を果たしていたことになる。

家持は、亡妾への悲嘆を乗り越えて大嬢を娶っていたのであるが、天平十八年から始まる越中では大嬢との贈答が試みられないし、三年間ほどは、大嬢も越中にいなかった。そもそも西宮一民氏は、妾の死を春から初夏にかけてとして、同年秋八月に叔母坂上郎女を竹田庄に訪れ（八・一六一九、一六二〇）、翌九月に大嬢が早穂の蔓を贈り、「身に着けたる衣を脱きて」（八・一六二四から）贈っていることは、大嬢との結婚を推定して良いとする。[5]さらに、亡妾への鎮魂の歌群はそのまま家持の第一の青春の区切りでもあるとする。

その一方で家持の亡妾挽歌は、構成的である。廣川晶輝氏は、『秋風』、『なでしこの花』、『無常』、『佐保山』のモチーフ」で作品が展開している、とする。[6]夏、秋、春という季節も異なるのであろうが、死の直前、季節が変わる死去してややあってから、そして翌春という時間的なものもそうであるが、旅人の亡妻挽歌に学ぶからであろう。即ち、三群で一つのまとまりを持たせているのは、父である。

A　大宰府神亀五年故人をしのぶ歌（四三八から四四〇）
B　天平二年十二月上京の時作る歌（四四六から四五〇）
C　故郷平城京でうたう歌（四五一から四五三）

伊藤博氏がいうABCは、「旅人の手許でまとめられた一連」と資料を評価されている。[7]これまで縷々見てきた家持の亡妾挽歌も、Ⅰ、Ⅱ、Ⅲそれぞれが独立していながら、同一主題である悲傷・悲嘆・悲諸と統一されている。一首一首の影響のみならず歌の構成でも学んで居るのである。とりわけ家持の「秋さらば」歌（四六四）が形見と妹の登場を担う要因になっている。

但し、父と異なるのは、長歌の創作である。これは、明らかに憶良と言うよりも人麻呂の挽歌の影響である。長歌歌人としての伝統に連なろうとした意識が家持にある。

四　亡妾挽歌の影響

家持は、天平十八年に越中国守に任じられ、七月に赴任した。その折に弟書持との別れの様子を「泉川　清き川原に　馬とどめ　別れし時に」（十七・三九五七）と九月に長逝した書持挽歌でうたう。妻の存在は、翌年春二月に重い病にかかって死にそうになった時に詠った歌に「はしきよし　妻の命も　明け来れば　門により立ち　衣手を　折り反しつつ　夕されば　床うち払ひ　ぬばたまの　黒髪敷きて　何時しかと　嘆かすらむそ」（三九六二）と母に対する描写八句をしのぐ十二句で描いている。ちなみに妹・兄と子供は、四句であるから、この歌を作っていた時点では妻の存在がそれなりにあった。しかし、その後の家持の贈答は、歌友としての同族池主の存在が際だってくる。

越中五賦は、病後の三月三十日に家持の二上山賦（三九八五）から始まり、四月二十八日の池主の敬立山賦（四〇〇三）に終わるが、長歌を賦と呼ぶ一月ほどの新しい試みである。正税帳を都に持ってのぼるためであろうが、おみやげの意味もあり歌も意欲的である。五月の上旬に出発して帰国は九月下旬であろう。万葉五賦の試みる直前の三月二十日に恋の心を詠んだ歌がある。それ以外は、直接妹に触れることがない。そもそも叔母であり、大嬢の母である義母大伴坂上郎女とは、贈答を試みているが、妻との例が見つけられない。

坂上郎女は娘に天平勝宝二年の六月から九月にかけて歌を贈ってきた。長短二首（四二二〇、四二二一）であるが返歌は記されない。

家婦が京に在す尊母に贈らむ為に誂へられて作る歌一首〈并せて短歌〉
ほととぎす　来鳴く五月に　咲きにほふ　花橘の　かぐはしき　親の命　朝夕に　聞かぬ日まねく　天ざかる　鄙にし居れば　あしひきの　山のたをりに　立つ雲を　よそのみ見つつ　嘆くそら　安けなくに　思ふそら　苦しきものを　奈呉の海人の　潜き取るといふ　白玉の　見が欲し御面　直向かひ　見む時までは　松栢の　栄えいまさね　貴き我が君［御面これを「美於毛和」と云ふ］（十九・四一六九）

反歌一首
白玉の見が欲し君を見ず久に鄙にし居れば生けるともなし（十九・四一七〇）

引用歌は、前年天平勝宝二年三月の作品である。題詞に「誂へて」とあり、義母への返歌を妻から依頼されて作ったことが分かる。この作品によってこれ以降妻が越中にいたことが知られるのであり、その意味で貴重である。しかし、坂上郎女が「白玉の見が欲し君」と娘ではない、その夫に言われて満足するのであろうか。代作させる郎女とは、いかなる心情の持ち主であろう。一般的には作品の優劣と言うよりも、母は娘の歌をほしがるものではないのであろうか。長歌にも「松栢の　栄えいまさね　尊き吾が君」とあり、あまざかる越中と平城京との空間を配慮した大切な母への挨拶であるところに、家持による代作を奇異に感じる。このことは、大岡信氏も指摘するところである。(8)

越中時代の作品に人の死の影を盛んに指摘するのは、中西進氏である。とりわけ父旅人、弟書持を強調している。[9] それに対して亡妻の影響を、七夕歌とホトトギス歌で指摘した。[10]
また、家持の妹への代作も大嬢に代わって創作している。四一九七と四一九八の二首であるが、家持が妻大嬢の代作をしている。坂上郎女は、娘に歌（四二二〇、四二〇一）を贈ってきているが、その返歌は万葉に記されていない。防人歌の記録では、拙劣な歌は載せないよしの発言もする家持であるから、稚拙な妻の歌は記録しなかったのかもしれない。
越中の五年間大嬢を意識して作歌していると判断される歌は、三群であるが、Ⅰのみ長歌と題詞を引用し、Ⅱ・Ⅲは題詞のみ引用する。

Ⅰ　恋緒を述ぶる歌一首〈并せて短歌〉
妹も我も　心は同じ　比へれど　いやなつかしく　相見れば　常初花に　心ぐし　愛しもなしに　はしけやし　我が奥妻　大君の　命恐み　あしひきの　山越え野行き　天ざかる　鄙治めにと　別れ来し　その日の極み　あらたまの　年行き帰り　春花の　うつろふまでに　相見ねば　いたもすべなみ　しきたへの　袖返しつつ　寝る夜おちず　夢には見れど　現にし直にあらねば　恋しけく　千重に積もりぬ　近くあらば　帰りにだにも　うち行きて　妹が手枕　さし交へて　寝ても来ましを　玉桙の　道はし遠く　関さへに　隔りてあれこそ　よしゑやし　よしはあらむそ　ほととぎす　来鳴かむ月に　いつしかも　早くなりなむ　卯の花の　にほへる山を　よそのみも　振り放け見つつ　近江道に　い行き乗り立ち　あをによし　奈良の我家に　ぬえ鳥の　うら嘆けしつつ　下恋に　思ひうらぶれ　門に立ち　夕占問ひつつ　我を待つと　寝すらむ妹を　逢ひてはや見む（十七・三九七八）
Ⅱ　鳳至郡にして饒石川を渡る時に作る歌一首（十七・四〇二八）

Ⅲ　京の家に贈らむ為に真珠を願ふ歌一首〈并せて短歌〉（十八・四一〇一）

これらの歌に対して、Ⅰの歌群は、表面的に妻大嬢をうたっていながら、例えば「常初花に」（三九七八）の表現は「常花」（三九〇九）を用いた亡弟のホトトギス歌を連想させる。或いは長歌に添えた短歌には、家持が恋しているから夢にあうなどという発想の歌（三九八一）もあって、妹が家持を思っているから夢に現れるという一般的なものと異なる。どうも単純に妻への恋慕とだけで理解できない心情の明暗が表現されている。そもそもこの歌の返歌が記されていないのであるから、本当に大嬢に贈られたのであろうか。或いは、独詠的なものであったかもしれない。また、Ⅲの真珠にしても、「五百箇もがも」という数は現実的なものではない。誇張とすれば、贈答というよりも独り居て詠んだ独詠のものであり、そもそもこれも自己の願い程度であったのではないか。

家持は、七夕歌を越中時代の五年間に長短の歌四首を作り、巻十八と巻十九に載る。

七夕の歌一首〈并せて短歌〉

天照らす　神の御代より　安の川　中に隔てて　向かひ立ち　袖振りかはし　息の緒に　嘆かす児ら　渡り守　舟も設けず　橋だにも　渡してあらば　その上ゆも　い行き渡らし　携はり　うながけり居て　思ほしき　事も語らひ　慰むる　心はあらむを　なにしかも　秋にしあらねば　言問の　ともしき児ら　うつせみの　世の人我も　ここをしも　あやにくすしみ　行き変はる　年のはごとに　天の原　振り放け見つつ　言ひ継ぎにすれ（四一二五）

反歌二首

天の川橋渡せらばその上ゆもい渡らさむを秋にあらずとも（四一二六）

安の川い向かひ立ちて年の恋日長き児らが妻問ひの夜そ（四一二七）

右、七月七日に天漢を仰ぎ見て大伴宿祢家持作る。

予め作る七夕の歌一首

妹が袖我枕かむ川の瀬に霧立ち渡れさ夜ふけぬとに（四一六三）

七夕伝説は、中国の説話では織女が橋を渡るのであるが、万葉では牽牛が織女のもとへ船でわたる話が基本である。家持の長歌は珍しく船と橋という渡河の方法が二つ一首で歌われているところに個性がある。また、予作の七夕歌は、明らかに故人を偲ぶ内容がある。「妹が袖枕かむ」とは、旅人が亡妻挽歌（三・四三九）で「誰が手本をかわが枕かむ」といい、梧桐の日本琴に登場する歌（五・八一〇）で「人の膝の上枕かむ」とあり、死者と想像上の女性に用いている。さらに、この亡妻の影を引きずる七夕歌は、少納言として都に戻って創作した天平勝宝六年の八首（二十・四三〇六から四三一三）に庶幾されていく。

一方ホトトギスは、家持の待ち望んだ鳥である。夏に来て、秋に去る。アヤメ、卯の花、橘梧などの花の時期と重なることに鳴き始め、初秋の頃に鳴きやむ。寒い冬に弱く、孤愁の歌人であり、春愁の詩人である家持にとって、越中では立夏が待ちに待った季節の到来を告げる時でもあったのであろう。ホトトギスが鳴かないといって恨みの歌まで作る。ホトトギスに関しては、全作品が六十六首を数えるのであるが、越中時代の五年間で四十六首をつくる。とりわけ天平勝宝二年家持三十三歳の時に二十二首という多作が目につくのであるが、亡弟・亡父・そして亡妻の代替としての存在がホトトギスにある。大伴家持が上司としてすこぶる評判が良い官僚であったのであろうが、その心情に常に死者の影を宿していたらしい。

四月十六日夜裏遙かに霍公鳥の喧くを聞きて懐を述ぶる歌一首
ぬばたまの月に向かひてほととぎす鳴く音遙けし里遠みかも（十七・三九八八）
右大伴宿祢家持作之

ホトトギスは夜も盛んに鳴く。その鳴き声を「鳴く音遙けし」としている。家持の歌語に「霍公鳥鳴くなる声の音の」（十・一九五二）まである。声を音として理解しているのであるがその感覚は、声を省略して音と直裁的に表現している。二上山の里に家持は越中時代過ごしているという感覚であったが、泣き声が遠いと感じるところにおぼつかない状態の家持がいる。京にいる人というよりも、亡妻のみならず父旅人・弟書持という死者のいる場所を遙か遠くに感じているからであろう。

七夕歌にせよ、ホトトギス歌にせよ、一人いて静かに内省して詠んでいる歌が多い。とりわけ七夕歌は、宴席に背を向けて一人で詠む。ホトトギス歌も独詠に注目すればますます古を恋うる鳥の歌の性格が強まる。天平三年七月の父旅人の薨去、天平十八年九月の弟書持の突然死、さらに天平十一年六月の亡妾が恋う対象であると考えられる。

結　び

近親者の死といっても、とりわけ妻である女性の死は天平十年に二十一歳になった内舎人に任官したばかりの大伴家持にとってはかなりの痛手であった。ところが、天平十一年以降十二年頃までは、亡妾挽歌と同時並行的に妻大嬢との相聞歌を創作している。絶望と希望を共存させていくたくましさがこの天平十一年二十二歳の官人にはある。ところが、繊細な心は、越中時代に共存を許さなくなっていった。密かな亡妾への追慕は、大伴坂上大嬢の存在を希薄にさせている。その主たる原因は、大嬢の作家能力のなさにも起因するのであろうが、家持の悲嘆が年とともに、そして越中という風土によって増幅されていったためであろう。

その立場から亡妾挽歌の特質を見てきたが、そこには冷静なそして伝統につながりながら個性を求めていく習作時代の特質を指摘できるのである。そして、柿本人麻呂、山上憶良、亡父大伴旅人につながる伝統的な作風を目指している。冷静な心情は、強いてわが心情を押さえて試みたものであろう。悲嘆する心情の強さという問題ではなく、むしろ同時並行の大嬢との交際から結婚へと向かったこととかかわる立場から生じたものである。一族の期待に添う縁組みであったはずである。

一方、天平十六年安積皇子薨去までは皇親政治に絶好の機会であった。藤原四兄弟は天平九年に病死した。千載一遇の機会であるから、大伴という一族の期待もはなはだ大きかったであろう。大嬢との再会も偶然よりは、意図的な気がする。一度は縁のない存在であったのが数年後に復活したのであるから、父旅人の妹である坂上郎女のみならず、大伴氏全体の意向もあったのではないだろうか。大伴一門の狭間に揺れ動かされる青年の苦悩もあるはずである。家持の亡妾挽歌は、冷静な気持ちを維持しつつ、そして伝統の挽歌を庶幾しようとするものである。しかし、悲嘆は決してこの挽歌で忘れるのとができなかった。越中でのホトトギス歌を独詠で数多くうたったこと、七夕歌に対する共感がそれを物語る。

夏から秋にかけては、夏六月の妻、秋七月の父、秋九月の弟、それぞれの死と季節がかかわる。夏のホトトギス歌、秋の七夕歌を参考にして亡妾の影響を考えてみた。

注

（1）「大伴家持亡妾悲傷歌」（『万葉集を学ぶ』第三集所収）には、「妾」を大宝の戸令で本妻に次ぐとしている。

（2）伊藤博氏の天平八年の亡妻根拠は、藤原二郎に嫁した家持の娘の存在から推定している。天平八年に嬰児であれば結婚が可能であるとして、天平九年であれば、大嬢も十五歳程度であろうとする。

（3）注（2）に同じ。

（4）『大伴家持（1）』では、長歌の区切れが七カ所もあることに触れ、「あたかもつぶやきのように述べるであろう。そういう死の悲しみの一つの表現」とする。二七四頁

（5）『万葉集全注（巻三）』の四六二番で作家事情に触れる。「考」には、大嬢との結婚を天平十一年九月に想定している。

（6）『万葉歌人大伴家持作品とその方法』第二章悲傷亡妾挽歌　七五頁

（7）『万葉集釈注（2）』三〇八頁

（8）『私の万葉集〈五〉』（講談社現代新書）一三七頁には、「越中へいってからの大嬢の、ほとんど不可解なほどの歌への忌避は、何ともいえない感じのものです。いずれも自分にとっては特別に大切な実の母や、夫の妹に対して贈る歌なのです」とある。代作は、四一九七番、四一九八番を含んでいる。

（9）『大伴家持（4）』には、ホトトギス歌を越中で多作していることについて、「十七年前に亡くなった父旅人、二年年前に亡くした弟書持への追慕がこの中にこめられている」とある。五八頁　但し、このような死者とホトトギスの関係は随所で触れる。

（10）「大伴家持七夕歌の特質」（「広島女学院大学日本文学」十三号）
「大伴家持ホトトギス歌の特質――独詠歌に注目して――」（「広島女学院大学日本文学」十四号）

第二節　防人の心情を述べる長歌三首

一　悲別の対象

兵部少輔大伴家持は、三十八歳の天平勝宝七歳二月に防人の心情の述べる長歌をうたう。巻二十にある四三三一番、四三九八番、四四〇八番の三首の長歌は、それぞれには合計八首の短歌も添えられている。家持がある感興により持続的に多作することはしばしばある。しかし、それは自己に直接の関わりをもたらす憂鬱な心情を創作で解放する時や、大伴池主という歌の良き理解者が居てのことであった。なぜ防人の心情を詠む長歌を持続的に三首も詠んだのであろう。

ちなみに市瀬雅之氏は、第一の長歌から第三の長歌までを、「ますらを」と「悲別の情」との二面から、「家持の関心が後者に移りつつある」と全体像を捉えて、四四〇八番を、「到達と完結とを目指した歌」という。(1) 或いは松田聡氏は、行路死人の長歌に触発され、表現方法をめぐる家持の試行錯誤から三首の長歌が誕生したとする。(2)

この論では、家持が防人に同情していたことから防人歌の理解を通して次第に共鳴していった悲別を、長歌三首から実証してみたい。

長歌創作と言うことでは、天平勝宝三年八月に越中から京師にもどって四年目であったが、その間に作品一首を残すのみである。越中時代と同様に、防人歌によって久しぶりに創作の意欲がみなぎった都の春愁歌人家持である。そもそも悲別歌は、巻十二に三十一首（三一八〇～三二一〇）が纏められている。旅に出発させた残された妻がうたう歌が多い。防人は、防人の歌が圧倒的に多いのであるから、家を、故郷をおもってうたう。その影響から防人の立場でうたうところに、家持の優しさがある。

さて、大伴家持は、国土の辺境を守備する防人歌を記録した。それぞれの国の防人部領使が纏め、官へ提出した百六十六首から、家持は拙劣な八十二首を除き、長歌一首と短歌八十三首を万葉集巻二十に載せた。さらに、この論では、昔年の防人の歌八首（四四二五から四四三二）と昔年に相替りし防人の歌一首（四四三六）も防人歌として参考の対象にする。但し、巻十四にある防人歌（三五六七から三五七一）と或いは防人の妻の作という長歌と反歌（三三四四、三三四五）は、ここで言う防人歌から除いた。

家持が記録した防人歌は、天平勝宝七歳二月に交替のために難波に集合した防人に故郷を離れる時から難波に到着する間に作らせたものである。防人歌の献上は、遠江の史生坂本人上に始まり、武蔵の部領防人使安曇三国が提出するまで、天平勝宝七歳二月に行われている。さらに昔年の防人歌は、おそらく三月に記録されたのであろう。詳しく言えば、防人歌と家持の長歌・短歌等は、二月六日が遠江国、七日が相模国、八・九日が家持、九日が駿河国と上総国、十三日が家持、十四日が常陸国と下野国、十六日が下総国、十七日・十九日が家持、二十二日が信濃国、二十三日が上野国、二十三日が家持、二十九日（二十日説もあり）が武蔵国であり、それぞれの国の防人歌と家持の歌が記録されている。防人歌のおおよそ半数は、家持によって拙劣ということから除かれてしまった。家持が編集できるのであるから、募集の動機が公的なものであっても、家持の個人的な関心から選択されている歌が防人歌なのであろう。

家持が拙劣として除いた歌は、どのようなものかを知るよしもないが、記録された歌から妹との悲別、父母乃至母との別離が大凡の内容である。誰との別れをうたっているのか、ということで一覧表を示す。

誰との悲別か

国	父 母	母 父	父	母	妻・み	妹・こ	子 供	不 明	他のテーマ
遠　江	4325 4326			4323	4322 4327	4321		4324	
相　模	4328			4330				4329	
駿　河	4337 4340 4344 4346		4341	4338 4342	(4343)	4345	(4343)	4339	
上　総				4348 4356		4351 4353 4354 4357 4358		4349 4352	4350 4355 4359
常　陸						4363 4364 4365 4366 4367 4369		4372	4368 4370 4371
下　野		4376 4378		4377 4383				4375 4379	4373 7374 7380 4381 4382
下　総	4393			4386 4392	(4385)	4387 4388 4390 4391	(4385)		4384 4389 4394
信　濃		4402		(4401)			(4401)		4403
上　野						4404 4405 4407			4406
武　蔵						4414 4415 4418 4423			4419 4421
昔年の防人						4427 4429 4431 4432			4430
昔年相替防人						4436			
小　計	8	3	1	11	4	29	3	7	20

その他　上総に父の作　4347　武蔵に妻の作　4413　4416　4417　4420　4422
4424　昔年の防人の妻の作　4425　4426　4428
(　)は、4343　み(妻)と子、4385　妻と子、4401　子とその母を一首にうたう。

この表では、防人にとっては「妻」と呼ぶことが例外的であり、普通「妹」という。妻と言えば子供が一対になる場合が一例ある。しかも子供は単独で登場することなく、「妻」と「み」「おも」と一緒にうたわれた。また、「父母」、或いは「母父」があっても、「母」はそれなりにうたわれている。「父」が単独で登場するのも一首である。

貴族と防人とでは身分が違いすぎるのであるが、家持は防人歌を踏まえて長歌を三首も創作している。しかもその一方で家持独自のものの考え方がある。それは例えば「ますらを」と防人をいい、配偶者を「妹」といわずにわざわざ「妻」と拘っていうなどが対比的な意味で良い例である。そして「妻別れ」というのは、家持の造語である。

家持は、防人の歌に影響されつつ創作しているのであるが、誰との別れをうたうかと言えば、主に「妻」を取り上げる。それは防人の一般と異なる。防人は、一般的に妻との別れと言わずに、妹との別れをうたうのが一番多い。

表を参照にして、一番多いのは、「妹・こ」との別れであり、二十九例ある。次は「父母・母父」の十一例と「母」の十一例である。「妻・み」が四例、子供が三例（妻などと対でうたわれた）であり、不明が七首である。その他は、悲別を主題としていない防人歌であり、二十首である。以上から、圧倒的に防人は故郷での妹、父母、母、故郷の人との悲別をうたっていることが知られる。

類似した表は、水島義治氏が既に発表されている。[3] その表では、父母、父、母、妻、妻子、子、家族と分類項目がある。父母、父、母、が二十二首、妻、妻子、子が三十五首とある。しかし、妹と妻を弁別して考察することとは意味があることとして配慮した。

示した表によれば、常陸、上野、武蔵などの防人歌は、家族の中でも主に妹との悲別をうたっている。歌数が少ないこともあるが、国による偏りが見られる。また、この二月の家持は、八日が防人の心情を述べる第一長歌を、九日が防人に同情して詠んだ短歌三首（四三三四から四三三六）を、十三日が難波賛歌として長短二首（四三六〇、四三六一）を、十七日が龍田山の花見短歌三首（四三九五から四三九七）を、十九日が防人の心情を述べる第二長歌を、二十三日が防人に同情した第三長歌を創作していて、長歌四首、短歌十二首という数である。

二 「東をのこ・東をとこ」の「妻別れ」

防人の心を詠む歌には、家持独自の歌語に「あづまをとこ」（四三三一）と「あづまをのこ」（四三三三）がある。万葉集では、家持にのみ用いられていて、恐らく家持の造語であろう。この「東をのこ・をとこ」について、岩下武彦氏は「古代東国人の実績に基づいた造形」として理解を示している。(4) 長歌と短歌にあるそれぞれ「をのこ」と「をとこ」を、家持は区別して意図的に用いているとも考えがたいので、ここでは同一の内容をいっているとする。その東男は「出で向かひ　かへり見せずて　勇みたる　猛き軍卒と」（四三三一）というのであるから、東戎とか荒戎とかいうさげすむ態度は防人に取らないで、東国の勇ましい軍人ということである。関東武士と板東武者の始まりである。そもそも防人歌をみるかぎりにおいて、ここで家持のいう「東」とは、防人歌を募集した地域を指すのであろうから、東海道が遠江以東、東山道が信濃以東であろう。東国とは、人麻呂の高市皇子挽歌一九九番からは、美濃や尾張も東国になっているので、鈴鹿と不破の関より東の国を指したりすることもあり、また古事記では足柄峠から、日本書紀では碓氷峠から東の国を示していることもある。また、家持自身も金を産出した陸奥国を東国といっているが、ここでは防人の故郷を指しているのであろう。

二月八日に作られた最初の長歌を引用する。家持は、防人歌に触発され、彼の造語と考えられる「東男」を使用して防人の別れを悲しむ心情をうたった。

追ひて防人が別れを悲しぶる心を痛みて作る歌一首〈并せて短歌〉

大君の　遠の朝廷と　しらぬひ　筑紫の国は　敵守る　おさへの城そと　聞こし食す　四方の国には　人さはに　満ちてはあれど　鶏が鳴く　東男は　出で向かひ　かへり見せずて　勇みたる　猛き軍卒と　ねぎたまひ　任けのまにまに　たらちねの　母が目離れて　若草の　妻をもまかず　あらたまの　月日数みつつ　葦が散る　難波の三津に　大舟に　ま櫂しじ貫き　朝なぎに　水手整へ　夕潮に　梶引き折り　率ひて　漕ぎ行く君は　波の間を　い行きさぐくみ　ま幸くも　早く至りて　大君の　命のまにま　ますらをの　心を持ちて　あり巡り　事し終はらば　障まはず　帰り来ませと　斎瓮を　床辺に据ゑて　白たへの　袖折り返し　ぬばたまの　黒髪敷きて　長き日を　待ちかも恋ひむ　愛しき妻らは（四三三一）

ますらをの靫取り負ひて出でて行けば別れを惜しみ嘆きけむ妻（四三三二）

鶏が鳴く東男の妻別れ悲しくありけむ年の緒長み（四三三三）

題詞に「追いて」とあるが、伊藤釈注は「防人の歌の跡を追って」と丁寧に解釈を示している。(5)この引用した長歌は明らかに遠江と相模の十首に影響されているころからは、防人歌に追和した意味である。

全体が五十五句からなる長歌であり、構成は明確な段落が設けられていない。天皇は防人に東国の勇敢な兵士を任命され、防人は母と妻に悲しい別れを告げて難波で軍団を率いていくが、丈夫の心をもって任務に励み無事帰宅してください、と妻達は願って長い日を待ちこがれています、とうたう。防人と妻との別れをうたいつつ、妻が防人の無事の帰宅を待つ悲しい姿を長歌の叙情部たる結束部で描いている。最初の短歌においても、妻は夫が出かけたことを悲しむ。そして第二短歌では、夫である東男が長い間妻と別れることを嘆いている。これは、伊藤博氏が釈注で指摘するまず留まるものの悲しみがうたわれ、次に去る者の哀しみがうたわれる「悲別歌」の構成である。(6)

外敵から国を守るため遠い朝廷である筑紫で東男が防人としての任に就いている。防人の心を「ますらをの心持ちて」というところに、「ますらを」を願った家持の心情が吐露されている。家持は二月十九日の長歌（四三九八）でも加えて「ますらを」をうたう。これも家持の理解と言うべきで、防人はかかる思想などは無縁である。たまたま勇ましい心をうたった歌もあるが、そこでも丈夫などと防人を呼ぶことはない。「ますらを」については、岩下武彦氏が簡潔にまとめている。(7)万葉集で家持の「ますらを」は、健男としての剛強の男子の意味と大夫たる官人の意識があり、天皇のために勇み戦う勇士である。ところがこんな官人としての意識を防人が持っているはずもなく、それは家持の独断の考えであることは、小野寛氏などに夙に指摘されている。(8)

「ますらを」の用例を代表的な歌人で示せば次のとおりである。柿本人麻呂一例、人麻呂歌集四例、大伴旅人一例、山上憶良一例、笠金村四例、そして大伴家持十九例である。

山上憶良が詠った天平五年の、

士やも空しくあるべき万代に語り継ぐべき名を立てずして（六・九七八）

に天平勝宝三年に追和したのが、

勇士の名を振るはむことを慕ふ歌一首〈并せて短歌〉

ちちの実の　父の命　ははそ葉の　母の命　凡ろかに　心尽くして　思ふらむ　その子なれやも　ますらをや　空しくあるべき　梓弓　末振り起こし　投矢持ち　千尋射渡し　剣大刀　腰に取り佩き　あしひきの八つ峰踏み越え　さしまくる　心障らず　後の代の　語り継ぐべく　名を立つべしも（十九・四一六四）

ますらをは　名をし立つべし　後の代に　聞き継ぐ人も　語り継ぐがね（同・四一六五）

右の二首、山上憶良臣の作る歌に追和す

の歌である。「ますらを」を家持がどう考えていたか、四年前の歌が参考になる。

「ますらをや　空しくあるべき　梓弓　末振り起こし　投矢持ち　千尋射渡し　剣大刀　腰に取り佩き」とあって、明らかに武人の名声が家持の「ますらを」になっている。とすれば、防人も辺境で国の守りをするのであるから、家持の捉え方からすれば「ますらを」の仲間である。武人であることがまず「ますらを」なのであるが、しかし妻も夫も別れが辛く嘆かれるというのである。題詞にある「防人の別を悲し」というのは、家にいて嘆く妻と丈夫として旅立つ夫のことであるが、これは二首の短歌でそれぞれをうたっていることからも理解すべきである。但し、長歌では妻が待つ悲しみに叙情の視点があった。

長歌は、天皇の命令に基づく防人の自負、妻の嘆きうたう。つまり天皇は防人を任命する、防人は「ますらを」として出発する、妻は夫との別れを嘆く、とうたう。

次に「妻別れ」も家持独自の歌語である。そもそも防人は、妻を用いることが少ない。子供と対をなしているときに妻を使うが、単独では遠江国の二例だけである。しかし、家持は、妻別れという。それは、防人の悲別の本質が家持にとって妻との別れにあったからである。「東男の妻別れ」（四三三三）、或いは第二の長歌「大君の命畏み　妻別れ　悲しくあれど」（四三九八）とうたうのは、いかなる丈夫である男も悲しい「妻別れ」が耐え難いというのである。即ち、家持は、一番辛い別れが愛する妻との別れであるといっている。その妻を長歌では、三つの行動としてとらえて描写している。「斎瓮を　床辺に据ゑて　白たへの　袖折り返し　ぬばたまの　黒髪敷きて」（四三三一）とは、一が斎瓮を床に据えて場を設定する、二が袖口を折る、三が黒髪を敷く、という行為である。とりわけ一と二は呪術的な夫の無事な帰還を願う事柄であろうが、三は閨の姿を連想させる。また、「若草の　妻をもまかず」ともあって、女性の妖艶な姿は、防人がうたう、

筑波嶺のさ百合の花の夜床にもかなしけ妹そ昼もかなしけ（四三六九）

の「かなしけ妹」を連想させている。

家持には、永別としての妻別れがあった。天平十一年に亡妾挽歌をつくっているので、死別である。或いは越中国の守として赴任した天平十八年から天平勝宝三年までの五年間では、最初の三年は妻大嬢と別離の状態であったらしい。

家持は、「妻」という。一方防人の多くが「妹」と呼びかける。妹と呼びかけるのは、妻に限定できない場合の別れもあったのであろう。しかし、それにしても防人達にわざわざ「妹」いうのは、一番悲しいのが「愛する妹」との別離ということである。

家持は、妹を用いず必ず妻を対象にうたっているのも、二月八日の日付があるので、二月六日遠江七首（四三二一から四三二七）と二月七日相模三首（四三二八から四三三〇）までの十首に触発されたと時間的に考えられる。一方父母は、遠江二首と相模一首とでうたわれているが、家持は父母は切り捨て、母に触れつつ妻に描写を集中させている。さらに妻は、「障まはず　帰り来ませと　斎瓮を　床辺に据ゑて　白たへの　袖折り返し　ぬばたまの

黒髪敷きて　長き日を　待ちかも恋ひむ　愛しき」であり、二首の短歌でも「別れを惜しみ　嘆きけむ妻」「東男の　妻別れ」と立場を変えつつ、故郷での悲別に焦点をあてている。これは、明らかに遠江と相模の防人歌に影響されつつ、その傾向と異にして、妻に焦点を当てているのである。

防人は、愛するものとの別離であるから妻も含みつつも、相聞で言う妹という対象になるのである。また、題詞に「悲しぶる心」（四三三一）とあり、短歌にも「妻別れ悲しくありけむ」（四三三三）とある「悲し」も防人にはもっと切実な意味を持たされていた。

我ろ旅は旅と思ほど家にして子持ち痩すらむ我が妻かなしも（四三四三）

右一首は、玉作部廣目

人生で一番辛いのは、家持は愛しい妻との別れであった。防人は、かなしい妹との別れであったが、生活苦がさらに加わった妻のかなしい存在もあった。

三　防人の悲別

防人が情の為に思ひを陳べて作る歌一首〈并せて短歌〉

大君の　命恐み　妻別れ　悲しくはあれど　ますらをの　心振り起こし　取り装ひ　門出をすれば　たらちねの　母掻き撫で　若草の　妻取り付き　平けく　我は斎はむ　ま幸くて　はや帰り来と　ま袖もち　涙を拭ひ　むせひつつ　言問ひすれば　群鳥の　出で立ちかてに　滞り　かへり見しつつ　いや遠に　国を来離

れ　いや高に　山を越え過ぎ　葦が散る　難波に来居て　夕潮に　舟を浮け据ゑ　朝なぎに　舳向け漕がむと　さもらふと　我が居る時に　春霞　島回に立ちて　鶴がねの　悲しく鳴けば　遙々に　家を思ひ出　負ひ征矢の　そよと鳴るまで　嘆きつるかも（四三九八）

海原に霞たなびき鶴が音の悲しき夕は国辺し思ほゆ（四三九九）

家思ふと眠を寝ず居れば鶴がなく葦辺も見えず春の霞に（四四〇〇）

右、十九日に兵部少輔宿祢家持作る。

防人の代作をしているのであるから、当たり前といいながら、そこには、「たらちねの　母掻き撫で　若草の妻取り付き　平けく　我は斎はむ」と具体的な母と妻の描写と加えて「ま幸くて　はや帰り来と　ま袖もち　涙を拭ひ　むせひつつ　言問ひすれば」という無事を祈る妻の言葉が加えられて記されている。

天皇の命令に忠実な丈夫として、そして故郷を離れた防人の嘆きとして、防人の心情に注目して家持はうたう。しかも、「妻別れ」には、丈夫の心が必要であるという。この長歌では、悲別には母と妻が登場している。母は、かき撫でたという。うら若き妻は、両袖で涙をぬぐいつつ「平けく　我は斎はむ　ま幸くて　はや帰り来と」と会話で願いを語りかけている。この長歌でも悲別の中核は、やはり妻別れにある。後ろ髪を引かれながら遠い難波にやって来たといい、最後は故郷を思い出し「負ひ征矢の　そよと鳴るまで　嘆きつるかも」とは、防人の妻への嘆きである。

我が母袖もち撫でて我が故に泣きし心を忘らえぬかも（四三五六）

右の一首、山辺郡の上丁物部乎刀良

葦垣の隈処に立ちて我妹子が袖もしほほに泣きしそ思はゆ（四三五七）

右の一首、市原郡の上丁刑部直千國

引用した防人歌二首は、「ま袖もち　涙を拭ひ　むせひつつ　言問ひすれば」という吾妹子の泣く姿として、袖をもって、或いは袖もびっしょり濡らして泣く表現として長歌にも取り入れている。ところで、第一長歌最後の句にも「愛しき妻らは」（四三三一）とあり、その短歌にも「東男の妻別れ」（四三三三）とあるが、悲別はあくまで妻別れが中心であっても、この防人に同情してうたった第二長歌では、故郷から遠く離れた防人の難波での心情に重きを置いている。さらに、短歌では、明確に故郷を思い眠られない不安をうたう。

第一長歌で愛しい妻との別離に主眼をおいていたことが、この第二長歌では、今現在が難波に居るとして、故郷を去る時から回想している。その回想からは、母の愛情を示す行動、妻の安全を願う愛情ある言葉が選び出されていて、さらに難波の光景が悲しみを深めている。

まず長歌で十八句もついやして防人として任命されたことをうたっていたが、今時は半分以下の八句で防人として故郷を門出したという。また第一長歌では、四句で母と妻との別離をいうが、第二長歌では十二句を用いて、母に頭を撫でさせ、妻に無事を祈る言葉を語らせている。さらに違いは、第一長歌が故郷の妻に焦点をあてて叙情を展開させているのに対して、第二長歌が家族にも思いを至らせていることである。

従って、第一長歌の創作から、九日（実際に奉った日）が駿河と上総、十三日が家持、十四日が常陸と下野、十六日が下総の歌が献上されている。それが影響していることは、「たらちねの　母掻き撫で」は、以下の二首が参考になる。

父母が頭掻き撫で幸くあれて言ひし言葉ぜ忘れかねつる（四三四六）
右一首は、丈部稲麻呂
我が母の袖もち撫でて我が故に泣きし心を忘らえぬかも（四三五六）
右一首は、山邊郡上丁物部乎刀良

次に「若草の　妻取り付き」は、

大君の命恐み出で来れば我ぬ取り付きて言ひし児なはも（四三五八）
右一首は、種淮郡上丁物部龍

更に「平けく　我は斎はむ　ま幸くて　はや帰り来と」は、

庭中の足羽の神に小柴刺し我は斎はむ　帰り来までに（四三五〇）
右一首は、帳丁若麻續部諸人
足柄の　み坂賜はり　かへり見ず　我は越え行く　荒し男も　立しやはばかる　不破の関越えて我は行く
馬の爪　筑紫の崎に　留まり居て　我は斎はむ　諸は　幸くと申す　帰り来までに（四三七二）
右一首は、倭文部可良麻呂

に依っても防人歌の影響が知られる。

以上影響した歌は、すべて第一長歌を作った後に献上された駿河、上総、常陸の防人歌である。第二長歌を創作する動機には防人歌に触発されたことは、これらの表現からも認められる。

また四三九八番の長歌は、第一長歌と構造は一緒であるが、妻の嘆きから「ますらを」である防人の嘆きに焦点が移っている。その意味では、第一長歌で妻の嘆きをうたうのは、残されたものの哀しさであるから、「悲別歌」の最初にうたう伝統に適う。即ち、第二長歌が出かける防人の悲しみをうたうのであるから、二首の長歌もその構成は「悲別歌」の伝統に法っている。

「ますらを」家持にとって当惑したであろう歌が四三八二番である。

布多富我美悪しけ人なりあたゆまひ我がする時に防人に差す（四三八二）

作者は、下野国那須郡の上丁大伴部広成である。那須郡は、現在の栃木県那須郡、さらに大田原市、黒磯市をいう。上丁は、一般兵のことである。解釈の問題箇所は、初句にあるが、意味不明と考える。しかし、全註釈は、「布多」を下野の国府のあった都賀郡の郷所在地であり、「ほがみ」を長官として、下野国守の意とする。[9]第三句の「あたゆまひ」も賄賂、潔斎などの解釈もあるが、多くの注釈書は「急病」の意としている。即ち、「あた」が急の意で「ゆまひ」が「病」の方言とする解釈である。

この歌の本質を単なる防人が愚痴としてうたったか、はたまた直接的な批判に基づく怒りを詠んだものとするかでは、理解にも相違がある。一般的には怒りをうたっているとする。防人の任命が国守の仕事であるならば、初句の布多の長官、即ち下野国守と解する全註釈が最も適当である。批評の対象が不明であっても、とにかく急病にも関わらず防人に任命されたことへの怒りを「悪しけ人なり」とうたっているのであるから、大伴家持がこの歌を拙劣とせずに採用したのは、丈夫官人として英断である。ここに家持の心優しい度量を認めたい。

四「うつせみの世の人」

防人が別れを悲しぶるの情を陳ぶる歌一首〈并せて短歌〉

大君の　任けのまにまに　島守に　我が立ち来れば　ははそ葉の　母の命は　み裳の裾　摘み上げ掻き撫で　ちちの実の　父の命は　栲づのの　白ひげの上ゆ　涙垂り　嘆きのたばく　鹿子じもの　ただひとりして　朝戸出の　悲しき我が子　あらたまの　年の緒長く　相見ずは　恋しくあるべし　今日だにも　言問ひせむと　惜しみつつ　悲しびませば　若草の　妻も子どもも　をちこちに　さはに囲み居　春鳥の　声の吟ひ　白たへの　袖泣き濡らし　携はり　別れかてにと　引き留め　慕ひしものを　大君の　命恐み　玉桙の　道に出で立ち　岡の崎　い回むるごとに　万度　かへり見しつつ　はろはろに　別れし来れば　思ふそら　安くもあらず　恋ふるそら　苦しきものを　うつせみの　世の人なれば　たまきはる　命も知らず　海原の　恐き道を　島伝ひ　い漕ぎ渡りて　あり巡り　我が来るまでに　平けく　親はいまさね　障みなく　妻は待たせと　住吉の　我が皇神に　幣奉り　祈り申して　難波津に　舟を浮け据ゑ　八十梶貫き　水手整へて　朝開き　我は漕ぎ出ぬと　家に告げこそ（四四〇八）

家人の斎へにかあらむ平けく舟出はしぬと親に申さね（四四〇九）

み空行く雲も使ひと人は言へど家づと遣らむたづき知らずも（四四一〇）

家づとに貝そ拾へる浜波はいやしくしくに高く寄すれど（四四一一）

島陰に我が舟泊てて告げ遣らむ使ひをなみや恋ひつつ行かむ（四四一二）

二月二十三日、兵部少輔大伴宿祢家持

家持は第二長歌を作って四日後に第三長歌（四四〇八）を創作した。最初の長歌は、防人の悲別といいながら、それは妻が夫と別れることを主に描いた。ところが、第二長歌では、防人に主体があって、その別れなければならない悲しい心を描いていた。第一と第二では、描く姿の主体が異なり、悲別歌の伝統を踏む。しかし、第三の長歌は、題詞に「防人が別れを悲しぶるの情」をうたうとあるので、防人が主体である。第二の長歌には「防人の情と為り」とあることからもほぼ立場は近い。とりわけ長歌の前半部は、同じ構成であると言っていいほどである。

第三長歌（四四〇八）
大君の　任けのまにまに（大君の　命畏み）
島守に　我が立ち来れば
ははそ葉の　母の命は（み裳の裾　摘み上げ掻き撫で）
若草の　妻も子供も
今日だに　言どひせむと
万たび　かへり見しつつ

第二長歌（四三九八）
大君の　命畏み
取り装ひ　門出をすれば
たらちねの　母掻き撫で
若草の　妻取り付き
むせひつつ　言どひすれば
とどこほり　かへり見しつつ

以上は類似表現を指摘した。ほぼ構成も類似しているが、長歌の収束部はそれぞれ異なる。第二長歌は、遙かな故郷を思い出して嘆くが、第三長歌は、父母と妻が無事でいてほしいと防人が住吉の神に祈って、出発したと伝えて欲しいという。しかし、何故に類似する長歌を二首もうたったのであろう。

表面的に類似した創作動機であっても、第三首目を作るために心境の変化があった、と考える。歌の言葉で言えば「ますらを」が「うつせみの　世の人」となったことである。

即ち、第三長歌の特質は、まずそれまでの家持と異なる丈夫の喪失にある。家持は、防人歌を取捨していく過程で、防人が丈夫として使命に燃えているわけでないことを自覚せざるを得なかった。それが第三の長歌に丈夫をうたわせなかったことで知られる。もう一つは、「妻別れ」とも言わなくなったこともある。

ちなみに家持は、この長歌で意外な展開を見せている。防人歌の一般的傾向をよく踏まえているのであるが、とりわけ突出しているのが父の存在である。次には、無事に帰国したいと願うのではなく、長歌で無事に帰国するまで親と妻が平穏であれと祈ったというのも、珍しい。[10]

但し、子供とその母（妻）は、防人歌でも一対で登場しているが、父と母、そして母子に触れたので、防人にうたわれた誰との悲別という意味ではすべてに関わりをもつ長歌になった。即ち、防人歌でうたわれた家族は総て登場したことになるが、ここでは第二長歌を誕生させてからは、信濃と上野の防人から歌が集まっているので、子供と母をうたうのは、信濃の防人の、

韓衣裾に取り付き泣く子らを置きてそ来ぬや母なしにして（四四〇一）

右一首は、國造小縣郡他田舎人大嶋

の影響が強いのであろう。加えておみやげをうたうのは、駿河の防人歌（四三四〇）にもあったし、家持も二月十七日に木屑がもしも貝であればお土産（包み物）にしたいと願う歌（四三九六）にもある。

父母え斎ひて待たね筑紫なる水漬く白玉取りて来までに（四三四〇）

右一首は、川原虫麻呂

堀江より朝潮満ちに寄るこつみ貝にありせばつとにせましを（四三九六）

さて、小野寛氏は、第三長歌を「決定稿はなった」という判断である。[11] ところが諸注釈書の評価は、この長歌に対してはおおむね低い。[12] その最大の根拠は、防人にたいする同情が防人の立場に徹していないところにある、とする。万葉私注は、作者が防人に成り代わって心情を述べることを「安易」であるとして、「現在でも未熟な作者には、しばしばとりあげられる技巧」とする。全註釈は叙述が詳しくなっていても「感興の乏しい平凡な作」と言う。

これに対して評釈はやや好意的である。「前二首に較べると気分が豊かで、語続きも流麗で、落ちついて心を尽くしてゐる上では、遙に勝ってゐる」とする。釈注は、「中央人としての限界がこもっているという批評は否定できないものの」として、「防人歌に対する家持の永遠に消えない功績」としている。

家持が防人に同情した長歌を詠んだのは、防人の歌に心惹かれたからである。第二長歌（四三九八）は、「防人の情と為りて思ひを陳べて」とあり、最初の長歌よりも別れそれ自体が主体になっている。即ち、故郷を出発するときの情景描写が克明になっていて、初句から第二十句までが故郷での別れである。妻は当然として、母までも加わり、母が頭を撫で、妻がとりすがりしつつ、「ご無事でお帰りください」という科白が圧巻である。短歌（四四〇〇）にも「家おもふと寐を寐ず」とあり、長歌の結びにある「負征矢の　そよそよと鳴るまで　嘆きつるに」が故郷にある「家」であり、その別れた母と妻である。

第三長歌（四四〇八）は、さらに国での別れが委細であり、徹底的に拘る。三十八句を用いているが、これまで登場しなかった父が加わった。さらに父の科白が語られている。科白を取り入れたのは、第二長歌に描かれた妻の表現の延長上にあるが、この長歌で家持が考えている防人の悲しみとはということの最終的な判断が家族全員の参加を促せたのであろう。

長歌の構造も、天皇の命令で、島守にやって来た、そして故郷では父母、妻と子供との悲別があり、難波までの道すがらやって来たが、――難波では親も妻も無事でいて欲しいと住江の神に祈ったし、船出したと家に伝えて欲しい――という収束部が明確に異なる。防人に選ばれた男の「うつせみの　世の人なれば」という姿として、防人が帰宅するまでの長い間になる家族の無事を、本人が祈っている。

この帰宅まで防人の無事を家族が祈る、或いは家族の祈りを期待する防人がいた。しかし、家持は防人が家族の無事を帰郷までと祈るのである。この優しさは、貴重である。

家持は、防人歌を掲載する際に拙劣なものは除いたが、掲載された歌は徹底的に学んでいる。その結果は、誰を対象に悲別をうたうかと言えば、防人歌でたった一首父との別れをうたった、

橘の美袁利の里に父を置きて道の長道は行きかてぬかも（四三四一）

右の一首は丈部足麻呂。

がある。

しかし、この歌にうたわれた父とは、家持は異にしている。即ち、「鹿子じもの　ただひとりして　朝戸出の悲しき我が子　あらたまの　年の緒長く　相見ずは　恋しくあるべし　今日だにも　言問ひせむ」と会話を呼びかける父がいる。防人歌には、父母、妹などが一般的な対象であるが、ここにあるのは類例を見せない父の姿で

ある。会話で交わす愛情表現を指摘して、中西進氏は、「父の愛だ」という。[13] さらに子供は、母（妻）と共に詠まれるのが防人歌であるが、家持も同様に子供を独立させていない。さらに長歌の後半では、父母と妻が再びうたわれた。両親も妻も再び会う日まで無事でありますようにと祈るのは、防人自身である。無事帰還するまで、親に、妻に身を清めていてほしい、と防人が願うのと異なる。その意味ではこれまでで一番個性的である。そして、防人の心に成り代わってうたったのが第三長歌である。

一方、山口博氏は、辺境にいる防人の情が中国詩「辺塞詩」との関連を問い、「歌人家持にとっての防人は、辺塞詩の中の防人」としている。[14] 空閨の妻、辺境の夫を思う妻と展開することからは、夫婦別離のテーマが主たるものであるが、家持がそれらを踏まえつつ両親や子供にまで対象に歌の世界を築いていることも事実である。そこには、辺塞詩をこえる倭詩の試みを認めたい。

また短歌に「家づとやらむ」（四四一〇）「家づとに貝そ拾へる」（四四一一）とあるが、難波といえば「恋ひ忘れ貝」が連想される。お土産の白玉が防人歌（四三四〇）にもうたわれているのであるから、難波での詠歌であれば、自然な発想である。

家持の三首の長歌は、最初は妖艶な妻に主眼があり、二番目は丈夫防人自身である。万葉の伝統では、二首の長歌で完結させる方法もあった。しかし、第三首目の誕生には、出発した防人が故郷の家族を案じる歌をうたい、防人が「ますらを」と呼べなくても、武人の東男であり、家族を大事にする人間であることに防人の歌から気がつき、あたらしい感動が家持に生じたためと考えた。

結び

家持の心情は、防人に同情しながら深化している。それは、防人歌を収集して読み続けることで、防人の心を次第に深く理解していったからである。最初の意欲的な試みは、一番の長歌四三三一番に防人を丈夫として、さらに「東男」と造語で呼び、「妻別れ」などの造語を用いて悲別の本質を表現した。しかし、最終的には、防人を丈夫とすることがない。また、心境の深化は、天皇の命令で防人になって任地に行くために故郷の父・母そして、妻と子供との長い別れだとして第三長歌でうたう。そこにあるのは、防人歌の全体的な理解に基づく家持の到達である。石、草木、何にでもお土産になるのであるから、難波で有名な貝を土産とすることもとりたてて貴族的なこととも思われない。

第三長歌は、二月二十三日に作られているが、その後武蔵の歌が十二首、昔年の防人歌が八首なども編集されている。それらの影響があったと家持歌に具体的に指摘できないので、武蔵の防人歌などは、創作の参考というよりも、歌集を編集する興味でこと終わったのであろう。

長歌は防人の歌に触発されてうたった。とりわけ三首もの長歌をうたったのも偶然ではない。三首で終わったのは、防人歌に触発されたためであり、第三長歌は、防人歌に一番近い発想を取り入れられていたところに、家持の意欲と防人に対する優しさが認められる。

注

（1）「防人の心を詠む歌」（『セミナー万葉の歌人と作品　大伴家持二』（第九巻）所収）

（2）「防人関係長歌の成立」（「早稲田大学国文学研究」一一四号）

（3）『万葉集防人歌全注釈』四六八頁

どのような分析で表を作成するか、ということでは、今回はイモとツマを分けてみた。それは、中西進氏が「妻別れ」に注目しているからである。即ち、「家持は防人の立場にどうじょうしていても、「妻」についていえば、ことばづかいのうえで第三者的である。（略）方言で話さないで、標準語で語る態度」（『大伴家持　もののふ残照』（第六巻）一五五頁）という。また、菊川恵三氏は、妻と妹について、「男女二人だけの直接関係を基盤とするイモ」と「社会的関係を軸とするツマ」（「人麻呂歌集七夕歌の呼称と意義」（『万葉集研究』（第二十集）所収））と言っているからである。

（4）「万葉集のあづまをとこ」（「国文学解釈と鑑賞」第六十七巻十一号）

（5）『万葉集釈注』（第十巻）四五三頁　一追ひて

（6）注（5）に同じ。四五三頁

（7）注（4）に同じ。

（8）「大君の任のまにまに――家持の『ますらを』の発想」（『大伴家持研究』所収）一二七頁

（9）『万葉集全註釈』四三八二番　釈

（10）解釈によっては防人歌で唯一の長歌は、防人が不在の時に家族の安全を祈った、とも理解できる。

足柄の　み坂賜はり　かへり見ず　我は越え行く　荒し男も　立しやはばかる　不破の関越えて我は行く　馬の爪

筑紫の崎に　留まり居て　我は斎はむ　諸は　幸くと申す　帰り来までに（四三七二）

右一首は、倭文部可良麻呂

防人歌で唯一の長歌を引用する。長歌の解釈で「諸は　幸くと申す」という箇所は、防人の無事を祈るのか、留守の家族を防人が平安を祈るのか、説が分かれる。この解釈によっては、倭文部可良麻呂が留守の間家族の平穏を祈っていたことになる。また、「父母え斎ひて待たね」（四三四〇）の解釈も、防人が父母の安全を祈ったとする説もある。

(11)「防人との出会い——防人の心情を陳べる三作——」(『家持を考える』上代文学会編万葉夏期大学十四所収)

(12)『万葉集私注』は、四四〇八番の標語で「至つて感興の乏しい平凡な作」といふ。

『万葉集全註釈』は、四四〇八番の作者及作意で、防人の立場で創作することを「結局そうした方法が安易」としている。

『万葉集評釈』は、四四〇八番の評で、「前の長歌二首に比較して「語続きも流麗で、落ちついて心を尽している上では、遙に勝つてゐる」」とする。

『万葉集釈注』四四〇八番から四四一一番で、第二長歌よりも作品として劣るが、「いかにも最終陣らしい構えを見せている」とする。

(13)『大伴家持(6)』「父への思い」一九三頁

(14)『万葉集の誕生を大陸文化』「三　辺塞越中国の大伴家持」二一七頁

大伴家持の略伝

Ⅰ　習作時代

養老二年（七一八）　誕生　延暦四年（七八五）没

十四歳　（天平三年）　父旅人没

十五歳　（天平四年）　処女作（八・一四四一）

十六歳　（天平五年）　叔母坂上郎女と贈答（六・九九四）

坂上大嬢に贈る歌（八・一四四八）

十九歳　（天平八年）　秋の歌四首（八・一五六六から一五六九）

七夕（十七・三九〇〇）

二十一歳　（天平十年）　大嬢との再会（四・七二七、七二八）

二十二歳　（天平十一年）　妾の死（三・四六二）

二十三歳　（天平十二年）　内舎人家持初出（六・一〇二九）

二十七歳　（天平十六年）　安積皇子の挽歌（三・四七五から四八〇）

※笠女郎、大嬢、巫部痲蘇娘子、日置長枝娘子、おとめ、安倍女郎などとの相聞が多い。

Ⅱ　望郷と遠の朝廷（越中国守）の時代

二十九歳（天平十八年）　越中宴席の歌（十七・三九四三）
三十歳　（天平十九年）　弟書持の挽歌（三九五七から三九五九）
大病を患う（三九六二から三九六四）
歌友池主との贈答始まる（三九六五、三九六六）
家持三賦の始まり（三九八五から三九八七）
放逸した鷹を詠む（四〇一一から四〇一五）
三十一歳（天平二十年）　諸郡巡行の歌（四〇二一から四〇二九）
田辺福麻呂の饗宴（十八・四〇三七、四〇四三）
三十二歳（天平感宝元年）　平栄の饗宴（四〇八五）
（天平勝宝元年）　出金を祝う（四〇九四から四〇九七）
雪月花（四一三四）
三十三歳（天平勝宝二年）　巻十九巻頭歌群（十九・四一三九から四一五〇）
旧江四部作（四一五九から四一六五）
三十四歳（天平勝宝三年）　悲別の歌（四二四八、四二四九）

Ⅲ　大仏開眼後の政争時代

三十五歳（天平勝宝四年）　天皇賛美（四二六六、四二六七）
三十六歳（天平勝宝五年）　三絶（四二九〇から四二九二）
三十七歳（天平勝宝六年）　七夕（二十・四三〇六から四三一三）

三十八歳（天平勝宝七歳）　防人を詠む（四三三一から四三三六）
三十九歳（天平勝宝八歳）　花香の庭（四四五三）
四十一歳（天平宝字二年）　族を喩せる（四四六五から四四六七）
　　　　　　　　　　　　　正月内裏の宴（四四九三、四四九四）
　　　　　　　　　　　　　渤海使に贈る（四五一四）
四十二歳（天平宝字三年）　新年の祈り（四五一六）

Ⅳ　万葉以後の家持

四十五歳（天平宝字六年）　中務大輔
四十七歳（同八年）　薩摩守
五十歳　（神護景雲元年）　大宰少弐
五十三歳（宝亀元年）　民部少輔
五十四歳（宝亀二年）　三月相模守　九月上総守兼左京大夫
五十九歳（同七年）　伊勢守
六十三歳（同十一年）　参議・右大弁
六十四歳（天応元年）　従三位
六十六歳（延暦二年）　中納言
六十七歳（同三年）　持節征東将軍
六十八歳（同四年八月）　陸奥按察使鎮守府将軍として多賀で死去

万葉の雪歌

巻	番号	作　　者
1	25	天武天皇
	26	天武天皇
	45	柿本人麻呂
	65	長皇子
2	103	天武天皇
	104	藤原夫人
	199	柿本人麻呂
	203	穂積皇子
3	261	柿本人麻呂
	262	柿本人麻呂
	299	旅人か安麻呂か
	317	山部赤人
	318	山部赤人
	319	高橋虫麻呂
	320	高橋虫麻呂
	382	丹比国人
	383	丹比国人
	385	
4	624	聖武天皇
5	822	大伴旅人
	823	大伴百代
	839	田氏真上
	844	小野国堅
	849	大伴旅人か
	850	大伴旅人か
	892	山上憶良
6	1010	橘奈良麻呂
	1041	
7	1174	
	1293	人麻呂歌集
	1349	
8	1420	駿河采女
	1426	山部赤人
	1427	山部赤人
	1434	大伴三林
	1436	大伴村上
	1439	中臣武良自
	1441	大伴家持
	1445	大伴坂上郎女
	1636	舎人娘子
	1639	大伴旅人
	1640	大伴旅人
	1641	角広弁
	1642	安倍奥道
	1643	若桜部君足
	1645	巨勢宿奈麻呂
	1646	小治田東麻呂
	1647	忌部黒麻呂
	1648	小鹿女郎
	1649	大伴家持
	1650	
	1651	大伴坂上郎女
	1654	大伴坂上郎女
	1655	三国人足
	1658	光明皇后

巻	番号	作　　者
8	1659	他田広津娘子
	1662	大伴田村大嬢
	1663	大伴家持
9	1695	
	1709	人麻呂歌集
	1782	人麻呂歌集
	1786	笠金村
10	1832	
	1833	
	1834	
	1835	
	1836	
	1837	
	1838	
	1839	
	1840	
	1841	
	1842	
	1848	
	1849	
	1862	
	1888	
	2132	
	2312	人麻呂歌集
	2313	人麻呂歌集
	2314	人麻呂歌集
	2315	人麻呂歌集
	2316	
	2317	
	2318	
	2319	
	2320	
	2321	
	2322	
	2323	
	2324	
	2329	
	2331	
	2333	人麻呂歌集
	2334	人麻呂歌集
	2337	
	2338	
	2339	
	2340	
	2341	
	2342	
	2343	
	2344	
	2345	
	2346	
	2347	
	2348	
11	2729	
12	3153	
13	3280	

巻	番号	作　　者
13	3293	
	3294	
	3310	
	3324	
14	3351	
	3358(一本)	
	3423	
16	3805	
17	3906	大伴書持
	3922	橘諸兄
	3923	紀清人
	3924	紀男梶
	3925	葛井諸会
	3926	大伴家持
	3960	大伴家持
	4000	大伴家持
	4001	大伴家持
	4003	大伴池主
	4004	大伴池主
	4011	大伴家持
	4016	高市黒人
	4024	大伴家持
18	4079	大伴家持
	4106	大伴家持
	4111	大伴家持
	4113	大伴家持
	4116	大伴家持
	4134	大伴家持
19	4140	大伴家持
	4226	大伴家持
	4227	三形沙弥
	4228	三形沙弥
	4229	大伴家持
	4230	大伴家持
	4231	久米広縄
	4232	蒲生娘子
	4233	内蔵縄麻呂
	4234	大伴家持
	4281	大伴家持
	4282	石上宅嗣
	4283	茨田王
	4285	大伴家持
	4286	大伴家持
	4287	大伴家持
	4288	大伴家持
20	4298	大伴千室
	4370	大舎人部千文
	4439	石川郎女
	4454	橘諸兄
	4471	大伴家持
	4475	大原今城
	4488	三形王
	4516	大伴家持

万葉の月歌

巻	番号	作　　者
1	8	額田王
	15	天智天皇
	48	柿本人麻呂
	79	
2	135	柿本人麻呂
	161	持統天皇
	167	柿本人麻呂
	169	柿本人麻呂
	196	柿本人麻呂
	207	柿本人麻呂
	211	柿本人麻呂
	214	柿本人麻呂
	220	柿本人麻呂
3	240	柿本人麻呂
	289	間人大浦
	290	間人大浦
	302	安倍広庭
	317	山部赤人
	388	
	393	沙弥満誓
	442	膳部王
4	495	田部櫟子
	565	賀茂女王
	571	大伴四綱
	623	池辺王
	632	湯原王
	667	大伴坂上郎女
	670	湯原王
	671	
	702	河内百枝娘子
	709	大宅女
	710	安都扉娘子
	735	坂上大嬢
	736	大伴家持
	765	大伴家持
5	800	山上憶良
	892	山上憶良
6	980	安倍虫麻呂
	981	大伴坂上郎女
	982	大伴坂上郎女
	983	大伴坂上郎女
	984	豊前国の娘子
	985	湯原王
	986	湯原王
	987	藤原八束
	993	大伴坂上郎女
	994	大伴家持
	1008	忌部黒麻呂
	1039	高丘河内
7	1068	人麻呂歌集
	1069	
	1070	
	1071	
	1072	
	1073	
	1074	
	1075	
	1076	
	1077	
	1078	
	1079	
	1080	
	1081	
	1082	

巻	番号	作　　者
7	1083	
	1084	
	1085	
	1086	
	1179	
	1270	古歌集
	1294	人麻呂歌集
	1295	
	1372	
	1373	
	1374	
8	1452	紀女郎
	1480	大伴書持
	1507	大伴家持
	1508	大伴家持
	1552	湯原王
	1569	大伴家持
	1596	大伴家持
	1661	紀女郎
9	1691	
	1701	
	1712	
	1714	
	1719	
	1761	
	1763	
	1807	
10	1874	
	1875	
	1876	
	1887	
	1889	
	1943	
	1953	
	2010	人麻呂歌集
	2025	人麻呂歌集
	2043	
	2051	
	2131	
	2202	
	2223	
	2224	
	2225	
	2226	
	2227	
	2228	
	2229	
	2298	
	2299	
	2300	
	2306	
	2325	
	2332	
	2349	
11	2353	人麻呂歌集
	2420	人麻呂歌集
	2450	人麻呂歌集
	2460	人麻呂歌集
	2461	人麻呂歌集
	2462	人麻呂歌集
	2463	人麻呂歌集
	2464	人麻呂歌集
	2500	人麻呂歌集
	2512	人麻呂歌集
	2618	

巻	番号	作　　者
11	2664	
	2665	
	2666	
	2667	
	2668	
	2669	
	2670	
	2671	
	2672	
	2673	
	2679	
	2811	
	2820	
	2821	
12	3002	
	3003	
	3004	
	3005	
	3006	
	3007	
	3008	
	3169	
	3207	
	3208	
13	3231	
	3234	
	3245	
	3246	
	3276	
	3324	
14	3395	
	3565	
15	3599	
	3611	柿本人麻呂
	3622	
	3623	
	3650	
	3651	
	3658	
	3671	
	3672	
	3698	
16	3803	
17	3900	大伴家持
	3955	土師道良
	3988	大伴家持
	4029	大伴家持
18	4054	大伴家持
	4060	粟田女王
	4072	大伴家持
	4073	大伴池主
	4076	大伴家持
	4134	大伴家持
19	4160	大伴家持
	4166	大伴家持
	4177	大伴家持
	4181	大伴家持
	4192	大伴家持
	4206	大伴家持
	4254	大伴家持
20	4311	大伴家持
	4413	大伴部真足女
	4453	大伴家持
	4486	大炊王
	4489	甘南備伊香

大伴家持植物分類歌番号

植物名	習作時代	越中時代	少納言時代
あかね		4166	
あし		3977. 4006. 4094	4331. 4362. 4398. 4400.
あしつき		4021	
あしび			4512
あぢさゐ	773		
あづさ	478	3957. 4094. 4164. 4214.	
あふち	3913		
あやめぐさ	1490	4089. 4101. 4102. 4116. 4166. 4175. 4177. 4180.	
いね・ほ	1567. 1625.	3943	
うのはな	1477. 1491.	3978. 4066. 4089. 4091. 4217.	
うめ	786. 788. 1649.	4134. 4174. 4238.	4278. 4287.
かきつはた	3921		
かたかご		4143	
かほばな	1630		
かや	780		
くず			4509
くれなゐ	3969	4021. 4109. 4139. 4156. 4157. 4160. 4192.	
さくら		3970. 4077. 4151.	4361. 4395.
すぎ		4148	
すげ・すが	414	4116	
すもも		4140	
たけ			4286. 4291.
たちばな	1478. 1486, 1489. 1507. 1508. 1509. 3912. 3916. 3918. 3920.	3984. 4063. 4064. 4092. 4101. 4102. 4111. 4112. 4166. 4169. 4172. 4180. 4189. 4207.	4266
たへ	475. 478. 1629.	3978. 4111. 4113.	4331. 4408.
たまばはき			4493
ちさ		4106	
ちち		4164	4408
ちばな・ つばな・ あさぢ	1462		
つが		4006	4266
つげ		4211. 4212.	
つた		3991	
つばき		4152. 4117.	4481
つまま		4159	

植物名	習作時代	越中時代	少納言時代
つるばみ		4109	
な		3969	
なでしこ	408. 464. 1448. 1496. 1510.	4070. 4113. 4114.	4443. 4450. 4451.
にこぐさ			4309
ぬばたま	781	3962. 3980. 3988. 4072. 4101. 4160. 4166.	4331
ねぶ	1463		
はぎ	1565. 1597. 1598. 1599. 1605. 1628.	3957. 4154. 4219. 4249. 4253.	4297. 4315. 4318. 4320. 4515.
はじ			4465
はねず	1485		
ははそ		4164	4408
はり		4207	
ひかげ			4278
ふぢ	1627	4043. 4187. 4188. 4192. 4193. 4199. 4207.	
ほほがしは		4205	
ほよ		4136	
まつ	1043	4014. 4177.	4266. 4457. 4464. 4498. 4501.
まつかへ		4169	
も		4211. 4214	
もみち	1554. 1591.	4145. 4160. 4161. 4222. 4223. 4225	4259
もも		4139. 4192.	
やなぎ		4071. 4142. 4192. 4238.	4289
やますげ			4484
やまたちばな		4226	4471
やまぶき		3971. 3976. 4185. 4186. 4197.	4303. 4304.
ゆづるは			
ゆり		4086. 4088. 4113. 4115. 4116.	
よもぎ		4116	
わすれくさ	727		
をばな・すすき	1572	3957	4308
をみなへし		3943	4297. 4316.
はな	466. 469. 475. 477. 478. 1629. 3917.	3963. 3965. 3966. 3969. 3978. 3982. 3985. 3991. 4106. 4111. 4113. 4153. 4156. 4160. 4166. 4167. 4185. 4187. 4194. 4211. 4214. 4254. 4255.	4307. 4314. 4317. 4360. 4397. 4435. 4453. 4484. 4485. 4501.
くさ	780. 785.	4000. 4011. 4091. 4094. 4166. 4172. 4197.	4312. 4314. 4331. 4398. 4408. 4457.
き・こ	478. 722. 773. 779. 780. 1487. 1494. 1495.	3911. 3957. 3991. 4026. 4051. 4111. 4136. 4161. 4166. 4187. 4192.	4305. 4314. 4495.

大伴家持「山の歌」と「川の歌」

巻	歌番号	山と川の句
8	1554	三笠の山の / 秋黄葉
8	1568	春日の山は / 色付きにけり
8	1447	ほととぎす / 佐保の山辺に
8	1494	夏山の / 木末の繁に
4	715	佐保の川門の / 清き瀬を
4	739	後瀬山 / 後も逢はむと
3	466	あしひきの / 山路をさして
3	471	山隠しつれ / 心利もなし
3	474	奥つ城と思へば / 愛しき佐保山
8	1629	山鳥こそば / 峰向かひに 高円の / 山にも野にも
6	1035	田跡川の / 瀧を清みか
17	3911	あしひきの / 山辺に居れば
8	1602	つま恋に / 鹿鳴く山辺に
8	1603	山呼びとよめ / さ雄鹿鳴くも
6	1037	山川の / さやけき見れば
16	3854	鰻を取ると / 川に流るな
4	765	一重山 / 隔れるものを
8	1464	たなびく山の / 隔れれば
8	1632	あしひきの / 山辺に居りて
8	1635	佐保川の / 水を塞き上げて
4	769	ただひとり / 山辺に居れば
4	779	山近し / 明日の日取りて
3	475	山辺には / 花咲きををり / 川瀬には / 年魚子さ走り 和束山 / 御輿立たして
3	476	おほにそ見ける / 和束杣山
3	477	あしひきの / 山さへ光り
3	478	活道山 / 木立の繁に
17	3953	秋風寒み / その川の上に
17	3957	あをによし / 奈良山過ぎて / 泉川 / 清き川原に 山川の / 隔りてあれば あしひきの / 山の木末に
17	3962	あしひきの / 山坂越えて
17	3964	山川の / そきへを遠み
17	3969	あしひきの / 山きへなりて
17	3978	あしひきの / 山越え野行き 卯の花の / にほへる山を
17	3981	あしひきの / 山きへなりて
17	3983	あしひきの / 山も近きを
17	3985	射水川 / い行き巡れる / 玉くしげ / 二上山は

巻	歌番号	山と川の句
17	3987	玉くしげ / 二上山に
17	3991	宇奈比川 / 清き瀬ごとに 玉くしげ / 二上山に
17	4000	山はしも / しじにあれども / 川はしも / さはに行けども 新川の / その立山に 帯ばせる / 片貝川の
17	4001	立山に / 降り置ける雪を
17	4002	片貝の / 川の瀬清く
17	4006	かき数ふ / 二上山に 射水川 / 清き河内に 白雲の / たなびく山を
17	4011	白雲の / たなびく山を 行く川の / 清き瀬ごとに 二上の / 山飛び越えて
17	4013	二上の / をてもこのもに
17	4015	須加の山 / すかなくのみや
17	4021	雄神川 / 紅にほふ
17	4022	鵜坂川 / 渡る瀬多み
17	4023	婦負川の / 早き瀬ごとに
17	4024	立山の / 雪し消らしも 延槻の / 川の渡り瀬
17	4026	能登の島山 / 今日見れば
17	4028	饒石川 / 清き瀬ごとに
18	4076	あしひきの / 山はなくもが
18	4089	山をしも / さはに多みと
18	4094	山川を / 広み厚みと 陸奥の / 小田なる山に
18	4097	陸奥山に / 金花咲く
18	4098	この川の / 絶ゆることなく / この山の / いや継ぎ継ぎに
18	4100	吉野川 / 絶ゆることなく
18	4106	射水川 / 流る水沫の
18	4111	あしひきの / 山の木末は
18	4116	岩根踏み / 山越え野行き 射水川 / 雪消溢りて
18	4122	あしひきの / 山のたをりに
18	4125	安の川 / 中に隔てて
18	4126	天の川 / 橋渡せらば
18	4127	安の川 / い向かひ立ちて
18	4136	あしひきの / 山の木末の
19	4145	秋風に / もみたむ山を
19	4146	川瀬尋め / 心もしのに
19	4147	夜降ちて / 鳴く川千鳥
19	4150	射水川 / 朝漕ぎしつつ

巻	歌番号	山と川の句
19	4151	あしひきの / 峰の上の桜
19	4152	奥山の / 八つ峰の椿
19	4154	あしひきの / 山坂越えて
19	4156	あしひきの / 山下とよみ 流る辟田の / 川の瀬に
19	4157	辟田川 / 絶ゆることなく
19	4160	あしひきの / 山の木末も 行く水の / 止まらぬごとく
19	4163	川の瀬に / 霧立ち渡れ
19	4164	あしひきの / 八つ峰踏み越え
19	4166	あしひきの / 八つ峰飛び越え
19	4169	山のたをりに / 立つ雲を
19	4177	思ひ延べ / 見和ぎし山に 八つ峰には / 霞たなび / 礪波山 / 飛び越え行きて
19	4178	ほととぎす / 丹生の山辺に
19	4180	あしひきの / 山呼びとよめ
19	4185	繁山の / 谷辺に生ふる
19	4189	叔羅川 / なづさひ泝り
19	4190	叔羅川 / 瀬を尋ねつつ
19	4191	鵜川立ち / 取らさむ鮎の
19	4192	まそ鏡 / 二上山に
19	4195	ほととぎす / いづへの山を
19	4214	あしひきの / 山川隔り 行く水の / 留めかねつと
19	4225	あしひきの / 山の黄葉に 散らむ山路を / 君が越えまく
19	4239	二上の / 峰の上の繁に
19	4266	あしひきの / 八つ峰の上の 島山に / 赤る橘
19	4281	白雪の / 降り敷く山を
19	4288	川渚にも / 雪は降れれし
20	4305	木の暗の / 繁き峰の上を
20	4309	秋風に / なびく川辺の
20	4360	山見れば / 見のともしく / 川見れば / 見のさやけく
20	4395	龍田山 / 見つつ越え来し
20	4397	見渡せば / 向つ峰の上の
20	4398	いや高に / 山を越え過ぎ
20	4465	高千穂の / 岳に天降りし 山川を / 岩根さくみて
20	4468	山川の / さやけき見つつ
20	4481	あしひきの / 八つ峰の椿

万葉の鶯歌

巻	番号	作　　者
5	824	阿氏奥島
	827	山氏若麻呂
	837	志氏大道
	838	榎氏鉢麻呂
	841	高氏老
	842	高氏海人
	845	門氏石足
6	948	
	1012	
	1053	
	1057	
8	1431	山部赤人
	1441	大伴家持
	1443	丹比乙麻呂
9	1755	高橋虫麻呂
10	1819	
	1820	
	1821	
	1824	
	1825	
	1826	
	1829	
	1830	
	1837	
	1840	
	1845	
	1850	
	1854	
	1873	
	1888	
	1892	
	1935	
	1988	
13	3221	
17	3941	平群女郎
	3966	大伴家持
	3968	大伴池主
	3969	大伴家持
	3971	大伴家持
	4030	大伴家持
19	4166	大伴家持
	4277	藤原永手
	4286	大伴家持
	4287	大伴家持
	4290	大伴家持
20	4445	大伴家持
	4488	三形王
	4490	大伴家持
	4495	大伴家持

あとがき

『万葉集歌人大伴家持の表現』は論文集です。既に発表した論考に基づき構成しています。節がその論文に基づくので目次に従って、論文名を示します。但し、基本的な考えに変更はありませんが、最初から著書にする意図がなかったので、論旨によっては個々の考察で書き加えと削除があります。

第一章　風　流　――花鳥風星――

第一節　花香の歌（「大伴家持歌の特質――花の香りをうたう――」「広島女学院大学日本文学」二〇〇九年十九号）

第二節　ホトトギス歌（（「大伴家持ホトトギス歌の特質」「広島女学院大学日本文学」二〇〇四年十四号）

第三節　風の歌（「大伴家持『風の歌』の特質」「広島女学院大学日本文学」二〇〇八年十八号）

第四節　七夕歌（「大伴家持七夕歌の特質」「広島女学院大学日本文学」二〇〇三年十三号）

第二章　越　中　――山川異域――

第一節　越中国守（「大伴家持の旅――越中国守として――」『広島女学院大学公開講座論集二〇〇一年』所収）

第二節　山川異域（「大伴家持『山の歌』と『川の歌』」「広島女学院大学大学院言語文化論叢」二〇〇九年十二号）

第三節　立山賦（「大伴家持立山賦の特質」「広島女学院大学論集」二〇〇二年五十二集）

第四節　天平二十年出挙の諸郡巡行（「家持天平二十年出挙の諸郡巡行歌の特質」「広島女学院大学日本文学」二〇〇二年十二号）

第三章　愛別離苦

第一節　亡妾挽歌（「大伴家持亡妾を悲傷する歌群の特質」「広島女学院大学日本文学」二〇〇五年十五号）

第二節　防人の心情を述べる長歌三首（「防人の心情を述べる家持長歌三首の特質」「広島女学院大学日本文学」二〇〇七年十七号）

二千十年は、平城遷都から千三百年という記念の年になります。秋に集中するようですが、四月から種種の催しが計画され、実行に移されています。奈良に都が移り、色彩文化に加えて、香りの文化も花開きだしてきます。日本文化の起源の一つが天平時代です。或いは奈良時代です。

あをによし奈良の都は咲く花のにほふがごとくいまさかりなり（三・三二八）

作者小野老に肩書きが大宰府少弐とありますから、七三〇年（天平二年）頃の歌です。人間には光、色彩を香りに感じさせる共感覚とでもいうのでしょうか、或いは色彩語が豊かであったので自然と香りにも豊かな形容語から転用していくのでしょうか、私は判断尽きかねています。小野老の歌は、色彩語「にほふ」が色彩と嗅覚語に用いられ始める年代の知られる嚆矢です。それと重なる時期から家持は作家活動を開始しています。引用した歌から梅の香りが奈良の繁栄の象徴として用いられています。或いは桜の香りでもいいのかも知れません。桜の満開に香りを感じることだって合理的に説明されていいわけです。とにかく香り文化の登場が梅香から、或いは花香から始まります。

私は、大学、大学院はお一人の先生に指導されました。そして大学に就職して赴任時からは、お二人の先生に指導されたと考えています。そしてよく私の無知な知識をそれなりに理解しようとする好意的に配慮される先生も居ました。わたしは、こんにちほど万葉集を勉強していて好かったと感じたことがありません。それは万葉研究を勧めてくださった唯一の学問恩師中西進先生のおかげです。先生は、拙い学徒であることを十分知りながら、京都で上代文学会の大会が終了後に、「これまで通り勉強するように」と言われました。これほど現実を肯定し未来に委ねられた愛情に感謝する言葉は、これからの生涯ではあり得ないでしょう。

化学の先生は自然科学への目をむけることを勧めてくださいました。天体の観察、蝶の採集、バードウォッチング、花の鑑賞、高山植物の写真、散策の趣味ということから自然に目が向きました。その結果が『万葉集歌人大伴家持の表現』になりました。奉職した大学では物理学、生物の権威もいらっしゃいましたが、お花の好きな先生も複数いらっしゃりました。万葉の植物では、数十種がキャンパスにあり、鳥も春に鶯、夏にホトトギスが毎日鳴いています。ぎふ蝶をはじめとしてアゲハチョウのほとんどの種類が七万坪のキャンパスに生息しています。野鳥も六十種類ほどが確認されています。麝香アゲハなどは、幼虫の食性を理解していれば、庭で放し飼いすら出来る環境です。小川には、カワモズクが生えていて、さらにウナギ、沢ガニ、もくず蟹などもいます。

万葉植物、或いは万葉の鳥類を観察していて、とりわけ越中時代の家持歌とは写実が基本であると思います。二週間程度のずれをしっかり受け止めて歌を創作しています。しかし、さらに虚構もあまたありますし、組み合わせの美も盛んに創造しています。うめとうぐいす、うめと雪、うのはなとホトトギス、はぎとシカ、山と川、風と雲、その他もろもろあります。その中でも雪月花の組み合わせは、家持の創始です。

ところで家持は山上憶良の後継者であると考えるのが自然にも思えますが、それは防人、部下への思いやり、いずれも山上憶良に類似するやさしさからです。しかし、歌の質から言えば、赤人の後継者です。春愁、孤愁という評価も赤人の寂寥とどれほどの質の違いがあるのであろうか、とふと考えます。赤人が野遊びで野宿する他人と相容れない風狂と家持が月の美しさから門田を見に行ったという風流に至っては、家持が赤人の正当な後継者です。私は、家持が万葉に記録した歌からは、孤愁故に風流をうたった歌人に評価します。そして、そのうた う原因は、歌でなければ悲しみが癒されないという歌学に由来しているからです。家持の文学とは同じ時代の大伴一族、あるいは他の人と異なることから生じる孤独からの解放を、自然観察から風流に基づく創作で果たそうとしていて、その解放は結局花鳥風月、或いは雪月花といった風流にこそ眼目があった、と考えています。孤愁を別な言い方で言えば、越中時代では風土の異質に目をむけて風流で寂寥をうたった歌人と言い換えられます。処女作の天平五年から天平宝字三年元旦まで、即ち十五歳から四十二歳まで風流の景物で春愁秋思をうたったことになります。

その原因は、周囲の人々との違いを自覚しなければならなかった孤立したひとりの己にあります。大伴氏の大多数、橘奈良麻呂、或いは皇親政治を理想とする人々との目的ではない、方法の違いでもあります。天皇家の繁栄と大伴氏の活躍を願う目的が共通でありながらも、その方法では同族とすら別途であったからです。大伴家持は丈夫を誇る武人ですが、一番文章経国と和歌経国を理想としていた「信」を重んじる文治主義の官人です。

たまたまですが、論考はすべて二十一世紀に書かれました。私の祖父の一人は、二十世紀の初頭の日露戦争に、そして父と義父は第二次世界大戦に従軍しています。この二十一世紀が戦争のない平和な世界に基づく言語文化が育まれますことを祈ります。

二〇一〇年八月　吉日

引用和歌索引

	八五五	松浦なる玉島川に鮎釣ると立たせる児らが家道知らずも	202
	八八〇	天離る鄙に五年住まひつつ都のてぶり忘らえにけり	146
6	九〇七	瀧の上の　三船の山に　みづ枝さし　しじに生ひたる（略）	180
	九七八	待ちかてに我がする月は妹が着る御笠の山に隠りてありけり	227
	一〇一一	我がやどの梅咲きたりと告げ遣らば来と言ふに似たり散りぬともよし	4
	一〇一二	春さればををりにををりうぐひすの鳴く我が山斎そ止まず通はせ	4
	一〇四三	たまきはる命は知らず松が枝を結ぶ心は長くとそ思ふ	221
7	一〇六八	天の海に雲の波立ち月の舟星の林に漕ぎ隠る見ゆ	92　95
	一〇八八	あしひきの山川の瀬の鳴るなへに弓月が岳に雲立ち渡る	95
	一一〇七	泊瀬川白木綿花に落ち激つ瀬をさやけみと見に来し我を	157
	一一三一	皆人の恋ふるみ吉野今日見ればうべも恋ひけり山川清み	214
	一二一八	黒牛の海紅にほふももしきの大宮人しあさりすらしも	202
	一二四〇	玉くしげ三諸戸山を行きしかばおもしろくして古思ほゆ	147
	一三三三	佐保山をおほに見しかど今見れば山なつかしも風吹くなゆめ	237
8	一四三五	かはづ鳴く神奈備川に影見えて今か咲くらむ山吹の花	159
	一四四一	うち霧らし雪は降りつつしかすがに我家の園にうぐひす鳴くも	32
	一四四八	我がやどに蒔きしなでしこいつしかも花に咲きなむなそへつつ見む	229

	一五九〇	十月しぐれにあへるもみち葉の吹かば散りなむ風のまにまに	137 183
	一五九一	もみち葉の過ぎまく惜しみ思ふどち遊ぶ今夜は明けずもあらぬか	137 183
	一五九七	秋の野に咲ける秋萩秋風になびける上に秋の露置けり	76
	一六二四	我が業なる早稲田の穂立作りたる縵そ見つつ偲はせ我が背	75 238
	一六二五	我妹子が業と作れる秋の田の早稲穂の縵見れど飽かぬかも	75 238
	一六二六	秋風の寒きこのころ下に着む妹が形見とかつも偲はむ	74 238
	一六二七	我がやどの時じき藤のめづらしく今も見てしか妹が笑まひを	234 238
	一六二八	我がやどの萩の下葉は秋風もいまだ吹かねばかくそもみてる	77 234 238
	一六三二	あしひきの山辺に居りて秋風の日に異に吹けば妹をしそ思ふ	77 230
	一六四四	引き攀ぢて折らば散るべみ梅の花袖に扱入れつ染まば染むとも	15
	一六六三	沫雪の庭に降りしく寒き夜を手枕まかずひとりかも寝む	227
9	一六八五	川の瀬の激ちを見れば玉かも散り乱れたる川の常かも	114
	一六八六	彦星のかざしの玉し妻恋に乱れにけらしこの川の瀬に	114
	一六八八	あぶり干す人もあれやも濡れ衣を家には遣らな旅のしるしに	203
	一七〇四	ふさ手折り多武の山霧繁みかも細川の瀬に波騒きける	173
	一七六四	ひさかたの　天の川に　上つ瀬に　玉橋渡し（略）	96
	一八〇一	古の　ますら男の　相競ひ　妻問ひしけむ（略）	147

13	三二二二	三諸は　人の守る山　本辺には　あしび花咲き(略)	155
	三二三八	逢坂をうち出でて見れば近江の海白木綿花に波立ち渡る	207
	三二四二	ももきね　三野の国の　高北の　くくりの宮に(略)	156
	三三三六	鳥が音の　神島の海に　高山を　隔てになして(略)	101
15	三六一七	石走る瀧もとどろに鳴く蝉の声をし聞けば都し思ほゆ	215
	三六一八	山川の清き川瀬に遊べども奈良の都は忘れかねつも	212
	三六六〇	神さぶる荒津の崎に寄する波間なくや妹に恋ひ渡りなむ	215
17	三九〇〇	織女し舟乗りすらしまそ鏡清き月夜に雲立ちわたる	93 95
	三九〇九	橘は常花にもがほととぎす住むと来鳴かば聞かぬ日なけむ	45
	三九一〇	玉に貫く楝を家に植ゑたらば山ほととぎす離れず来むかも	45
	三九一一	あしひきの山辺に居ればほととぎす木の間立ち潜き鳴かぬ日はなし	45
	三九一二	ほととぎす何の心そ橘の玉貫く月し来鳴きとよむる	45
	三九一三	ほととぎす楝の枝に行きて居ば花は散らむな玉と見るまで	45
	三九一六	橘のにほへる香かもほととぎす鳴く夜の雨にうつろひぬらむ	50
	三九一七	ほととぎす夜声なつかし網ささば花は過ぐとも離れずか鳴かむ	50
	三九一八	橘のにほへる園にほととぎす鳴くと人告ぐ網ささましを	50
	三九一九	あをによし奈良の都は古りぬれどもとほととぎす鳴かずあらなくに	50 222

古今集索引

【著者紹介】

森　斌（もり　あきら）

1946年中国鞍山市に生まれる
1976年成城大学大学院文学研究科博士後期退学
日本古代文学専攻　万葉集の作品研究
現在　広島女学院大学教授
著書『万葉集作歌の表現』（和泉書院　1993年）『大伴家持歌の風流
一雪月花一』（広島女学院大学総合研究叢書第5号　2009年）

現住所　〒731-5114 広島市佐伯区美鈴が丘西4-2-5

万葉集歌人大伴家持の表現

平成22年9月10日　発　行

著　者　森　斌

発行所　株式会社　溪水社
（〒730-0041）広島市中区小町1-4
電話（082）246-7909／FAX（082）246-7876
E-mail: info@keisui.co.jp

ISBN978-4-86327-110-4 C3092